벵호 쫓아내기

뱅호 쫓아내기

발행일	2025년 12월 18일
지은이	조병호
펴낸이	손형국
펴낸곳	(주)북랩

출판등록 2004. 12. 1(제2012-000051호)

주소 서울특별시 금천구 가산디지털 1로 168, 우림라이온스밸리 B동 B111호, B113~115호

홈페이지 www.book.co.kr

전화번호 (02)2026-5777   팩스   (02)3159-9637

ISBN   979-11-7598-026-6 03810 (종이책)   979-11-7598-027-3 05810 (전자책)

작가 연락처 문의 ▸ ask.book.co.kr

전용 게시판에 문의를 남기시면 저자에게 직접 전달됩니다.

(주)북랩 성공출판의 파트너

북랩 홈페이지와 SNS에서 다양한 출판 솔루션을 만나 보세요!

홈페이지 book.co.kr   •   **블로그** blog.naver.com/essaybook   •   **출판문의** text@book.co.kr

카톡채널 북랩

후회가 아닌 회복으로, 절망이 아닌 성장으로

벵호 쫓아내기

조병호 지음

 북랩

성년이 되고부터 최근까지 내 인생은 술 없이는 설명할 수 없다. 내 뇌의 구조는 언제나 어떻게 해야 어떤 방해도 뚫을 수 있는, 술 마실 수 있는 명분 거리를 만들 수 있는지를 항상 상수로 생각하게끔 특화되었다. 지금까지 인생의 큰 획을 그었던 사건들의 전후에는 항상 술이 있었다. 취업, 결혼, 출산(비록 내가 아니지만), 승진, 개업 등 모두 술이 곁에 있었고, 너무 사랑한 나머지 정신을 못 차릴 정도로 취한 경우가 대부분이었다.

어떤 상황이 발생하면 어떻게든 술을 마실 수 있는 명분 거리와 연결했다. 심지어 아버지 돌아가실 때도, 2박 3일 내내 슬픔과 술이 어깨동무하며 어울렸다. 모든 사건은 술 마시기 좋은 환경을 제공했고, 나는 이를 맘껏 활용했다. 술을 마심으로써 기쁨과 자신감이 넘쳐났다. 어떤 절망적인 상황에서도 해결책이 척척 등장했고, 모든 문제가 당장 해결되는 것처럼 보였다.

술이 깬 다음 날, 전날의 자신감은 엄청난 자괴감으로 다가왔다. 사람이 같은 충격의 사건이라도 기쁨으로 누리는 뿌듯함보다 슬픔으로 누리는 자괴감이 훨씬 더 크다는 것은 심리학의 검증된 이론이다. 술에 취했을 때의 자신감, 기쁨과 더불어 건강한 육체까지 평생토록 이어진다면 술통에 빠져서 살아도 무방할 것이다.

그러나 술로 인한 내면의 파괴는 상상을 초월한다. 전날의 자신감이 자괴감으로 바뀌고, 대부분의 기억을 잃어버려 사람들을 만나는 것이 두렵다. 내 안의 또 다른 내가 어제 나를 점령했었다고 합리화를 시도해 보지만, 그건 입안에서만 맴돌 말이다. 앞으로 술에 취할 정도까지는 마시지 말아야지 하면서 얼마간 금주도 해 보고, 절주도 해 보았지만, 결국 모두가 허사였다.

그렇게 내 인생은 술로 인한 수많은 실수와 부실한 건강으로 끝날 수도 있을 것이란 걱정이 있었지만, 당장 눈앞의 유혹을 거부하기 힘들었다. 의지로도 감당할 수 없을 정도의 알코올 중독 내지는 의존. 마음으로는 언젠간 극복해야 한다고 수없이 다짐하지만, 극복하는 데는 수십 년이 걸렸다. 결국 생각이나 말보다 실천의 문제였다.

누구나 순탄한 삶을 원한다. 이를테면 내가 바라는 어떤 인생이 있다고 하면, 아무 고통 없이 평범한 날만 이어지면서 바라던 인생대로 되기를 원할 것이다. 실제로 태어날 때부터 고생을 모르게끔 설계된 인생도 있을 것이다. 그러나 그 인생이 그럴싸하게 보여도, 고통을 이겨 낸 인생과는 깊이가 다를 것이다. 삶을 대하는 태

벵호 쫓아내기

도도 다를 것이다. 그들에게는 평범한 하루가, 고통을 이겨 낸 자들에게는 특별한 하루가 될 것이다. 그들에게는 대충 넘어가는 하루가, 고통을 이겨 낸 자들에게는 열심히 살아가야 하는 하루가 될 것이다. 내 고통이 가치 없게 되기를 바라지 않는다. 내가 경험했던 것과 같은 고통으로 어디선가 지금 힘들어하는 누군가에게 힘이 되었으면 좋겠다.

　세계적인 산업 디자이너인 카림 라시드는 "우리가 이 세상에 온 이유 자체가 생물적인 재생산과 지적인 재생산을 하기 위해서이다." 라고 말했다. 책『나는 말하듯이 쓴다』에서 강원국은 "개인의 경험을 글로 쓰는 것은 사회적 자산을 생산하는 일이기도 하다."라고 말했다. 비록 내 경험이 부끄럽기도 하고 크게 내세울 것도 없지만, 어떤 누군가에게는 좋은 본보기가 될 수도 있어 소박하나마 내 이야기를 들려주고 싶다.

차례

3장 / 쓰다

4장 / 각성

5장 / 실천

6장 / 달라진 삶

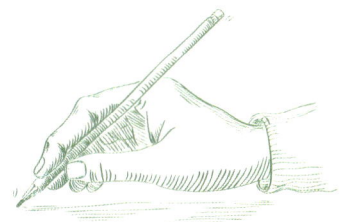

1장

술과 함께한 여정

두더지

✳

나는 술을 잘 마신다. 그것도 아주 잘 마신다. 지금까지 수많은 사람과 술을 마셨는데, 나보다 잘 마시는 사람을 본 적이 없다. 나와 술자리를 같이한 지인들도 나보다 술 많이 마시는 사람을 못 봤다고 이구동성으로 말한다. 키가 크거나 거구도 아니고, 내장 소화 능력이 보통 사람과 비교해서 특별히 탁월한 것도 없다.

부모님은 술을 못하신다. 그러나 두 분 모두 건강하시고 우리나라 평균보다 훨씬 오래 사셨거나 살고 있다. 그래서 내가 술을 잘 마시는 이유는 먼저 건강하기 때문일 것인데, 이건 아마 유전자의 힘도 무시하지 못할 것이다.

그리고 특별히 남들과 다른 뭔가를 했다. 어려서 두더지를 많이 먹었다. 지금은 농사지으면서 농약을 많이 치다 보니 청정 야생동물인 두더지 보기도 힘들고, 잡기는 더 힘들다. 땅을 파고 들어가서 여기저기 이동하기 때문에 가두어 키우는 것도 힘들다고 한다. 내가 어렸을 때만 해도 어느 정도 보릿고개는 해결된 시기였다. 밥을 못 먹을 정도로 가난하지 않아서 산과 들을 뒤져서 먹을 것을 구해 끼니를 때울 정도는 아니었다.

다만 두더지가 장난꾸러기처럼 온 밭을 헤집고 농산물의 뿌리를

벵호 쫓아내기

파헤치므로, 농사를 망치는 유해 동물로 취급하여 두더지가 발견되면 바로 때려잡곤 하였다. 두더지들이 정성껏 농사지은 결과물들을 함께 나누려고 침범하니 열심히 땀 흘린 농부는 두더지를 그냥 둘 수 없었던 것이다. 눈에 띄면 쫓아가서 잡았고, 때려잡은 두더지는 우리 집으로 모였고, 어머니가 백숙을 삶듯 푹 고아서 손으로 발라 주었다. 나는 그것을 게걸스럽게 국물까지 먹어 치웠다.

다른 아이들은 그렇게 좋아하지는 않았다고 생각하는 것이 동네 아저씨들이 잡아 온 두더지들을 "그 집 막둥이 먹여!" 하면서 우리 집에 주었기 때문이다. 어머니는 여자가 먹으면 안 된다며 나만 먹였는데, 옆에서 누나들은 군침만 삼키며 나를 원망과 부러움이 가득한 눈으로 쳐다보았다. 아버지나 형은 아마 좋아하지 않았거나 드세고 사나운 어머니 눈치 보느라 우선순위에서 밀려나지 않았을까 싶다. 우리 어머니는 세상 모든 우선순위가 막둥이인 나였으니까.

어떤 맛인지는 구체적으로 기억나지 않지만, 엄청 맛있어서 두더지를 삶아 주는 날이면 마냥 좋았다. 어머니 목소리는 우렁차고 커서 따로 마이크가 필요 없었다. 동네 가장 꼭대기인 우리 집에서 어머니가 큰 호흡으로 내 이름을 외치면 듣자마자 집으로 뛰어갔는데, 구수한 냄새부터 코끝에 닿으면 명절이 따로 없었다. 지금도 가끔 TV에서 두더지가 나오면 징그럽거나 귀엽거나 하지 않고 '맛있겠다'라는 생각이 먼저 드니, 말초 신경에서는 아직도 두더지를 맛있는 음식으로 기억하고 있다. 이렇게 먹어 치운 두더지가 백 단위 언저리는 되었을 것이다.

　내가 어린 시절 두더지를 먹은 얘기를 하면 다들 신기해한다. 두더지를 먹은 사람은 처음이라고들 한다. 그런데 40대 후반이던 야간대학원 석사 과정 시절에 나보다 15살 정도 많은 1년 후배 최고령 대학원생을 만났다. 이 형은 술친구가 여러 명 있었는데, 그중 일부는 죽고 일부는 몸이 병들어 이제는 술을 못 마셔서 요즘 술친구가 없어 외롭다고 했다.

　어쩌다 나랑 술을 마시게 되었는데, 이 형도 두주불사였다. 화요일, 목요일 오후 9시쯤 수업이 끝나면 같은 수강생이나 동기들끼리 삼삼오오 모여 근처 호프집에서 뒤풀이했다. 보통 1차에서 끝나고 헤어지지만, 이 형과 나는 술이 모자라 항상 자리를 옮겨 밤새도록 둘만의 술자리를 가졌다. 그러다 '우린 왜 술을 잘 마실까?' 얘기하다가 어린 시절 둘 다 두더지를 많이 먹었다는 공통점을 발견했다. 어찌나 서로 놀랍고 반가웠던지.

　두더지의 주 먹이는 땅속에 사는 지네, 지렁이, 곤충의 유충인데, 흔히 말하는 자양 강장제 역할을 한다고 할 수 있다. 우리는 지금은 구하고 싶어도 구할 수 없는 이러한 천연 건강식품을 어린 시절에 많이 먹었으니 이것이 건강한 체질로 연결되었고, 그래서 술도 잘 마시는 것으로 둘이 결론 내렸다. 어릴 때 먹은 보약이 평생 간다더니……

시작

　아버지, 어머니는 술을 전혀 하지 못하였다. 아버지는 반주로 한 잔 정도는 드셨으나, 그 이상은 아니었다. 언젠가 두 잔 드셨다가 어지럽고 토할 것 같아 그다음부터는 한 잔까지만 드신다고 하였다. 어머니는 그 시절 보통의 어머니들이 그렇듯이 술을 드실 기회도 없었지만, 일 년에 몇 번 기회가 생기더라도 맛이 써서 드시지 못한다고 하였다.

　그래서 다른 아이들과 다르게 술 심부름을 가는 일은 별로 없었다. 그러나 제사나 손님이 오신 경우에는 술이 필요했고, 소주보다는 막걸리가 저렴해서 주전자를 가지고 막걸리 제조장(주장)이 있는 면 소재지까지 가서 막걸리를 받아 오곤 했다. 어떤 아이들은 오면서 주전자 주둥이로 막걸리를 벌컥거리며 몰래 마시고, 도가 지나쳤다 싶으면 모자란 부분을 물로 채우곤 했지만, 나는 그럴 배짱도 없어 그냥 조금 홀짝거리는 정도였다. 어려서부터 맛본 막걸리는 정말 맛있었다. 추억은 사실을 과장한다. 그래서 지금도 밀가루로 빚은 걸쭉한 막걸리가 맛깔스럽다. 지금 대세인 탄산이 섞인 막걸리는 왠지 거부감이 든다.

　초등학교, 중학교 시절에는 공부에는 도통 관심이 없고 노는 대만 열심이었고, 놀이도 다양했다. 방학 때는 주로 수영이나 칼싸움, 눈썰매 같은 시간이 많이 소요되는 놀이 위주로 신나게 놀았고, 학교생활 중에는 방과 후나 휴일에 자치기, 땅따먹기, 구슬치기, 제기차기, 팽이 돌리기, 오징어 사리를 비롯한 많은 놀이로 공부와는 담을 쌓고 지냈다. 그러나 중학교 3학년이 되면서 '연합고사'라는 시험을 치러야 했고, 잠깐이나마 공부에 매진해야 했다. 그리고 연합고사가 끝난 다음에는 당시 어느 시골이나 마찬가지로 동네 형들과 함께 저녁에 모여 술자리를 가지게 되었다. 중학교 3학년이 술이라니…….

지금의 상식으로는 이해하기 힘들고 내 아이들이 그 나이에 술을 마신다면 한바탕 혼을 내겠지만, 그 당시 시골 분위기는 그것을 별로 개의치 않았고 어른들도 간섭하지 않았다. 오히려 '어렸을 때 술을 마시면 커서는 안 마신다'는, 족보에도 없는 명언을 만들어 아이들의 음주를 장려하는 분위기였다.

저녁이면 그동안 모은 얼마간의 용돈을 가지고 면 소재지 가게에 가서 술을 고르는 것도 처음 느껴 보는 재미였다. 처음엔 포도주, 샴페인 등 싸고 맛있고 도수가 약한 것부터 시작해서 나중에 맥주 그리고 소주로 주종이 바뀌었다. 특히 나중에 소주만 먹었을 때의 그 씁쓸한 맛은 지금도 기억한다. 냉장고가 없어 실온 보관 하고 도수도 지금보다 훨씬 높았으니, 그 뒷맛이란…….

머리가 어지럽고 땅이 움직이는 울렁증이 있었지만, 기분은 하늘을 날 듯 붕 뜬 기분이었다. 무슨 말을 하는지도 모른 채 헛소리도 나오고, 그런 상대방을 서로가 놀리면서 배꼽 잡으며 웃었다. 술을 어느 정도 마시고 취기가 오르면 흥도 오르는 법. 어디선가 가져온 녹음기에 알아듣지도 못하는 신나는 팝송을 틀어 놓고 몸 가는 대로 흔들기도 했다. 그렇게 첫 알코올과의 만남은 주장, 가게, 동네 형들과 친구들, 퀴퀴한 사랑방 냄새, 술 냄새, 팝송 등 생각만 해도 웃음이 절로 나는 아련한 추억으로 기억한다.

학력고사

✳

　지금은 '수능'이라고 하지만 그때는 '학력고사'라 하였고, 그 점수에 따라 대학교를 지원할 수 있었다. 나름 시골 중학교에서 공부를 잘해서 없는 살림에 고집부려 전주 명문 고등학교에 진학하였지만, 처음 성적은 기대 이하였다. 당시는 명문대 입학이 인생의 승부가 결정되는 것으로 생각하던 분위기였다. 고등학교 1학년 때는 집념에 불타 도시락 2개를 싸 들고 아침 일찍부터 저녁 늦게까지 학교 도서관에서 공부에 매진하였다. 그러나 어려서부터 공부를 많이 했던, 도시에서 기초가 튼튼한 애들과 견주기에는 역부족이었다. 이미 '수학 정석'을 공부하고 들어온 도시 애들과 그제야 그런 게 있다는 걸 인지한 촌놈과의 경쟁은 처음부터 불공정 자체였다.

　3학년 선배들이 학력고사를 치르던 날, 학교도 쉬는 날이라 점심 먹고 같은 시골 중학교 출신들끼리 전주 친구 자취방에 옹기종기 모여 잡담을 나누고 있었다. 나도 2년 후에 학력고사를 치를 텐데, 자신감은 떨어지고 나아질 기미도 보이지 않아 의기소침하던 차에, 나도 모르게 술을 마시고 싶다고 말했다. 친구들이 술 잘 마시느냐고 해서 허풍 가득한 상남자가 되어 아주 잘 마신다고 답했고, 어떤 친구가 소주 두 병을 사 왔다. 그리고 이것을 30분 이내에 먹

벵호 쫓아내기

고 1시간 동안 멀쩡해야 한다는 조건을 걸었다. 내가 정말로 술을 잘 마시는지 시험해 보려고 했다. 나는 김치 하나와 맥주컵 하나를 가지고 30분은커녕 10분도 안 되어 단숨에 마셨다.

소주 한 병이 맥주컵으로 2잔이 나오니 4잔을 연거푸 마신 것이다. 그리고 얼마 지나지 않아 쓰러졌고, 아무것도 기억나지 않았다. 소위 '블랙아웃'이 되었다.

어느 순간 깨었을 때는 이미 날은 어두워졌고, 친구들 몇 명이 남아 있었다. 애들은 키득키득 웃으며 아무 기억도 나지 않는, 취했던 나를 흉보느라 바빴다. 특히 어떤 친구는 그런 상황이 재미있어 당시 귀했던 카세트까지 동원하여 녹음까지 해 두었다. 나는 먹은 것을 모두 자취방에서 토했고, 나중에 친구 누나가 와서 그것을 청소했다는 사실을 듣고 너무 부끄럽고 미안하고 고마웠다.

장난을 무던히도 좋아했던 친구들은 취한 나에게 마치 거짓말 탐지기로 조사하듯이 "아무개를 좋아하느냐?" 같은 유치하고 짓궂은 질문들을 하고 내가 술에 취해 횡설수설 대답하는 것을 재미있어하며 녹음까지 하였다. 녹음테이프의 존재는 나를 한동안 힘들게 했는데, 그 소유자가 공개하겠다는 장난스러운 협박으로 몇 년을 우려먹었기 때문이다.

어쨌든 소주를 그렇게 많이 마시고 블랙아웃 되고 토했던 첫 음주의 기억은, 그 후 최소 2년 동안은 술 생각이 전혀 나지 않게끔 괴로운 기억이어서 고등학교 시절만큼은 술에 대한 유혹을 완전히 이겨 낼 수 있었다.

동아리

 고등학교 1학년 때의 술에 대한 안 좋은 기억으로 대학교 입학 때까지는 술을 거의 마시지 못했다. 나름대로 열심히 공부했지만, 학력고사 점수를 그럭저럭 받아서 내 고향에서는 가장 명문인 국립대학교에 입학하였다.

 당시 대학교 분위기는 고등학교 때 공부만 하느라 고생했으니 대학교 1, 2학년 때는 충분히 놀고, 2학년 마치고 휴학한 다음 군대 다녀오고, 복학하여 3, 4학년 때 열심히 공부하면서 취업을 준비하는 것이 하나의 전형적인 과정이었다. 그리고 당시는 취업이 잘되는 시기여서 그렇게 해도 웬만한 기업체에는 취직할 수 있었다. 특히, 신입생은 주머니가 가벼워도 걱정하지 않고 선배들에게 기댈 수가 있으니 가히 나처럼 가난한 대학생이 놀기엔 안성맞춤이었다.

 당시 대부분 수험생은 자기의 꿈을 위해 공부하고 싶은 학과에 가기보다는 취업이 잘되는 학과를 우선하여 지원하였다. 나 역시 공부하고 싶었던 인문학 쪽보다는 주위의 반강제 권유로 취업에 유리한 상과대학을 선택하였다. 고등학교 때까지 국어를 좋아하고 수학을 싫어해서 누가 봐도 문과로 갈 수밖에 없었지만, 그래도 나름 숫자와 같이 놀 수밖에 없는 상과대학에 입학했으니 공부는 담쌓고 지내기로 작정하였다.

집안 형편 때문에 수업료가 걱정되었지만, 어차피 장학 제도가 잘 되어 있어 시험 기간에 반짝 공부해도 어느 정도 상위권을 유지하여 수업료의 절반 정도 장학금을 받을 수가 있었다. 자연스럽게 대학 생활의 중심은 공부 중심의 학과가 아니라 취미 중심의 동아리가 되었다.

입학 후 과 신입생 환영회가 성대하게 열렸다. 강제적으로 참석했는데, 술을 많이 먹이는 분위기였다. 어느 순간, 한 선배가 내 옆자리에 앉더니 자기 동아리 얘기를 하며 나보고 가입하라고 권유하였다. 나는 대학 방송국에서 활동하고 싶었고 이미 면접도 치러 곤란하다고 말하였다. 선배는 말없이 술을 권하였고, 순수한 나는 고맙게 받아 마셨다. 두 번째 권했을 때도 거절했지만, 세 번째 권했을 때는 생각해 보겠다고 했고, 네 번째 권했을 때는 가입하겠다고 약속했다. 다음 날 선배가 찾아와서 같이 동아리방에 데려가 인사시켰을 때는 이미 되돌리기에는 늦었다. 방송국을 포기할 수밖에 없었고, 내 인생은 엉뚱한 곳으로 흘러가게 되었다. 동아리에서 활동한 선배, 동기들 덕분에 운동권으로 방향이 바뀌었으니까.

결국 문학 동아리에 가입하였는데, 일주일에 책을 한 권씩 읽고 토론하면서 문학적 소양을 기르는 게 동아리의 대외적 명분이었다. 그러나 실상은 당시 어느 동아리나 마찬가지였겠지만, '술을 통한 선후배 간의 돈독한 정 나누기'가 숨은 속내였다.

신입생 환영회에서 자기소개 할 땐 주량도 필수 항목이었다. 나는 고등학교 1학년 때의 실수를 망각한 채 "소주는 다섯 병, 막걸리는 한 말, 맥주는 무한대"라고 재미있으면서도 당당하게 내 소개를 했다. 거품도 있었지만, 나름대로 일리도 있었다. 대학교 신입생으로서의 패기와 건강에 대한 자신감 그리고 어떠한 상황에서도 취하지 않을 정신력이 있다고 기세등등할 만할 때였다. 선배들은 웬 허풍쟁이가 왔나 하면서 열렬히 환영했다.

그리고 며칠 후, 1년 선배 기수들이 나만 따로 불러 주량 테스트를 하였다. 당시는 대부분 막걸리를 마셨고, 우리 대학교는 음식으로 유명한 전주에 자리하고 있어 술값만 있으면 안주는 따로 시키지 않았으므로 대학생들이 술 마시기에는 좋은 환경이었다.

선배 다섯 명 정도가 번갈아 가면서 내 막걸리 한 잔과 건배하였다. 즉, 선배들이 각자 한 잔씩 마실 때 나는 다섯 잔을 마셔야 했고, 내 주량 테스트이므로 죽을 때까지 마셔야 했다. 결국 배가 불러서 토하려고 화장실을 간다고 해도 여기서 토하라고 해서 선배들이 보는 데서 격조 있게 토했다. 다시 마시면서 5명을 상대로 흐트러짐 없이 계속 마셨다. 결국 자신들이 취했고, 내 주량을 인정한다면서 술자리를 끝냈다. 이로써 나의 주량 자랑이 허언이 아니었던 것이 증명되었고, 그 후로 술자리마다 빼놓지 않고 부르는 단골손님이 되었다.

대학교 1, 2학년 때는 술자리는 거의 빠지지 않고 취하지도 않으면서 자주 마시는 생활이 이어졌다. 아무 약속이 없음에도 술 생각 나면 대학교 근처 술집을 기웃거렸고, 그중 어딘가에 선배들이 있었다. 마치 우연히 마주치기라고 한 것처럼 반가움을 표하면 합석을 권유했고, 마지못해 그런 것처럼 합류해서 원래 있어야 할 자리처럼 마음껏 마시고 떠들었다. 어찌 보면 가장 부담 없이 신나게 마셨던 그리운 술자리들이다.

학생 운동

✳

내가 대학에 들어갔을 때가 1986년이고, 그 유명한 박종철, 이한열 열사가 다음 해에 돌아가시면서 6월 항쟁에 불이 붙었으니 민주화의 거대한 바람을 한가운데서 제대로 맞았다. 시골에서 가난한 농부의 자식으로 태어났고, 세상 물정 몰라 순수했던 나는 정의감에 바로 불타올랐고, 처음 접해 본 진보적 가치관은 세상을 바라보는 나의 관점을 많이 성장시켰다.

뭐든지 열심히 하는 내 성격상 단순히 시위에 참여하는 것을 떠나 소위 말하는 운동권으로 활동하게 되었다. 가난한 살림에도 막둥이가 고생하는 것을 싫어하셨던 부모님 덕에 고등학교, 대학교 다니면서 줄곧 하숙만 했었는데, 대학교 2학년 2학기부터 어쩔 수 없이 자취하게 되었다.

당시 운동권은 점조직으로 되어 있었다. 우리 조에 4명의 구성원이 있고, 우리를 가르치는 선생님 선배가 있었는데, 우리는 오직 우리 5명 외에는 알지 못하였다. 일주일에 한 번씩 당시엔 금서였던 진보 서적을 읽고 토론하였다. 동지로서의 유대감을 돈독히 하면서 저렴하게 술자리를 하고, 보안이 필요한 일들을 논의하기 위해서는 비밀 아지트가 필요했다. 누군가 따로 방을 얻어야 하는 것이었다. 모두 서로 하지 않으려고 이유를 말하는데, 나를 제외하고는 본가가 모두 전주에 있으므로 독립한다는 게 어려운 상황이었다. 결국 시골 출신인 나에게 아지트 제공의 압력이 들어왔다. 할 수 없이 하숙을 그만두고 도시 외곽에 싸구려 월세방을 얻어 처음으로 자취 생활을 시작하였다.

부모님은 그동안의 하숙 생활에 익숙해진 내가 자취하면 힘들고 배도 곯을 것을 걱정했으나, 그건 기우였다. 내가 먹고 싶은 것들을 요리해서 먹고 또한 반주까지 곁들이니 오히려 음식 만드는 시간이 즐거웠다.

우리 아지트는 철저하게 비밀이어서 아무리 절친이라도 알려 줄 수가 없었다. 당연히 우리 조 사람들만 드나들었고, 수시로 뭔가를 사 들고 찾아오니 매일 간단한 찌개에 술을 마시면서 나라를 걱정하는 것이 일상이었다. 모두를 공평하게 만들고 세상이 아름다워질 것이라는 우리의 이상이, 술을 마시면 더욱 확고한 신념이 되었다. 곧 좋은 세상이 올 거라며 서로 격려하고 용기를 가져다주는 명약처럼 술은 활동하였다.

지방 국립대학교 학생은 대부분 가난하다. 부자였으면 국립대학교에 합격할 학력고사 점수로 웬만한 서울 소재 대학교는 갔을 것이다. 고등학교 3학년 때 부모님이 늘 했던 말이 있다. 서울대학교 가면 어떻게든 보내겠지만, 그러지 못할 바에는 전주에 있는 국립대학교에 가라고. 수업료도 저렴했고 장학금도 받을 수 있으니까. 사실 시골에서의 평판은 서울대학교 다음이 그 지방에 하나씩 있는 국립대학교였다.

다들 주머니 사정이 빈곤하니 대학교 앞에는 저렴하게 막걸리를 파는 술집이 즐비했다. 당시 기억으로 막걸리가 한 병에 600원, 소주가 700원이었다. 그리고 안주는 따로 시키지 않아도 기본으로 내줬는데, 우리들이 좋아할 만한 것이었다. 미역국, 파전, 꼬막, 샐러드. 그 외 다양한 반찬들이 나와 막걸리 마시기에 부족함이 없었다.

먹성들이 좋을 때라 안주가 떨어지면 더 달라고 했는데, 양심상 술을 추가할 때 시키는 게 서로 간의 배려였다. 1차에서 흥건히 취하면 젓가락으로 장단을 맞추며 노래를 불렀고, 선후배가 바뀌는 '야자타임'도 자주 가졌다. 계산은 주로 선배가 하였고, 돈이 없으면 학생증이나 시계를 맡기는 게 예사였다. 그리고 2차는 동아리방이나 캠퍼스 잔디밭에서 막걸리를 마시며 신나게 운동권 노래를 부르곤 했다. 초여름부터 가을 초입까지는 그렇게 잔디밭에서 술을 마시고, 신문지 한 장을 이불 삼아 꿀잠을 자곤 했다. 아침 햇살에 눈이 따가워 겨우 일어나서 학생회관 화장실에서 대충 씻고 수업에 들어갔던 적도 많다. 지금으로 치면 반 노숙자 생활이었다.

학생들의 음주, 특히 소주는 운동권에 큰 무기가 되었다. 아침이면 큰 빈 가방을 들고 단골 술집들을 돌아다니며 소주병을 모아 학생회관으로 가지고 돌아왔다. 당시 시위는 돌과 화염병, 최루탄이 뒤섞인 전쟁터를 불사했다. 그 화염병을 제조하기 위해 아침마다 소주 빈 병을 모아오는 것이 한때 내 당번이기도 했다.

총학생회장 경호를 담당한 적도 있다. 당시 총학생회장은 활동을 위축시키기 위해 무슨 죄목이라도 붙여 수배령이 내려진 경우가 대부분이었다. 민첩하고 운동 신경 있는 2학년 3명 정도가 경호를 담당했는데, 보통 저녁 무렵 총학생회장과 함께 나가서 아침에 학교에 데려오는 역할이었다. 낮에는 학생들이 많아 경찰이 캠퍼스에 출입하여 체포하는 것이 불가능하지만, 밤에는 어둠을 틈타 체포할 가능성이 있어 밖으로 피신시키는 것이었다.

모든 동선은 총학생회장이 정하고, 우리는 앞뒤에서 붙어 다녔다. 총학생회장이 경찰한테 포위되거나 잡히면 우리가 육탄으로 방어하여 총학생회장이 도망갈 여유를 주고, 대신 잡혀가는 것이 우리의 임무 전부였다. 긴급한 상황이 발생하지 않으면 여유로운 도피 생활이고, 특별히 할 일이 없어 어찌 보면 꿀 보직이었다. 총학생회장은 활동비가 넉넉해서인지 저녁을 맛있는 것으로 사 주었다. 그리고 반주도 곁들였다. 도피 중이라 많이 마시지는 못했지만, 본인은 안 마셔도 경호 학생들에게는 서운치 않을 정도의 술은 마시도록 했다. 절대 취하면 안 되니까 어느 정도에서 멈출 수밖에 없었다.

숙소에서도 적적하니까 술을 마셨다. 역시 많이 마시지 못했지만 서로 소소한 얘기를 나누기에 술만 한 것이 없었다. 그렇게 몇 주간을 약간은 긴장하면서도, 보람을 느끼며 내가 맡은 일을 성실히 수행하기도 했다.

1987년 뜨거웠던 상반기가 지나고 여름 방학 때, 시골에 내려와 있었다. 여느 때와 마찬가지로 냇가에서 실컷 수영하고 집에 들어서는데, 부모님이 손님이 왔다면서 반갑게 나를 손님에게 인사시켰다. 처음 보는 사람인데 어떻게 꼬드겼는지 부모님은 그분에게 벌써 호감을 느끼는 것 같았고, 그분도 반갑게 나를 맞아 주었다. 과는 다르지만, 대학 선배라면서 나를 잘 아는 것처럼 말했다. 그러나 아무리 생각해도 기억이 나지 않았다. 선배분이 먼저 어디 가서 술이나 한잔할 수 있냐고 해서 옆 동네인 면사무소 소재지 슈퍼마켓으로 안내하였다.

세상 돌아가는 얘기를 하다가 술이 어느 정도 마셔 취기가 돌자, 내가 먼저 누구시냐고 물었고, 선배분은 명함 한 장을 건넸다. 명함엔 ○○공사라고 되어 있는데, 당시 보안사(현 방첩사)의 유령 회사라고 하였고, 본격적으로 나를 찾아온 목적을 말하였다. 집안 형편도 넉넉지 않은 것 같은데 '프락치'를 맡아 달라는 것이었다. 어차피 운동권이니까 적당히 눈치 빠르면 들키지 않고 위험 부담 없이 임무를 잘 해낼 것이라고 했다. 그러면서 그에 따른 보상을 말하는데, 대학 다니는 동안 전액 장학금에 활동비 지급, 군대는 보안사에서 근무, 졸업 후 보안사나 원하는 기업에 취업. 그때는 나의 미래에 대한 고민이 거의 없었던 때고 현재에 열심히 살던 시기라, 그런 제안이 뭐가 좋은지 전혀 감이 오지 않았다.

그 말을 듣고 술을 더 이상 먹지 않았다. 술에 취하면 예전 술김에 동아리 들어간 것처럼, 선배분 페이스에 말려 잘못된 약속을 할 것만 같았다. 자꾸 권하는 술을 사양하면서 조금 생각해 보겠다고 말했다. 당장 거절하고 싶고, 그런 곳에서 학생들 사찰이나 하며 민주 세력을 탄압하고 있냐고, 선배로서 창피하지도 않냐고 비난이라도 해 주고 싶었다. 그러나 우리 집, 부모님도 알고 있고 힘 있는 곳에 근무하는 사람이라서 무슨 해코지를 할지 몰라 침묵하는 게 최선이라고 생각했다.

선배분이 집으로 돌아오는데, 담배 몇 보루와 술 몇 병을 사서 부모님께 드리고, 용돈도 얼마 주었다. 부모님은 황송해하면서도 넙죽 받았고, 덕분에 선배분은 더욱 귀한 손님이 되었다. 저녁도 같이 먹었고, 시골집에서 자고 가도 되냐고 해서 부모님은 흔쾌히 승낙하였다. 선배분은 나에게 그날 중으로 답변을 받고 싶은 모양이었다. 그렇지만 내 생각은 달랐다. 저녁까지는 같이 먹고, 오늘 중요한 약속이 있어 잠깐 나갔다 오겠다고 양해를 구하고 집에서 도망쳐 나왔다.

다행히 동네에 1년 후배가 시골에 내려와 있어 그곳에서 술을 몽땅 먹고 잠까지 잤다. 다음 날 집에 들어와서 어제 너무 과음해서 들어오지 못했다고 사실대로 얘기하고, 답변은 조금 더 생각하고 다음에 말씀드리겠다고 하였다. 선배분은 아침을 먹고 떠났다. 부모님은 나에게 무슨 좋은 일이 있느냐고 꼬치꼬치 캐물었지만, 아무 일도 아니라고 얼버무렸다.

방학이 끝나고 선생님 선배에게 내가 받은 명함을 주면서 자초지종을 고자질했고, 선배는 대처를 잘했다고 칭찬해 주었다. 프락치를 권유했던 보안사 선배분은 캠퍼스에서 가끔 보았는데, 알은체하지 않았다. 엄격히 불법적으로 학생들을 사찰하니까 내가 그 선배분 신분을 발설하면 위험에 처할 수도 있지만, 술 한잔 얻어먹은 의리상 그토록 가혹하게 하지는 않았다.

1987년 겨울, 나는 당시 대학교 2학년으로 여러 가지 완장을 차고 있었다. 상과대학 부학생회장에 출마하였는데, 떨어졌다. 낙선 후에는 대통령 선거에서 내 고향의 '선거대책위원회 학생위원장'을 역임했고, 노태우 대통령 당선에 항의하는 '상과대학 투쟁위원장'도 맡았다.

대통령 선거 때는 운동권 학생 대부분에게 수배령이 떨어졌고, 나도 예외는 아니었다. 수배를 받을 때는 고향의 대통령 선거 캠프에서 많은 도움을 주어 잘 피신할 수 있었다. 하기야 수배령을 내린 목적이 체포보다는 활동에 제약을 가하는 것이었으니 너무 숨을 필요도 없었지만, 대놓고 다닐 수도 없었다.

캠프에서 마을 단위로 주민들을 마을회관에 집합시켜 놓으면 나는 학생 대표로 나와 NL 계열 운동권에서 지지하는 대통령 후보인 '김대중'을 찍어 달라는 연설을 하는 것이 역할이었다. 그렇게 몇 동네를 돌아다니고, 밤이 되면 캠프에서 마련해 준 여관을 돌아다니며 피신해 다녔다. 그리고 거의 저녁마다 술을 마셨다.

지역에서 선거 운동 하는 분들은 우리들과 생각이 달랐다. 서로 지향하는 세상이 달라 그분들은 오로지 '선생님' 당선에 목말랐고, 우리는 그분 당선이 단순히 목적이 아니고 수단일 뿐이었다. 술을 마시며 그런 얘기들을 많이 했다. 그분들은 우리가 아직 어려서 그

벵호 쫓아내기

렇다고 말했고 우리는 그분들을 꼰대라고 생각했다. 그래도 당장 목표는 같았으니, 매일 저녁 일과를 끝내고 다가올 새로운 미래를 위해 함께 건배하며 여관에서 마시는 술은 피곤을 달래기에 충분했다.

대통령 선거에서 노태우가 당선되고, 우리는 부정 선거라며 대통령 당선 불복 투쟁을 하였다. 당시 부정 선거는 지금 일부에서 주장하는 것처럼 투·개표 조작이 아니라, 투표 과정에서의 매표 행위를 규탄한 것이었다. 실제로 군인들이 반강제적으로 군사정권 세력인 1번 후보를 찍어야만 하는 시대였고 고무신, 막걸리가 표로 교환되던 시기였다.

시위 중에 경찰서에 두 번 연행되었다. 나와 절친이 같이 운동권이었는데, 항상 나를 염려해서 하는 말이 있다. 앞에 나서지 말고 적당히 뒤로 빠져야지 잡히지 않는다고. 대부분의 시위 현장은 학생들이 시내로 나가려고 하면 앞에서 전경들이 진을 치고 막는다. 학생들이 먼저 돌과 화염병으로 공격하면, 전경들은 한 번 막은 뒤 최루탄으로 공격하면서 발 빠른 체포조를 투입한다. 그러니 맨 앞에서 공격을 주도하는 학생들은 역동작에 걸려 잡히기 좋은 표적이었다. 실제로 체포조는 어느 한 학생을 지목하고 그대로 돌격한다. 나는 절친의 충고를 오히려 비겁하다며 나무라고, 여전히 선두에서 시위를 지휘하곤 했다. 그리고 그런 무모함은 경찰에 두 번 잡혀가는 결과를 낳았다.

첫 번째는 전경에게 잡혀서 버스에 실려 조금 구타당하고, 경찰서에 인계되어 사흘간 조사받고 훈방되었다. 두 번째는 무시무시한 백골단에게 잡혔다. 시위하고 열심히 도망가는데, 막다른 골목에 다다랐다. 나를 포함하여 다섯 명 정도가 뒤따라오는 백골단에게 완전히 포위되었다. 그들은 각목을 들고 있었고, 무자비하게 우리를 때렸다. 버스에 타자 커튼을 닫고 본격적인 구타가 시작되었다. 인간이 이렇게까지 악할 수 있는지, 성선설을 믿던 나의 순수함이 많이 꺾였다. 그들은 정말 악마였다. 여자들에 대해선 성추행이, 남자들에 대해선 무자비한 구타가 이어졌다. 그들의 말들은 여태껏 들어 본 적이 없는 온갖 욕설이 난무한 걸레, 그 자체였다. 그래도 아무도 항의하지 못했다. 그들의 사나운 얼굴과 살벌한 말, 공포스러운 분위기에 오금이 저릴 정도였다. 빨리 경찰서에 도착하기만을 기대할 뿐이었다.

당시는 나름 6월 항쟁의 영향으로 민주화 바람이 일었고, 인권에 대한 의식도 싹트던 시기였다. 그 사각지대가 음지인 백골단이었고, 경찰서는 그래도 양지에 속한 편이었다. 경찰서에 인계되고 난 뒤엔 구속을 미끼로 겁을 주기도 했지만, 구타나 욕설은 없었다. 그렇게 또 사흘간 조사를 받고 훈방되었다.

문제는 두 번째 연행에서 일어났다. 우리의 시위 소식과 연행 소식이 저녁 9시 KBS 뉴스에 나왔는데, 하필이면 "전북대학교 무역학과 2학년 조병호 외 ○○명이 대선 결과에 불복하는 시위 도중 연행되어, 조사를 받고 있습니다."라는 멘트와, 고개 숙이며 조사받는 화면이었다. 당시 대선 불복 투쟁 중 처음 발생한 사건이라 전국적으로 화제가 되었는데, 운이 좋았는지 나빴는지 내가 대표 주자가 되어 방송을 탄 것이다.

훈방되고 다시 대학교에서 시위를 주도하고 있는데, 부모님이 학교까지 오셨다. 어머니는 거의 울 지경이었다. 진부한 그 말씀, 피땀 흘려 공부시켰더니 데모나 하고 있다고. 무작정 휴학하고 시골로 내려가자고 하였다. 학생회 선거도 낙선하고, 대통령 선거도 패해서 우리가 기대했던 세상이 멀어지고, 마땅히 세운 계획도 없이 미래도 암울해서 다 내려놓고 싶던 차에 오히려 좋은 핑계가 생긴 것이다.

자취방에 가서 부모님이 가져온 보자기에 짐을 주섬주섬 싸고, 그동안 잘 들어가지도 못해 밀렸던 월세를 치르고, 그날 바로 시골로 내려갔다. 결국 대학교 2학년을 마치고 입대를 위한 휴학을 결정하였다.

노동 운동

✳

휴학한다고 영장이 바로 나오지 않았고, 보통 휴학 후 군대 가게 될 때까지 6개월 정도가 소요되었다. 그 시간 동안 시골에서 우두커니 지내기에는 무료했고, 한심해 보였다. 동네 친구들은 대부분 대학에 가지 않고 취업해서 같이 놀아 줄 친구도 없었다. 당시 내 미래는 다른 운동권 선배들처럼 대학 졸업 후 노동 운동에 매진하는 거였다. 그렇다면 이 기회에 아무 생각 없이 놀기보다는 차라리 노동자 생활을 경험하고 싶었다.

무작정 상경하였고, 동네 사람을 통해 안산 반월공단의 한 가전 공장에 취직하였다. 이력서에는 대학 휴학을 기재하면 고용주가 좋아할 리 없으므로 고졸까지만 표기하였다.

내가 취직한 회사는 주로 밥솥을 만들어 대기업에 납품하는 건실한 회사였다. 아무 기술도 없는 나는 컨베이어 시스템의 한 부분을 맡아 내 앞에 제품이 도착하면 재빠르게 부속품 중 뭔가를 조립하는 일이었다. 재미없었지만 단순해서 일에 대한 부담은 없었다. 살림하는 가장이야 턱없이 부족한 쥐꼬리만 한 월급이지만, 부양가족이 없고 잠깐 몇 개월간 일하는 나에게는 그런대로 괜찮았다. 기숙사도 제공되었고, 식사 세끼도 모두 제공되었다.

나처럼 군대 대기 중인 또래 친구들도 많아 금방 친구가 되었다. 일과가 끝나면 포장마차 거리에서 술에 흠뻑 취한 채 기숙사에 들어오곤 했다. 서로 그리 세속에 물들지 않은 때라 조건을 따지지 않고 바로 친구가 되어 영혼을 나누며 술잔을 기울이던 순수의 시대였다.

가끔 직장인의 꽃인 회식을 했는데, 처음엔 많이 놀라기도 했다. 비싸서 먹지도 못하는 삼겹살집이 회식 장소라니. 오늘 삼겹살과 술을 맘껏 먹고 마시라는 부서장의 건배사에 그분을 존경하고 싶은 마음이 저절로 솟구쳤다. 고기를 자주 먹지 못하던 시절, 그렇게 회식 날은 아침부터 설레고 저녁이면 더욱 신나는, 술꾼들에겐 천국이나 다름없었다. 술잔을 돌리는 분위기라 남녀노소 가릴 것 없이 모두 만취하는 것이 당연한 예의였고, 그렇게 노동의 피로를 잠깐이나마 씻을 수 있었다.

1987년 봄부터 대학가에 불어닥친 민주화의 열망은 겨울에 접어들면서 바람을 타고 노동 현장에도 밀물처럼 들어오고 있었다. 제대로 준비되지 않은 상태에서 너도나도 노조 만들기에 열을 올리고 있었다. 그 태풍은 우리 공장도 예외가 아니었다.

내가 취직하고 얼마 후 노조가 결성되었고, 내 옆에서 일하던 친한 누나가 도와달라고 요청하였다. 그 누나는 중학교 졸업 후 노동 현장에서 일하다가 세상에 눈을 뜨고, 스스로 공부해서 이론적으로 무장한 실력을 갖춘 자생적인 노동 운동가였다. 마치 전태일 열사의 삶을 보는 듯했다. 나는 대학 다닌 사실을 숨기고 취업해서 위장 취업으로 오해받을 소지가 있으니 노조 간부 명단에서 빼 달라고 하였고, 그냥 뒤에서 열심히 돕겠다고 약속했다.

노조 결성은 노동자의 당연한 권리였지만, 사장은 그렇게 생각하지 않았다. 노조가 설립되고 며칠 후, 사장은 전 직원을 모아 놓고 일장 연설을 시작하였다. 자기가 얼마나 고생하면서 이 공장을 만들었고, 직원들을 자식같이 생각하며, 그래서 대우도 자식처럼 잘해 주는 것이며, 이익이 나면 나눠 줄 것이라고. 지금 회사가 어려운데 노조가 생기면 망한다고. 정 만들고 싶으면 나중에 만들라고. 사장은 눈물 나는 사연을 진짜 눈물을 흘리며 호소하였고, 순진한 직원들은 무슨 큰 잘못을 저지른 듯 고개를 숙이고 눈치만 보고 있었다. 얼마 전에 어렵게 생긴 노조가 곧 없어지게 될 지경이었다.

무슨 용기가 생겼는지 나는 앞으로 나가 마이크를 잡고 우리의 노력으로 사장이 이만큼 부자가 됐고, 그에 비해 우리 임금은 부당하게 적으며, 우리가 정당한 대우를 받기 위해서는 노조가 필요하다며 그동안 학습한 내용들을 조리 있게 말하였다. 대학교 학생회 선거 때 이미 선전 선동에 대한 연습이 많아 연설에 자신이 있었고, 누가 강림했는지 말도 술술 나와 분위기가 반전되었고, 사장은 자리를 급히 떠날 수밖에 없었다. 우리의 승리였고, 사람들이 나를 칭송하였고, 그렇게 나는 하루짜리 영웅이 되었다.

그리고 다음 날 인사팀에서 나를 호출하였다. 당시 각 회사는 담당 정보과 형사가 배정되어 서로 정보를 교환하였는데 내가 대학 다닌 사실을 회사에서 알았고, 이를 빌미 삼아 위장 취업이라며 당장 해고하였다. 또한 사장은 교활하였다. 노조 결성에 핵심 역할을 했던 친한 누나도 다른 구실을 달아 해고하였다. 그리고 나머지 노조원들은 모두 한 단계씩 승진시켰다. 이념으로 무장하지 않은 채 분위기에 휩쓸려 어설프게 만든 노조는 그렇게 꽃을 피우지도 못하고 지고 말았다.

누나와 나는 얼마간 회사 통근 버스에 올라 유인물을 나눠 주고 부당 해고에 맞서 투쟁했지만, 대세를 바꾸기에는 역부족이었다. 오히려 무단으로 버스에 오른 것을 주거 침입으로 신고하여 이미 말을 맞춘 경찰에게 연행되었고, 또 그렇게 사흘간 조사를 받고 훈방되었다.

노조가 불꽃처럼 번지던 시기라 우리처럼 부당하게 해고당한 사람들이 많았고, 안산에도 그런 사람들을 위한 해고자 단체가 있어 자동으로 거기서 활동하게 되었다. 정부의 눈치를 보지 않고 우리를 우호적으로 대했던 파란 눈의 인자하신 신부님 덕에, 성당 지하의 조그만 사무실이 우리 아지트였다. 동병상련으로 다들 돈이 없어 매일 그곳에서 라면으로 점심을 때웠지만, 저녁이면 '오병이어'의 기적이 일어나 돈이 어디서 나오는지 십시일반 걷어서 소주를 마시며 현실을 한탄하고 우리가 나아갈 방향을 함께 고민하였다. 당장 끼니를 걱정해야 해서 기초적인 생활도 힘들었지만, 그들과 어울리는 술자리는 외로움을 달래기에 충분했다.

그렇게 몇 개월 동지로서 형제로서 남매로서 지내다가 입대했다.

휴가 때면 그곳에 가서 술잔을 기울였지만, 그 후 몇 년 동안 소식이 뜸해졌고, 완전히 단절되었다. 지금도 가끔 생각나서 찾아보기도 하지만 찾을 수가 없다. 당시는 불완전한 민주화 시대라서 노동 운동 하는 사람들이 대부분 가명을 사용하였다. 그래서 찾고 싶어도 본명을 모르니 찾을 수가 없다. 가슴속에 좋은 추억으로 남길 수밖에……

전투 경찰

✳

1988년은 올림픽이 열리는 해였다. 7월에 전주 35사단에 입대한 나는 한여름 힘들고 혹독한 훈련 기간이 끝나고, 염려한 대로 전투 경찰로 배치받게 되었다. 운동권 학생들은 일부러 전경으로 배치한다는 흉흉한 소문이 있었고, 그러지 않기를 나도 부모님도 바랐지만, 뜻대로 되지 않았다. 전경으로 배치받아 경찰 학교에서 다시 훈련받는 동안 부모님께 전화하여 시위 막는 전경이 아닌 초소에서 근무하는, 군인 같은 전경 부대로 가게 해 달라고 떼썼다.

시골에서 농사만 짓던 분들이 소위 '빽'이 있을 리 없었고, 경찰 말단인 어머니 친동생에게 부탁했다지만 그 정도로는 어림없었나 보다. 오히려 서울 대학가 최 일선에서 시위 막는, 최고로 가기 싫은 부대로 배치받았다. 시위하다 시위를 막는 신세로 전락한 이때의 생활은 처량하였다.

스콧 배리 카우프만은 책 『트랜센드』에서 "낮은 소속감의 인식으로 유발되는 사회적 고통은 육체적 고통과 구별할 수 없는 것으로 나타났으며, 온전한 자아의 기능에 심각한 결과를 초래한다."라고 하였다. 누구나 어느 조직에 소속되기 마련인데, 자기 조직에 대한 자부심이 전혀 없고 오히려 그 조직을 창피해할 때, 그 속에서의 생활은 지옥 그 자체였다.

　첫 시위 진압은 서강대학교였다. 전투복으로 갈아입는데 늦는다고 맞고, 학생들과 대치할 땐 나도 모르게 운동권 가요를 흥얼거려 곤봉으로 뒤통수를 맞았다. 처음 대치할 때는 정신이 혼미하고 떨렸지만, 대치 상태가 계속 이어지자 그만 본능적으로 학생 쪽 노래에 동조한 것이다.

　전경으로 근무하는 동안 몸도 고되었지만, 머리도 혼란스러웠다. 그 시기에 소련을 비롯한 동구 공산권이 무너지고 있었다. 내가 배우고 신봉했던 마르크스와 레닌이 한낱 조롱의 대상이 되어 있었다. 누구와 고민을 나누거나 토론할 수도 없고, 혼자서 고립된 상황이라는 한계가 있어 내 머리는 그야말로 카오스 그 자체였다.

　영육 간에 겨우 버티며 지내는 와중에도 유일한 희망은 술이었다. 사람이 극도의 절망에 빠지면 역시 본능적인 생존 욕구가 생기기 마련이다. 내가 나를 위로할 수 있는…….

　최고참이 전역할 때마다 치르는 송별 회식은 유일한 즐거움이었다. 2~3개월에 한 번 정도 있었는데, 그날만큼은 제육볶음이 푸짐하게 나왔고, 과자 부스러기들이 함께 딸려 나왔다. 소주를 실컷 먹고 엉터리 개사 군가를 부르며 신나게 춤을 추었다. 악질 선임들도 이날만큼은 자비심 가득한 부처님이 되어 모든 걸 용서하며 실컷 즐기도록 눈감아 주었다. 심지어 상사와 부하가 바뀌는 '야자타임'까지 허용하곤 했다. 비록 다음 날은 다시 악마가 되었지만.

　술에 취해서는 많은 실수가 따랐는데, 어떤 선임은 자다가 2층

침실에서 일어나 그대로 1층으로 소변을 보는 경우도 있었고, 넘어져서 다치는 경우도 많았다. 약간의 부작용에도 충분한 디오니소스의 선물은 앞으로의 힘든 시간을 견뎌 준 영양분이 되었다. 그렇게 어찌어찌하여 국방부 시계는 잘 굴러가고 있었다.

전경의 좋은 점 중 하나는 휴가가 자주 있다는 것이다. 매일 시위 진압에 고생이 많다고 정기 휴가와는 별도로 한 달에 무박으로 하루 정도 휴가를 주었다. 그때는 친한 동료들과 함께 부대를 나서자마자 술부터 마셨다. 주머니 사정이 변변치 않았지만, 안주가 풍성했다. 그동안 우리를 괴롭혔던 악질 선임들, 이를 못 본 체하며 자기 안위만 생각하는 간부들을 모두 술자리에 불러들여 무자비하게 씹었다. 그렇게 해서라도 영육 간에 맺힌 원한들을 풀었다. 그리고는 각자 서울에 있는 일가친척들을 방문하여 용돈을 들고 저녁에 부대 근처에서 다시 모였다. 거기서 또 아까와 같이 술을 마시고 전혀 취하지 않은 척 귀대했다.

힘들었던 시위 진압도 고참이 될수록 부담이 없었다. 달리기가 빠르고 행동이 민첩하다고 전경대에서 별도로 운영하는 사복조로 활동하였다. 당시 백골단은 공포의 대상이어서 전경 부대에서도 자체적으로 마치 백골단처럼 꾸며서 팀처럼 운영했는데, 거기에 선발된 것이다. 한때 백골단을 증오했지만 내가 그 역할을 하게 되니 아이러니가 아닐 수 없다. 그러나 내가 움직이지 않으면 동료들이 다치니 열심히 시위대를 쫓아내거나 체포해야만 했다. 되도록 겁만 주고 잡지 않으려고 노력했지만, 한꺼번에 포위하여 체포하는 경우에는 봐줄 수가 없었다. 마음이 아프지만, 행동은 어쩔 수 없는 불행한 상황이 계속되었다.

　제대를 1년 정도 앞두고 그런 생활에 적응할 무렵 왼쪽 다리 골절상을 당했다. 부대 연병장인 아스팔트에서 족구하다가 다쳤지만, 서류상 훈련 중 부상으로 처리되어 경찰 병원에 입원하였다. 그 시점에는 나도 어느 정도 선임이라 소위 말하는 '따까리'가 나의 간호병으로 파견되었다. 덕분에 온갖 시중을 받으며 황제와 같은 안락한 병원 생활을 하였다. 다친 소식을 듣고 부모님, 형, 누나, 수도권에 사는 친구들이 문병을 많이 왔고, 올 때마다 책, 간식거리, 용돈을 주고 갔다.

　경찰 병원에 입원하는 환자는 골절상이 많아 정형외과 병상이 이미 꽉 차서 빈 병상이 있는 치과 병동에 입원하게 되었다. 그곳엔 세상 제일 불쌍한 환자들이 입원해 있었다. 입에 무슨 장치를 하고 있어 입을 크게 벌릴 수 없으니, 대화할 때 발음도 어색했고, 식사 때는 우유 같은 영양분 액체를 빨대로 흡입하고 있었다. 그러나 이분들도 음식에 대한 욕구는 대단하였다. 오히려 제대로 먹을 수 있는 사람들보다 더 갈망하였다.

　저녁 식사를 마친 후, 야식으로 매일 짜장면, 짬뽕, 탕수육 등을 배달시켰다. 다들 병문안 오는 사람들로부터 받은 용돈으로 주머니가 풍성했다. 사람 수대로 시켰는데, 치과 환자들은 빨대로 국물만 불쌍하게 흡입하였고, 남은 면과 탕수육 덩어리는 나와 간호병 몫이었다. 입원하는 두 달 동안 거의 매일 이렇게 파티가 이어졌고,

내 인생 최고의 먹방을 시연하였다.

왼쪽 다리 정형외과 환자라 먹는 것에는 아무 지장이 없던 나는 거의 매일 폭식을 하였다. 소도 한 마리 먹어 치울 수 있을 만큼 배고픈 군 시절이었고, 하루 종일 누워 있어 할 일도 없던 때라, 잠들 때를 빼고는 입속에 뭔가를 욱여넣었다.

다치기 전 키 170cm 언저리, 몸무게 65kg 정도를 유지했던 날렵했던 몸이 2개월 입원 동안 약 20kg이 불었다. 퇴원 후 2개월간 시골에서 요양하면서 다시 뼈에 좋다는 온갖 음식, 특히 거르지 않아 기름이 둥둥 떠다니는 사골국을 먹으면서 인간의 형상을 잃어갔는데, 90kg을 넘나드는 체중이 되었다. 그 후 얼마간은 감량했지만 80kg 정도의 몸무게를 꾸준히 유지함으로써 다치고부터 얼마 전 다이어트에 성공하기까지, 대략 35년 동안 두꺼운 인생을 살아가게 되었다.

아르바이트

✳

군대를 다녀와서 보니 세상이 천지개벽하였다. 한산했던 도로는 자동차로 넘쳐났다. 군대 가기 전에 상상하기 힘들었던, 대학생들의 자가용 통학이 사회 문제로 대두되어 TV에서 열띤 토론이 벌어지기도 했다. 그렇게 많던 학교 앞 막걸리 가게들도 겨우 1~2개 정도만 남아 있어 예전의 영광을 추억하고 있었다. 그 자리는 호프집이나 카페로 바뀌어 있었다. 그렇게 바뀌게 된 계기는 1988년 올림픽이 결정적인 역할을 하였다.

군 제대 복학 후 이젠 철이 들어서인지 적어도 내 용돈만큼은 부모님 신세를 지고 싶지 않았다. 그래서 하숙을 마다하고 학교 앞에서 독서실 생활을 하게 되었다. 당시 방이 별도로 있는 독서실도 있었으나, 소위 '대중탕'이라고 해서 도서관처럼 낮에는 공부하고, 저녁에는 그 자리에 이부자리를 펴고 잠을 자는 형태의 가장 저렴한 독서실에서 생활하였다.

또한 아르바이트도 하게 되었다. 당시 과외는 법으로 금지되어 있어 대학생들은 카페나 술집에서 주로 서빙을 하였다. 나는 이미 몸매가 두껍고 낮아 서빙과 어울리지 않았고, 성격에도 맞지 않아 다른 아르바이트 자리를 찾고 있었는데, 절친한 선배로부터 은행

숙직 아르바이트 자리를 물려받게 되었다. 은행 남자 직원 한 명과 함께 저녁 6시부터 아침 9시까지 당직실에서 근무하는 일이었다. 평일에는 근무하고 가끔 토·일요일, 공휴일까지 대직을 서는 경우도 많았다. 대직한다고 하면 당사자가 고마워했고, 당직비에 약간 웃돈을 얹어 챙겨 주었다. 은행은 샤워 시설이 있어 독서실보다 빨래하기도 괜찮았고 잠자리도 편해서 내 집처럼 애용하였다.

나야 매일 근무하지만, 은행 직원들은 평균 한 달에 한 번 정도 당직을 해서 무료한 시간을 건디기 힘들어했다. 둘이 우두커니 TV만 보기에도 어색하였다. 이런 분위기를 반전시키기엔 술만 한 게 없었다. 전에 근무했던 선배는 술을 잘 마시지 못해 재미없이 정해진 일만 묵묵히 수행했지만, 나는 직원과의 소통에 방점을 두고 술 마시는 데 진심을 다했다. 어느새 내가 술을 잘 마시는 것으로 소문나서 당직실에서 저녁 먹으면서 한잔하는 것이 당연한 일상이 되었고, 어쩌다 발동 걸리면 밤새도록 마시기도 했다.

대학교 3~4학년이면 취업을 위해 공부에 매진해야 하지만 저녁마다 만만치 않게 마시는 술에 다음 날 수업 시간엔 결석하거나 졸기 일쑤여서, 공부에 전념하기가 힘들었다. 그렇다고 이미 내 이미지가 당직 서면서 술 마시는 것으로 굳어졌는데, 이제 와 내 공부를 핑계로 그만 마시자고 하기도 애매한 상황이었다.

당시는 취업 호황기라 어지간하면 교수님 추천으로 대기업, 은행 등에 취업이 가능했지만, 교수에게 미운털이 박힌 운동권 출신에게 그런 기회가 주어지진 않았다. 어쩔 수 없이 공채를 준비할 수밖에 없었는데, 시험 과목이 영어, 전공, 상식이라 공부에 큰 어려움은 없었지만, 아르바이트로 빼앗기는 시간이 많아 공부 시간이 절대적으로 부족했다. 전날 마신 술의 영향으로 공부에 집중하기 어려운 상황이어서 '내일부터 공부해야지' 하면서, 공부할 페이지만 쌓였다.

결국 4학년 2학기 시작할 무렵, 아르바이트를 그만두고 공부에만 매진하였다. 인기가 좋았던 대기업 시험에 응시하면 1차는 합격하였지만 2차 면접에서는 번번이 불합격하였다. 그즈음 선배, 동료들이 내가 운동권 출신으로 '블랙리스트'라서 대기업 취업이 힘들 거라고 일러 주었다.

내가 생각해도 그렇고, 다른 운동권 출신 선배들도 대기업 합격자가 없는 것을 보고 졸업 무렵 방향을 바꾸기로 하였다. 공무원은 비공식적인 '블랙리스트'를 적용할 수 없고, 어차피 그토록 미워했던 대기업의 재벌 2세보다 국가를 위해 일하는 게 더 모양새도 그럴듯하다고 생각하였다. 고민 끝에 공무원 시험에 도전하기로 결심했다. 그렇다고 졸업하는 마당에까지 부모님께 손을 벌릴 수는 없었다.

대기업 취업 실패의 쓰라림을 맛본 12월부터 졸업인 2월까지 한겨울에 건축 현장에서 소위 '노가다'라고 하는 막일을 하였다. 특별한 기술이 없는 한, 단기간에 돈을 모으기에 막일만큼 단가가 높은 일이 없었다. 일을 하면서 공부는 담을 쌓았다. 어차피 새로운 공부를 해야 하는 상황이라 마음 편하게 갖기로 하였다. 일이 끝나면 인부들과 소주를 마시면서 고된 몸을 위로하였다. 몸으로 때우는 노동일은 그 결실을 눈앞에서 바로 확인하면서 진행하다 보니 어떤 긍지도 느낄 수 있었다.

일이 끝나면 그냥 헤어지는 법이 별로 없었고, 저녁을 겸한 소주 몇 병으로 고된 몸을 달랬다. 그리고 내일 또 일찍부터 일해야 해서 술에 취한 채 이른 저녁에 잠자리에 들었다. 그렇게 3개월을 보내면서 목돈 이백만 원을 모았고, 남들은 취업의 기쁨으로 축제의 장이 된 졸업식을 우울하게 마친 후, 무작정 상경하여 서울 노량진에 있는 공무원 7급 학원에 등록하였다.

백수

✳

　시험을 5개월 앞둔 1993년 3월, 노량진에 있는 공무원 시험 전문 학원에 2개월 정규반 코스로 등록했다. 공부와 잠은 독서실에서, 식사는 주변 고시촌 식당에서 해결하였다.

　처음 접해 보는 철학, 헌법 등은 재미가 있었지만, 컴퓨터에 문외한이고 숫자를 별로 좋아하지 않아 '전산학개론' 같은 과목은 공부하기 싫었다. 컴퓨터를 만진 적도 없어 전혀 이해하지 못하면서도, 이론상으로만 달달 외워서 치는 시험이 무슨 의미가 있나 싶지만, 당시 시험은 그런 식으로 능력을 평가했다.

　5개월간 전혀 술을 마시지도 않았고, 규칙적인 생활을 했다. 잠자고 먹는 시간을 빼고는 모두 공부에 전념했다. 우리가 착각하는 것 중 하나가 왜 공부를 하는지에 대한 생각이다. 대부분이 좋은 대학 가려고 고등학교 때까지 공부를 열심히 한다. 그러나 사실 공부는 일생에 딱 한 번 요긴하게 쓰인다. 바로 평생직장을 갖기 위한, 취업을 위한 시험이다. 소위 좋은 대학에 가면 물론 좋겠지만, 그걸로 끝나는 건 아니다. 그동안 공부한 것은 이날 하루, 평생직장 취직 시험에 합격하기 위한 훈련이다. 어렵게 좋은 대학 가서 들러리만 서는 경우도 허다하다. 취직이라는 측면에서 보면 좋은 대학은 좋은 직장을 갖기 위한, 좀 더 유리한 고지를 선점했다는 역할, 그 이상도 이하도 아니다.

초등학교부터 대학교까지 공부한 것에다가 새로이 공부한 모두를 쏟아 냈다. 비록 5개월의 짧은 기간이었지만 후회 없이 공부했고, 제대로 공부에 재미를 붙이기도 했다. 지금까지 그렇게 열심히 공부한 적이 없었다. 시험도 쉽게 치렀고, 당연히 합격한 줄 알았다.

시험 끝나고 다시 전주로 내려와서 합격자 발표를 기다렸다. 예전부터 있었던 독서실에 있으면서, 용돈이 떨어지면 며칠 막일해서 기초적인 생활을 이어 갔다. 그동안 참았던 술은 원 없이 마셨다. 다행히 독서실에 마음이 잘 통하는 일 년 선배 형이 있어 둘이 자주 어울리며 술을 마셨다. 때마침 불어닥친 양념통닭의 유행으로 단골집은 독서실 근처 '맥시칸 치킨'이었다. 각자 소주 2~3병 마시기에 적당했고, 곧 합격할 것으로 예상했기 때문에 술에 취했을 때 세상은 참 쉽고 아름다워 보였다.

둘이 여행도 떠났다. 둘 다 합격할 줄 알고 미리 샴페인을 터트린 것이다. 이것저것 갈아타고 용문산에 도착하여 개울 좋은 자리에 텐트를 쳤다. 근처 음식점에서 닭볶음탕을 냄비째로 가져와서 양조장에서 파는 큰 막걸리 한 통과 함께 먹고 마셨다. 당시 한 통은, 지금은 보통 750ml 용량이 한 병이니, 20병쯤 되지 않을까 싶다. 술자리를 그럴듯하게 차리고 주위 사람들과 합석하기도 하고, 노래도 부르고 별별 시답지 않은 얘기도 하면서 많이 마셨고, 그 후 한참 헤맸던 기억만 가물가물했다.

아침에 일어나 보니 처음 보는 이상한 천장이었다. 어제 한참 마셨던 것만 기억나고, 그다음은 깜깜이었다. 어렵게 일어나서 보니 화물차 밑에서 하룻밤 신세를 졌던 것이다. 아찔했지만, 여름이고 차가 출발하지 않아서 다행이라고 생각한 것도 잠시, 이미 해는 중천에 떴고, 어렵사리 어제 술 마신 자리에 가 보니 아무런 흔적도 없었다. 핸드폰도 없던 시대라 여기저기 찾아 나서야 했다. 어제 돈도 형한테 다 맡겨서 돌아갈 차비도 없었다. 한참 찾다가 그 형을 만났을 때의 감격은 그야말로 이산가족 상봉이 따로 없었다. 그 형 말에 의하면, 어제 나는 한참 술 마시다 사라졌고, 아침부터 찾았으나 없어서 그냥 혼자 돌아가려다 마지막이라 생각하고, 한 번 더 뒤지는 중에 만났다고 했다. 지금 생각해도 어이없는 일이었다.

그렇게 한량으로 보내다가 합격 발표일이 다가왔다. 당시는 전화 ARS로 합격자 여부를 알려 주었다. 자정에 공중전화로 불합격이라는 기계음을 듣고 가슴이 먹먹했다. 아름다운 세상이 험난한 세상으로 변하는 순간이었다. 이제 대책도 없었다. 돈도 없고, 취직할 직장도 없었다. 다시 막일을 해서 목돈을 마련하려 해도 마땅한 자리가 없었고, 그 고생을 다시 하고 싶지도 않았다.

그러나 술은 있었다. 같이 취직 시험에 떨어진 독서실 형과 매일 소주를 부으며 세상을 한탄했다. 독서실에는 평생 백수인 사람들이 있다. 매년 공무원 시험을 준비하는데 그 비용을 스스로 충당한다. 돈이 떨어지면 막일해서 목돈을 만들고, 그 돈으로 공부하고, 또 돈이 떨어지면 막일하고……

어느 독서실이나 이런 식으로 몇십 년을 백수로 지내는 전설 같은 분들이 몇 명씩 있었다. 보통은 몇 년을 그렇게 살다가 기대치를 낮추어 적당한 기업에 취직하거나 낙향하여 농사짓는 경우가 있지만 나는 기대를 낮추어도 취직하기 힘들었고, 낙향해도 농사지을 땅이 변변치 않았다.

나도 어쩔 수 없이 그런 백수 생활에 빠져 평생을 살아야 하는 게 아닌가 하는 절망 속에서 몇 개월을 보냈다. 생각이 생각을 가져오고, 비관이 비관을 가져오고, 자신감은 갈수록 위축되므로 이를 극복하기엔 술이 최고였다. 매일 술을 마시며 서로에게 자신감을 불어 넣다가도, 다음 날 술이 깨면 허무감에 사로잡히는 날들이 계속되었다. 독서실에 걸려 오는 전화는 거의 받지 않았다. 기가 죽은 모습을 누구에게도 보이기 싫었다. 부모님 전화도 받지 않았는데, 어느 날 꼭 받으라고 해서 어쩔 수 없이 받았다. 다른 말씀은 안 하시고 시골에 잠깐 오라는 거였다.

내려갔더니 나를 앉히시고 도대체 앞으로 어떻게 할 거냐고 물으셨다. 나는 한 해만 더 하면 합격할 자신이 있는데, 돈이 없어 포기해야 하니 안타깝다고 말했다. 한참 고민하며 한숨만 쉬던 부모님은 그럼 한 번 더 해 보라고 하셨다. 어디서 거금도 마련해 놓으셨다. 부모님이 이토록 커 보인 적이 없었다. 이번에는 1월에 상경해서 전년과 똑같이 다시 한번 2개월 코스를 밟고 5개월간은 혼자서 공부했다. 역시 죽도록 공부했다.

그래도 문제는 역시 술이었다. 상경했을 때의 대단한 다짐은 2개월을 버티지 못하였다. 잘 참고 있었는데, 전주 독서실 친한 형이 공무원 시험 준비한다고 노량진 내 독서실 옆 독서실에 터전을 마련하였다. 그 형은 같은 식당에서 식권을 끊어 매일 같이 식사하자고 했지만, 그랬다간 둘 다 망할 것 같았다. 눈만 마주쳐도 그대로 술이 생각나서 하루를 망칠 것 같았다.

술을 마시면 마시는 당일에야 당연히 버리지만, 다음 날도 버티기 힘들 것이라 공부 시간을 무의미하게 날릴 수밖에 없다. 그래서 우리는 공부에 많이 방해받지 않고 저렴하게 술을 마시는 방안으로, 매주 금요일 저녁 그날 마처야 할 공부까지 끝내고, 63빌딩 앞 여의도 한강공원에서 참았던 알코올을 맘껏 들이키기로 했다.

돈이 충분치 않았던 시기라 식당에서 마실 엄두는 못 내고 공원 매점에서 소주와 안주 부스러기를 사서 마셨는데, 그 형이나 나나 술이 고파서 많이 마셨다. 어차피 2차도 못가니 계속 한 자리에서 마셨고, 얼추 취하면 공원 잔디에 누워 대충 잠을 청했고, 다음 날 햇볕에 눈이 부셔 잠이 깨면 걷거나 버스를 타고 독서실로 돌아갔다. 그렇게 보내게 되면 그날도 머리가 맑지 않아 공부가 되지 않고, 거의 하루를 허무하게 보내기 일쑤였다.

국세청 7급 공채일은 7월 말이었던 것으로 기억한다. 그때가 1994년 여름이었는데, 당시까지 그리고 그 후 약 30년 후까지 가장 무더웠던 여름으로 기록된 해였다. 독서실 에어컨이 고장 났고, 선풍기가 내뿜는 소음과 미래에 대한 걱정으로 시험 전날 한숨도 자지 못하였다. 당연히 정신이 멍한 상태로 시험을 치렀고, 어떻게 시간이 지나갔는지 모를 정도로 아무 생각이 없었다. 마땅히 불합격하였다고 생각했다.

속상한 마음에 시험 마치고 한강공원 가서 한낮에 소주를 병째 들이켜니, 하루 종일 먹은 것이 없어 속이 뒤집어졌다. 참으로 내 신세가 처량하다고 한탄하는데, 그날따라 한강은 구슬프게 흐르고 있었다. 하느님이 보기에도 내 처지가 딱해 보였는지, 대충 찍었던 것을 정답으로 처리해 주었다. 국세청 7급 공채에 합격한 것이다.

맨정신에 자신이 없어 작년에 들었던 기계음을 술에 취해 자정에 들었는데, 지금까지 살면서 가장 기뻤던 순간이었다. 부모님께 바로 전화하였고, 부모님은 자정에 덩실덩실 춤을 추셨다고 하였다. 그때까지 함께 있으면서 결과를 기다렸던 주위 사람들이 축하를 건넸고, 밤새도록 술을 마셨다.

시험을 치고 나면 아주 잘 봤다고 자신만만할 때가 있다. 전년도 내 경우도 그랬다. 그러나 시험은 난이도를 조정하고, 그래서 함정이 있다. 적당한 공부 수준으로는 그 함정에 빠지고 공부 수준이 높으면 함정을 벗어난다. 시험을 잘 봤다고 생각한 사람은 그 함정을 보지 못하기 때문에 정답으로 착각한다. 함정을 본 사람은 정답을 고민한다. 내 경우, 고민이 많아 시험을 잘 못 봤다고 생각하고 절망했지만 다행히 함정들을 잘 피해 갔나 보다.

취업

취업 후엔 어느 정도 미래에 대한 불확실성이 제거되어 하늘을 날 듯 자유를 만끽하게 되었다. 무엇보다 다행인 것은 좋아하는 술을 브레이크 없이 즐길 수 있다는 것이었다. 지금이야 회식이 부정적인 면이 강하지만, 아직도 회식은 직장인의 로망이라 생각하는 사람이 많다. 시대가 변해서 자주 하면 불만이지만, 너무 안 해도 이 또한 불만이라고 한다.

불행히도 공무원은 법인 카드가 없어 갹출하여 회식비를 충당해야 하는데, 나처럼 음식과 술을 평균보다 많이 먹고 마시는 사람에게는 내는 돈보다 먹는 것이 많아서 가성비가 좋다. 따로 술자리를 찾을 필요 없이 직장에서 술 마실 기회를 많이 제공하니 시간도 절약되고 돈도 절약되고, 일거양득이다.

첫 직장에서의 회식은, 아직도 잊을 수가 없다. 우리 부서에 3명 정도 신입 직원이 있어 환영회로 부서 회식을 하였는데, 처음 먹어 보는 소고기구이가 메뉴였다. 당시는 외국산이 수입되지 않았으니 당연히 한우였을 것이고, 가격도 그다지 비싸지 않았다. 주량 테스트도 겸해서 나에게 엄청난 술잔이 오갔는데, 긴장해서인지 전혀 취하지 않았고, 술자리가 끝났을 무렵 선배, 동료들 다 챙겨 주고 홀로 살아남았다.

다음 날 출근해서 해장하러 따라갔는데, 이번에도 처음 먹어 보는 복지리가 메뉴였다. 시골에서 미나리무침을 많이 먹어 봤어도 이렇게 샤브샤브식으로 먹지는 않는데, 복이며 미나리, 채소, 참신한 국물이 전날 먹은 술을 깨끗이 원점으로 돌리고 다시 술을 부르는 마법의 음식이었다.

그동안 안주는 극빈자급으로 시켜 술을 마셨는데, 취업하고 보니 상당히 업그레이드되었다. 그때 생각에, 이런 안주랑 술을 마시면 평생 취할 일이 없을 것 같다고 생각했다. 물론 이런 안이함이 오히려 폭주를 불러오고, 술로 인한 부작용에 일조하였지만, 취업 후 매주 3~4일 이상, 나중에는 매일 술독에 빠진 삶으로 이어졌다.

처음에 취직했을 때 공식적인 회식은 한 달에 한 번 정도였지만, 팀별로 삼삼오오 모여 매주 한 번 이상은 술을 마시는 분위기였다. 국세청은 2년에 한 번씩 인사 이동을 하는데, 업무의 연속성을 위해 절반씩 나눠서 하기에 1년마다 구성원들이 바뀐다. 그리고 헤어지면 그 시절을 아쉬워하면서 모임이 생긴다. 물론 몇 해 하다가 그만두는 모임도 있고 몇십 년씩 오래가는 모임도 있지만, 일년에 한 번씩 모임이 생기는 것이니 그만큼 술자리도 빈번하다. 또 직장 내 동기 모임, 학교 동문 모임 등 소모임도 있어 술자리가 끊임없이 이어진다. 거기에 직장 외 다른 모임들까지 많이 있으니, 12월 송년회 시즌에는 하루에 두세 번 모임에 참석해야 하는 경우가 많다.

나는 약속을 소중하게 여긴다. 그래서 약속에 늦는 경우란 거의 없다. 혹 1분이라도 늦으면 전화해서 양해를 구한다. 그래서 멀리 있는 곳에서 약속이 있으면 30분이나 1시간 일찍 도착한다. 그러면 주위를 산책하거나, 가져온 책을 읽기도 한다. 그러나 지금껏 만난 대부분의 사람은 약속에 늦는 경우가 많고, 아무런 죄책감도 느끼지 않는 사람도 많다. 당연하듯이 생각하고 그걸 따지면 오히려 적반하장인 경우도 있어 치사하지만, 그냥 그러려니 넘긴다.

상대방이 늦게 오면 짜증이 나는 것은 어쩔 수 없다. 괜히 핸드폰만 만지작거리며 시간을 확인하면서 짜증이 배가되기도 한다. 그래서 궁여지책으로 내세운 것이 도착한 대로 책을 읽는 것이다. 상대방이 늦을수록 책 읽을 시간을 더 확보해 주니 오히려 고맙다고 생각하려고 시작한 것인데, 상당히 효과가 있다. 상대방을 미워해 봤자 결국 손해인 것은 나이므로, 고마운 마음을 갖기 위한 나름의 해결책이다.

여럿이 모이기로 했는데, 일부가 왔을 때는 시간이 되면 시작한다. 음식도 그냥 주문한다. 시간 맞춰 온 사람들은 잘못이 없기 때문이다. 일단 입가심으로 술을 시켜 밑반찬에 먹다가 늦게 오는 사람부터 벌주를 마시게 한다.

어느 해는 내가 두 모임 총무를 맡고 있었는데, 날짜가 겹쳐 한 장소에 두 곳을 예약하고 양쪽을 번갈아 가며 술을 마신 적도 있다. 그런 날은 2차가 문제다. 또 같은 장소를 할 수가 없어 어쩔 수 없이 두 장소를 왔다 갔다 한다.

벙호 쫓아내기

어느 해는 12월 송년회라 3곳 모임이 한 날짜에 잡혔다. 나는 선약을 우선으로 한다. 아무리 급한 약속이 생겨도 선약했던 당사자가 동의하지 않으면 그날에 다른 약속을 하지 않는다. 그날은 세 곳 모임 모두 참석했다. 첫 번째 모임에서 1~2차, 두 번째 모임에서 3~4차, 세 번째 모임에서 5~7차까지 했다. 물론 그런 날은 저녁 늦게 귀가하지 않는다. 아침 일찍 귀가한다.

술을 마셔도 되도록 집 근처에서 마신다. 정 어렵더라도 수원을 떠나지 않으려고 한다. 왠지 편하지 않다. 서울에 친한 친구가 있는데, 우리가 수원으로 부른다. 친구가 어떤 변명을 대며 서울로 초대해도 어떤 핑계를 대며 가지 않고 수원에 오라고 하니까, 어쩔 수 없이 내려오곤 했다. 그러던 어느 날, 1차가 끝나고 자기는 술을 먹지 않았다며 자기 차로 움직이자고 했다. 당연히 근처 호프나 갈 줄 알았는데, 고속도로로 냅다 달려 서울로 갔다. 자기 아지트에서 마시자는 것이었다. 그리고 실컷 마시라고 했다. 다른 친구들은 조금 마시고 나 혼자만 양주 네 병을 마셨다. 맥주잔으로 원샷 하니 술이 술술 넘어갔다. 1차에서 적당히 적셔 잘 넘어가는 최상의 컨디션이기도 했다. 술값이 상당히 많이 나왔다고 했다. 그 이후로 그 친구는 다시는 서울로 초대하지 않는다.

명예퇴직을 6개월 앞두고는 아예 차를 가지고 다니지 않았다. 전날 마신 숙취로 아침에라도 음주 운전에 단속되면, 명예퇴직이 되지 않기에 떨어지는 낙엽도 조심하고자 했다. 직원들과 점심을 먹으면서 낮술을 즐겼는데, 내 주량을 잘 아는 직원들은 아예 오후 휴가를 내면서 술 상대를 해 주기도 하였다. 저녁에는 직원이나 친구들과 밤늦도록 마시면서 직장 생활의 마지막을 온통 술로 물들였다.

학위 취득

어머니 바라기였던 어린 시절, 어머니에게 내가 커서 무엇이 되었으면 좋겠냐고 물어본 적이 있다. 어머니는 박사가 되었으면 소원이 없겠다고 말씀하셨다. 나중에 박사 학위를 받고 어머니에게 이 말씀을 드렸더니 기억하지 못하였다. 아마 당시 별생각 없이 박사가 좋게 보이고 닿을 수 없는 곳에 있어, 무작정 통 크게 부르신 게 아닌가 싶다. 그렇지만 내 가슴속에 공부를 더 해서 박사 학위를 받고 싶은 욕망이 항상 있었다. 다만 너무 비현실적인 꿈에 불과했다.

사무관 승진 후 발령받은 세무서에 야간대학원에서 석사 과정을 밟고 있는 과장님이 계셨다. 나보다 3살 정도 더 많은 연배이신데, 야간대학원에 가기 위해서는 1시간 정도 일찍 사무실에서 나가야 해서 외출을 달아야 하는데, 서장님한테 눈치가 보이는 모양이었다. 동지가 필요한 듯 나에게 석사 과정을 권하였다. 그래서 매주 화·목요일에 1시간 일찍 퇴근해서 같이 대학원에 가자는 것이었다. 공무원에 대한 대학원 위탁 교육이 있고 거의 전액 지원된다는 사실은 알고 있었지만, 나에게까지 기회가 올 수 있을지 의구심이 들어 아예 생각하지도 않았었다. 그러나 생각만큼 경쟁이 치열하지 않다면서 지원해 보라고 했고, 덜컥 선발되었다.

그렇게 MBI가 시작되었다. 야간대학원 과정은 대학원과 최고경영자 과정을 합친 것과 비슷했다. 대학원이 공부를 더 하기 위한 상아탑 성격이라면, 최고경영자 과정은 대놓고 인맥을 쌓기 위한 친목의 창구 같은 곳인데, 야간대학원은 두 목적을 모두 가진 사람들이 모인 곳이었다. 일주일 중 화·목요일에 수업이 있는데, 저녁 6시에 시작하여 9시경 끝났다. 그냥 헤어지기 아쉬워 늦은 시간에 동기들, 혹은 마음에 맞는 수강생들끼리 술자리를 가졌다.

사실 수업보다는 술자리가 대학원을 등교하게 만든 힘이었다. 공부보다 잿밥에 더 관심이 많았으므로 일주일 중 대학원 가는 이틀은 밤늦게까지 술을 마셨다. 그동안 만났던 직장 사람들과는 결이 달라 새로운 세상을 접하는 설렘이 있었다. 오늘 수업받은 내용에 대한 소회를 토론하는 학문의 장을 열기도 했다. 대학 시절 미처 느끼지 못했던 학문의 낭만을 40대 후반에 다시 경험하는 것은 실로 행운이었다.

석사 과정을 마치고 바로 박사 과정을 시작했다. 박사 과정은 석사 과정과는 딴판이었다. 석사 과정이 대학 생활과 비슷했다면, 박사 과정은 지금껏 경험하지 못한 신세계였다. 도대체 무슨 말인지 알아들을 수가 없었다. 강의실에 들어간 순간부터 '나는 누구인가? 여기는 어디인가?' 하는 탄식이 저절로 나왔다. 과연 내가 박사 학위를 받을 수 있을지 자신감이 사라졌다. 이럴 땐 역시 술이 최고의 위안거리였다.

박사 과정도 저녁 늦은 시간에 끝났다. 석사 과정과 달리 동기도 많지 않고, 너무 늦은 시간이라 집에 와서 혼술하였다. 오늘 배운 내용이 도저히 이해되지 않아 마치고 집에 온 날은 무조건 술을 마시면서 절망을 희망으로 바꾸려 노력했다. 나는 할 수 있고, 하여야만 하며, 어떤 경우에도 포기하지 않겠다고 스스로 다독였다. 그렇게 고뇌의 시간이 지나가니 어느 정도 적응하였다.

박사 과정 3학년을 시작하고 논문을 쓰는 기한은 연말까지였다. 대충 윤곽만 잡고 실질적인 논문은 12월까지 완성해야만 했다. 그러나 여러 가지로 상황이 여의치가 않았다. 하필 당시 아버지, 어머니 모두 편찮으셔서 일주일에 한 번꼴로 평일에 휴가를 내서 시골에 다녀와야 했다. 12월이어서 각종 송년회 모임이 매일 있었지만 빠지기도 싫었고 술을 덜 먹으려고 특별히 애쓰지도 않았다. 그리고 세무사 개업을 위한 연수가 토·일요일마다 서울 한국세무사회관에서 하루 종일 있었다. 그야말로 몸이 열 개라도 모자랄 판이었다.

도대체 어떻게 이 난국을 뚫어야 할지 걱정만 앞섰지만, 막상 대책은 없었다. 단순히 밤을 새워서라도 논문을 완성하고 싶은 의지는 있었지만, 매일 술을 진탕 마시는 바람에 쉽지 않았다.

그렇지만 기회가 포착됐다. 연수를 하는데 노트북이 책상에 비치됐고, 이를 이용하여 수업하는 것이었다. 물론 개업할 때 도움이 되는 업무를 가르치는 것이지만, 나로서는 당장 발등에 떨어진 불을 끄는 게 급선무였다. 노트북을 보는 순간 회심의 미소가 돌았다. 수업은 무시하고 USB를 끼워 놓고 열심히 논문을 썼다. 처음엔 눈치를 보며 조심스럽게 워드 작업을 하고, 가끔 강사와 눈도 마주

치며 열심히 강의를 듣는 척도 했지만, 나중엔 뻔뻔스러워져 전혀 눈치 보지 않았다. 집중도 잘됐다. 평소에 그만한 시간을 한꺼번에 내기도 힘들고 그만큼 집중적으로 논문을 작성하기도 힘들지만, 다행히 연수 시간만은 온전히 논문 작성에만 전념할 수가 있었다. 그렇게 몇 주간 연수하면서 논문을 완성하였다.

논문 심사 때는 내가 먼저 논문을 요약해서 발표하고, 심사위원들로부터 질문을 받아 답변하는 형식으로 몇 차례 진행한다. 너무 떨려 전날 늦게까지 술을 마시고 술이 덜 깬 상태로 심사를 받았다. 그리고 술 덕분인지 무사히 심사를 통과했다. 나한테서 풍기는 술 냄새를 나는 잘 맡지 못하지만, 많이 풍기며 심사를 받았나보다. 나중에 지도 교수님이 내 술 냄새 때문에 본인이 창피했다고 말씀하셔서 나도 너무 송구스럽고 수치스러웠다. 어쨌든 이태백이 빙의했는지, 술을 마시면서도 해야 할 일은 무사히 마쳤다.

개업

　승진이 쉽지도 않고, 설사 하여도 별 실익이 없을 것 같고, 경제적으로도 어려움이 있어 정년을 7년 이상 남기고 과감하게 사표를 제출하고, 개업을 선택했다.

　세무사 사무실을 차리면 대부분 개업식을 하지만, 나는 생략했다. 그동안 주변 사람들 덕에 큰 어려움 없이 무탈하게 명예퇴직을 할 수 있게 해 준 것도 고마운데, 개업식이랍시고 다시 축의금을 받으며 잔치를 벌여 부담을 주기가 싫었다. 대신 내가 속한 모임별로 지인들을 초대해서 저녁을 대접했다. 적게는 몇 명에서, 많게는 몇십 명을 초대해서 사무실을 잠깐 구경시켜 주고, 근처 일식집이나 중국집으로 가서 푸짐하게 먹고 마셨다. 주인이 취하지 않으면 손님이 취하려 하지 않고, 이왕 우리 집에 초대한 손님은 실컷 취해서 보내야 한다는 게 내 소신이다. 마치 정조대왕이 수원화성 건설에 애쓴 인부들에게 왕갈비를 내어 주며 회식할 때 했던 말인 불취무귀(不醉無歸)를 떠올리면서.

　그렇게 몇 개월은 개별적으로 개업식을 하느라 술독에 빠졌다. 출퇴근 시간이 자유로우니 전날 마신 술을 해독하기 위한 낮술이 습관처럼 일상이 되었다. 개업한다고 체면상 마련했던 비싼 차는 무용지물이었다. 이동 수단은 거의 택시였다.

공동 대표 체제라 사무실 제반 문제는 전혀 관여하지 않고, 오로지 일거리를 가져오고, 그것을 처리하는 것이 주 업무였다. 실무적인 업무들은 노련한 직원들이 그간의 경험과 매뉴얼에 따라 처리하므로 내가 직접 나설 일도 거의 없었다. 따라서 일거리를 가져오기 위해 고객들을 만나는 것이 가장 중요한 일이었다.

만나는 사람과는 점심이나 저녁을 먹으며 사는 얘기, 사업 얘기들 위주로 대화하는 것이 보통이므로 점심, 저녁을 가리지 않고 술을 마셨다. 그간 관계를 맺었던 사업자와는 한 번 이상 미팅 약속을 잡았고, 그때마다 취하도록 마셨다. 이제 공무원의 신분을 벗어나 자유롭게 술독에 빠져 사는 것이 가능해진 것이다.

어린 시절 동네에서 술깨나 한다는 아저씨들은 해장술을 즐겼다. 당시는 인심도 좋아 아무 집이나 인사차 들러도 술을 내오는 것이 당연한 예의였다. 그건 아침이고 밤이고 시간과는 상관없었다. 아침부터 술을 드시고 이것이 밤까지 이어져 하루 종일 취한 채 일들을 하시곤 했다.

대학 시절에는 동아리 선배들로부터 술을 배울 때 전날 많이 마시고 쓰러져 근처 여관에서 잠을 잔 후, 아침부터 콩나물국밥이나 라면을 먹으면서 술을 마시는 것이 일상사였다. 그래서 낮술에 대한 거부감이 없을 뿐더러 오히려 이를 즐기게 되었는데, 낮술은 전날 마신 술의 여운을 다시 일깨워 줌과 동시에 다시 오늘을 달릴 수 있는 원동력이 되었다.

개업 후엔 평일에도 얼마든지 낮술이 가능하고, 점심을 고객과 함께하다 보니 낮술도 일상이 되었다. 심지어는 만취한 다음 날 새벽에 잠이 깨면 편의점에서 술을 사 와서 거실에서 TV를 보며 혼술 하게 되고, 이런 날은 저녁까지 계속 술이 이어져 하루를 몽땅 술에 취한 상태로 보내기도 하였다.

자유

  술을 마시고 블랙아웃이 되어 아침에 일어나면 제일 먼저 떠오르는 걱정이 있다. '어제 무슨 실수를 했을까?', '어제 집에 어떻게 왔을까?' 등의 걱정은 다음 문제다. 가장 시급한 걱정은 지금 같이 사는 가족들의 잔소리다. 어제 왜 이리 늦게 들어왔고, 전화도 받지 않고 그렇게 취해서 왔냐고 한 소리들 한다. 아이들이야 아빠에 대한 실망감이 있지만 별로 표현하지 않고, 설사 하더라도 그냥 넘어갈 수 있지만, 아내의 잔소리는 해도 해도 멈추지 않고, 나는 지은 죄가 있어 고양이 앞 쥐처럼 아무 말도 못 하고 당하기만 하고, 쥐구멍이 있으면 빨리 도망가고 싶을 뿐이다.

  그렇게 몇 년을 보낸 후, 그렇게 살면 안 될 것 같아 가족들을 설득했다. 술을 끊을 것도 아니고, 그럴 생각도 없어 매번 이런 일이 벌어질 텐데, 그때마다 지옥을 맛봐야 하는 건 너무 고달픈 일이기 때문이다. 내 설득 논리는 다음과 같다.

  가족들이 술에 많이 취한 가장을 걱정하는 것은 크게 세 가지 이유다. 안전, 건강, 바람이 그것일 것이다.

  '안전'은 내가 비록 술에 취해도 집에는 잘 오고 있으니 너무 염려하지 말라고 하였다.

'건강'은 내가 비록 술을 많이 마서도 조금만 아프면 병원에 가서 고혈압, 당뇨도 체크하고, 필요하면 약도 먹고 있으며, 거의 매일 운동도 빼놓지 않고 열심히 하고 있다는 것을 상기시켰다.

'바람'은 밤늦게 귀가하면 배우자 처지에서 가장 오해할 수 있는 부분이다. 그러나 나처럼 술만 좋아하는 사람은 절대로 여자들이 좋아하지 않는다. 그래서 바람피우는 남자들은 술을 적당히 마시고 즐기지 나처럼 인사불성 되도록 술을 마시지 않으며, 그러면 여자들이 도망을 가니 걱정하지 말라는 것이다. 실제로 바람피우는 남자들이 배우자에게 들키지 않기 위해 상대방과 헤어진 다음, 집앞 포장마차에서 소주 두 병을 시켜 한 병은 마시고 한 병은 옷에 뿌려, 마치 술에 취해 귀가가 늦은 것처럼 꾸민다는 우스갯소리를 들은 적이 있다. 그러면 집에서도 단순히 술에 너무 취해서 늦은 것으로 생각하여 의심하지 않는다고 한다. 설사 호감이 잠시 있더라도 남자가 술에 취하면 여자들은 모두 도망간다. 상대방이 나를 진심으로 생각하지 않으면서 작업을 건답시고 술주정하는데, 그걸 끈기 있게 받아 줄 여자가 어디 있겠는가? 나처럼 술만 좋아하는 사람은 여자들이 절대 좋아하지 않으니 염려하지 않아도 된다고 하였다.

나는 어차피 퇴직하면 내 사업을 할 건데 귀가 시간 때문에 배우자에게 전화 오고, 술자리 끝나지도 않았는데 집에 들어가야 한다면 그 상황이 창피하고 나의 경쟁력에 심각한 타격이 온다고 조금 과장하여 말하였다. 이러한 논리는 어느 정도 일리가 있어 우리 집에서는 통과되었고, 그 이후론 술 때문에 잔소리하는 경우는 거의 없어졌다.

실제로 까마득한 동아리 후배들과 술자리를 가지면 자정쯤 되어 안절부절못하는 모습을 많이 본다. 집에서 전화가 오고 일찍 못 간다고 변명하며 쩔쩔매는 것을 바라보면 한심하기도 하고, 불쌍하기도 하다. '나도 저 시절을 저렇게 보냈구나' 회상하면서 내 경험을 얘기하고, 빨리 술자리 자유를 찾으라고 열변을 토하기도 한다.

어쨌든 나는 나의 논리로 가족들을 설득하여 최소한 통금을 완전히 없앴으니, 술에 대한 자주권을 완벽하게 가지게 되었다. 그러나 고인 물은 반드시 썩듯이, 견제받지 않는 술 자유는 이후 새벽, 아침까지도 집에 귀가하지 않는 채 밤새도록 술을 마시는 부작용을 낳았다.

2장

달다

술맛

*

'한계효용체감의 법칙'이란 어떤 재화에 대한 소비를 늘릴수록 그 재화로부터 추가적으로 얻는 만족감, 즉 한계 효용이 점점 줄어드는 현상을 말한다. 이는 음식을 먹을 때 적용하기 가장 쉽다. 배고파서 음식을 먹을 때 첫술에 느끼는 만족감이 가장 클 것이고, 뒤이어서 먹을수록 첫술에 비해 그 만족감이 떨어질 것이다.

술도 마찬가지로 첫 잔이 가장 맛있어야 한다. 술도 역시 재화여서 '한계효용체감의 법칙'이 적용되어 그다음부터 한계 효용이 감소하고, 마지막 잔은 마지못해 마시는 수준이어야 정상이다. 그러나 그렇지 않은 경우가 많다. 첫 잔에 담긴 술이 가장 맛있긴 해도, 그다음 술도 역시나 맛있다. 그리고 갈수록 맛이 떨어지기는커녕 더 맛있어져서 "한 병만 더, 한 병만 더"를 외친다. 단순하게 이 법칙이 적용되지 않는다. 그래서 고주망태가 될 때까지 마시게 되는 경우가 흔하다.

내 경우에도 술에는 한계효용체감의 법칙이 적용되지 않는다. 첫 잔도 맛있고, 마지막 잔도 맛나다. 오히려 마지막 잔쯤 되면 어떻게 한잔 더 할 수 있는 구실을 만들지 고민한다. 우리가 흔히 어느 날은 술이 달다고 하면서 그날은 많이 마실 날이라고 하는데, 난 거

벵호 쫓아내기

의 모든 술이 거의 모든 날 달았으며, 술이 쓴 경우는 손에 꼽을 정도다. 영화 〈소주전쟁〉에서 소주 회사 재무이사 역할을 한 유해진 배우의 대사처럼 "술이 꿀이네."였다.

언제인가 술을 잘 마시지 못하는 후배와 둘이 술자리를 가진 적이 있다. 나는 술을 가득 따라 원샷 하면서 맛있다고 하였다. 그러자 후배는 나를 의아한 눈으로 쳐다보며 정말로 술이 맛있냐고 물었다. 정말로 맛있다고 했더니, 후배는 잔을 내려놓으며 자기는 더 이상 술을 마시지 않겠다고 했다. 자기는 술이 너무 맛없고, 마시면 속이 뒤틀려 고생하니까 마시고 싶지 않다는 것이다. 그러나 다른 사람들도 똑같이 그럴 것인데, 사회생활 하느라 어쩔 수 없이 마시니까 자기도 그런 줄 알고 마지못해 마셨다는 것이다. 그러나 내가 술이 맛있다고 하자, 마치 다른 세상 사람을 보는 것처럼 황당해하면서 자신은 이제 맛없는 술을 마시지 않겠다고 했고, 실제로 그 후로 술을 마시지 않고 있다.

시골에는 담금주가 많다. 우리 집 어른들이야 술을 좋아하지 않아 담금주가 별로 없지만, 조금이라도 술을 좋아하는 집은 담금주가 풍성했다. 시골에서 나는 더덕 등 약초부터 매실 등 각종 과일주 그리고 산 채로 독사를 큰 소주병에 넣기도 했다. 과일 담금주는 설탕도 함께 넣어서 달고 맛있지만, 다른 담금주들은 맛이 이상하기도 했다. 사실 밀봉을 확실히 하지 않아 공기가 통하고, 이 때문에 술이 부패하여 배탈이 난 경우도 많았는데, 당시에는 술을 너무 마셔서 속이 뒤틀린 것으로 착각하고 넘어갔다.

실제로 옆 마을에서는 독사로 담근 술을 세 분이 마시다가 두 분이 죽고, 한 사람만 겨우 살아난 경우가 있다. 산 사람의 말에 의하면 술맛이 이상했지만, 독사로 담근 귀한 술이라 원래 좋은 술은 쓰기 마련이라고 여기며 억지로 술을 다 마셨다고 했다. 다행히 자기는 모두 토해서 겨우 살아났지만, 두 분은 그러지 못했다고 한다.

벵호 쫓아내기

변화

『탈무드』에 보면 악마가 술을 빚을 포도를 키우면서 네 마리의 동물을 잡아 그 피로 거름을 주는데, 그 동물은 양, 사자, 원숭이, 돼지였다. 그래서 우리가 술에 취하는 단계를 순해지고(양), 사나워지고(사자), 춤추고 노래하고(원숭이), 더러워지는(돼지) 단계를 거친다고 한다.

술을 마실수록 동물의 4단계를 거치는데, 나의 경우에는 탈무드와는 조금 다르게 양 → 원숭이 → 사자 → 돼지의 단계를 거쳤던 것 같으나, 그건 어디까지나 아무 탈 없이 취하도록 마시는 날에 그랬던 것이고, 중간에 여러 가지 상황 변화가 있을 땐 어떤 원칙도 없이 마음대로 순간 이동이 이루어졌던 것 같다.

술에 취하면 내 안에 또 다른 내가 등장하는데, 전혀 통제되지 않는다. 평소의 나로서는 도저히 이해할 수 없는 또 다른 자아가 등장하는데, 나는 이 자아를 '벵호'라고 이름 지었다. 내 이름을 전라도 사투리 억양으로 세게 발음할 때 부르는 소리기도 하고, 실제 어렸을 때 어머니가 내 이름이 발음이 잘 안되는지 그렇게 부르기도 했다. 또한 사나운 벵갈 호랑이를 줄인 말이기도 하다. 탈무드의 4단계 중 사자를 의미한다고도 할 수 있다. '벵호'는 내 안에 조용히 있다가 어느 정도 취하면 거의 어김없이 등장하고, 내가 부끄러워할까 봐 기억까지 깔끔하게 없애 준다. 그러나 그 뒷감당은 언제나 내 몫이다. 제발 네가 저지른 일이니 네가 책임지라고 따지고 싶다.

『탈무드』에 나오지 않는 유형으로, 취하면 벗는 사람도 있다. 우리 부서 전체 회식을 하는데, 술에 많이 취해서 옷 모두를 탈의한 관리자가 있었다. 많은 직원이 목격했지만 윗분이라 다들 쉬쉬하고 있는데, 어떻게 대충 아셨는지 행사를 총괄한 나에게 전화가 왔다. 솔직히 그날 무슨 일이 있었는지 알려 달라고. 나는 사실대로 얘기했다. 그리고 벗긴 했지만, 너무 자책하지 마시라고 말씀드렸다. 누구를 때린 것도 아니고, 누구한테 해를 끼친 것도 아니며, 크게 잘못한 게 없으니 나중에 시간이 지나면 에피소드로 웃으며 얘기할 수 있는 정도라고 하였다. 지금은 괴롭겠지만, 다 지나가는 사소한 일이니 너무 마음에 담지 말라고 위로하였다. 그분은 전화를 끊으면서 고맙다고 말씀하셨다.

벵호 쫓아내기

기호

첫 기억은 영원히 잊히지 않기 때문에 소중하다. 늘 간직하면서 꼬리표처럼 따라다니며 계속 삶을 지배하기도 한다. 정확히 언제 술을 먹었는지는 기억나지 않지만, 술맛은 기억난다. 텁텁하고, 달짝지근하고, 갈증을 해소하는 시원한 맛이 당시 우유를 마시지 못하고 TV로만 봐서 꼭 맛보고 싶었던 '우유' 같다고나 할까? '아마 우유도 이런 맛이겠지?' 하면서 마셨던, 첫 막걸리의 맛을 기억한다. 나중에 우유를 마시고 나서는 전혀 다른 맛이라고 느꼈지만. 어렸을 때 동네잔치가 있으면 어른들이 장난삼아 주셨던 막걸리가 너무 맛있어서 넙죽넙죽 잘 받아먹었다. 어린아이가 홀짝홀짝 마시는 게 재미있어서 또 주고, 맛있어서 또 받아먹고…….

그렇게 첫술의 추억은 코를 강렬하게 자극하는 시큼한 막걸리 냄새와 어른들의 시끌벅적한 잔치 분위기를 연상시켜, 지금도 막걸리를 보면 잔치와 막걸리 그리고 전 냄새를 저절로 연상하게 된다. 잔치를 상징하는 여러 가지 음식들이 있다. 평소에는 잘 먹지 못했던 수육, 잡채, 떡, 전…….

아직도 이런 음식들을 보면 가슴이 먼저 설레발을 치며 젓가락이 분주하게 움직인다. 그리고 막걸리가 생각난다. 여전히 술자리가 있는 날이면 조금은 가슴이 설레기도 한다. 당시 어른들이 자주 하시는 말씀 중에 '어려서 술을 먹으면 어른이 되면 안 먹는다'라는 게 있었는데, 전혀 근거 없는 이야기가 어디서 만들어졌는지 의아할 따름이다. 하여튼 어른들이 아이들한테 막걸리 한 잔씩 주는 것이 죄도 아니었고, 오히려 술 잘 먹는 아이를 귀여워했으니, 지금의 시각으로 보면 이해하기 힘들 것이다.

어찌 보면 술이라기보다는 음식에 가까웠다고 생각된다. 특히 우리 집은 할머니, 아버지, 어머니 모두 술은 아예 드시지 않았으니, 평소에는 집에서 술을 마시는 상황이 없었다. 다만 손님이 온 경우를 대비해 소주 큰 병 하나는 구비하고 있었다. 제사나 명절 때면 옆 동네 주장에서 술을 받아 왔는데, 제사 지내고 남은 술을 버리지 않고 막내인 나에게 주었고, 기특하게도 벌컥벌컥 잘 마셨다. 어른들은 이를 흐뭇하게 바라보았다.

가끔 술 심부름을 할 때 주전자에서 몰래 몇 모금 목에 흘린 것 말고는 어른들이 주시는 막걸리를 당당하게 마셨다. 그렇게 중학교 3학년 때까지는 막걸리만 맛보았는데, 그 당시 우리는 막걸리는 술이라는 생각보다는 음료수와 술의 중간쯤으로 인식했던 것 같다. 그래서 막걸리만 심심찮게 먹었고, 다른 술들은 진짜 술이고, 그것을 맛보는 것은 마치 불량배들이나 하는 짓인 것 같아 감히 다른 술에 대한 유혹은 전혀 없었다.

중학교 3학년 때, 고등학교를 입학하기 위한 연합고사가 끝나고 우리는 매일 같이 친구 집 골방에 모여 수다를 떨기 일쑤였는데,

　　　　　　　　　　　　　　　벙호 쫓아내기

개중에는 어렸을 때부터 도시로 전학 가서 방학이라 시골 부모 집에 와 있는 친구나 아예 도시에 살지만, 방학이라 친척 집에 놀러 온 친구들도 있었다. 악화가 양화를 구축하듯 질서를 파괴하는 행동은 유지하는 행동보다 훨씬 재미있고, 스릴 넘치고, 전염성이 강하다. 이미 규율을 파괴한 경험이 있는 도시 애들의 충동질로 이때부터 술맛을 들이게 되었다. 쌈지를 털어 돈을 걷어 처음엔 싸고 달짝지근한 싸구려 포도주, 샴페인을 마셨다. 가격에서도 음료수와 별반 차이가 없었다. 여기까지도 특별히 술이라고는 생각하지 않았다. 그렇게 아무렇지 않게 술인 듯 아닌 듯 마셨다.

그리고 언젠가 누군가 호기를 부리고 싶었는지 소주를 그냥 마시자고 하였고, 남자답지 못하다고 놀림당하기 싫은 다른 아이들도 반강제로 소주를 처음 맛보았다. 아! 그 독함이란. 당시는 냉장고도 없었다. 실온에 보관한 30도 소주는 정말 너무 쓰디썼다. 바로 토할 것 같고, 목 넘김이 힘들었다. 더군다나 안주는 새우깡 같은 과자 부스러기나 스프에 찍어 먹는 생라면 정도니. 왜 어른들은 이것을 마시는지 도대체 이해할 수 없었고, 그렇게 첫 소주의 기억은 쓰디쓴 입맛만 다신 채, 고등학교 때 한번을 제외하고는 거의 마시지 않았다.

대학교 들어가서는 막걸리로 시작하였으나, 어느 순간부터 소주로 넘어갔다. 이때는 냉장고에서 막 나온 차가움에 목 넘김이 부드러웠고, 그때보단 괜찮은 안주가 겸비되어 그런대로 마시게 되었고, 기분 좋은 날에는 단맛도 났다.

취업하고부터는 유행에 따라 여러 종류의 술들을 거의 마셔 봤다. 음식에 대한 호기심뿐만 아니라 술에 대한 호기심과 자부심, 술 욕심이 많아 값비싼 술을 제외하고는 모두 거쳤다고 해도 무방하다. 한창 오십세주(백세주+소주)가 유행할 때는 슈퍼에서 산 싸구려 냉동 참치를 안주로 삼아 집에서 즐겼고, 복분자주는 장어나 고기, 매실주는 회나 해물에 곁들여 마시기도 했다. 양폭(양주+맥주)도 한참 마셨지만 부담이 만만치 않았는데, 소폭(소주+맥주)으로 대체되면서 술을 금주하기 전까지 가장 즐겨 마시는 술이 되었다.

가끔 위스키를 마실 기회가 있는데, 웬만하면 얼음과 섞는 온더락을 하지 않고 그대로 마신다. 설사 온더락을 하더라도 17년 이상은 하지 않는 것이 술에 대한 예의라고 생각한다. 사회 초년병 시절, 돈 잘 버는 선배가 술집에서 발렌타인 30년산을 시킨 적이 있다. 말로만 듣던 술을 드디어 맛본다는 설렘이 있었으나, 바로 맥주를 섞어 양폭으로 말아 버리는 바람에 크게 실망한 적이 있다. 그럴 거면 왜 그렇게 비싼 술을 시켰는지, 도무지 이해가 가지 않았다.

소폭 장점은 너무 맛있다는 것이고, 단점은 멈추기 힘들다는 것이어서 블랙아웃의 가장 큰 주범으로 자리한다. 청주나 와인에 대한 훌륭한 강의를 들으면 또 한동안은 그 술을 즐기기도 했다. 그러나 여러 가지 다른 술로 몇 개 월간 방랑하다가도 끝내는 소주로 돌아오게 되어 있다.

20살 이후 웬만한 술들을 다 섭렵했고, 잠시 소주에 소홀하기도

벵호 쫓아내기

했지만, 다른 술들은 시효가 있는지 어느 정도 마시면 싫증이 났다. 그럴 때마다 소주는 술의 지존이어서 결국 다시 돌아와 열심히 마시게 되었다. 영화 〈터미네이터〉의 대사처럼, "I'll be back".

묘약

✳

술은 사람을 변하게 한다. 때론 본질 자체는 그대로인 물리적 변화뿐 아니라 본질 자체가 완전히 바뀌는 화학적 변화도 마다하지 않는다. 그래서 어떤 사람들은 '술만 먹으면 개차반'이라는 말을 듣기도 하고, 어떤 사람들은 술을 먹어야 '호연지기'가 발동하기도 한다.

덴마크 영화인 <어나더 라운드>라는 영화는 0.05% 정도의 혈중 알코올 농도가 오히려 정신 건강에 도움이 된다는 논문을 토대로 소심했던 친구 4명이 하루 그 정도 술을 마시고 생활하는 모습을 담고 있다. 그중 가장 소극적이었던 선생님이 술을 마시고 적당한 혈중 알코올 농도를 유지하자, 수업을 재미있고 자신 있게 진행하면서 스타 선생님이 되는 과정을 유쾌하게 그렸다. 다른 친구들도 비슷한 과정을 거쳤다. 물론 거기서 멈췄으면 좋겠지만 술은 술을 부르기 마련……. 결국 '적당히'가 '넘치게'가 되면서 비극적 파멸을 맞게 된다.

술은 어색한 사이를 풀어 준다. 그래서 직장에서는 인사 이동이나 신규 직원 입사 시 얼른 어색한 관계를 해소하기 위해 회식 자리를 마련한다. 술잔을 돌리며 오가는 대화 속에 친밀감은 바로 형성된다. 레닌은 "혁명의 하루는 평상시의 십 년과 같다."라고 했다. 나는 술이 그렇다고 본다. 서먹서먹하게 서로 얼굴만 맞댄 채 십

년을 같이 근무하는 것보다 어느 날 진한 술자리가 곧바로 친한 동료로 만들어 준다. 조정래의 책『천년의 질문 2』표현대로 "술이나 안주보다는 대화가 맛있어야 하고 대화가 맛있으면 술도 맛있어지고 술이 맛있어지면 그 술자리 인연은 소중하고 알뜰해지는 것"처럼 말이다. 나도 술을 즐기는 사람으로서 새로운 사람을 만나 술 한잔 나누는 것에 대한 두려움이 없고, 술자리 한 번으로 친구나 지인이 되는 경우도 허다하게 경험했다.

술은 하기 힘든 말을 하게 해 준다. 그래서 사랑 고백이 필요하거나 말하기 어려운 제안을 하는 경우, 술의 힘을 빌릴 때가 많다. 나도 경제적 어려움이 있어 돈을 빌려야 하는 인생에서 단 한 번의 경우, 도저히 수치심으로 맨정신에 말을 못 꺼내고 끙끙대다가 술의 힘을 빌려 겨우 부탁한 적이 있다. 다행스럽게도 성공했고, 그 친구에 대한 고마움은 지금도 간직하고 있다.

술은 우울증을 낮추는 등 긍정적인 효과도 상당하다. 살아가면서 우리는 많은 좌절을 맛보게 되고, 나락으로 떨어지기도 한다. 자존감은 사라지고 자괴감만 남아 세상 모든 게 정말 싫어지기도 한다. 그렇게 신세 한탄을 하다가도 술이 몇 순배 돌아가면 괜히 기분이 좋아지면서 모든 상황을 긍정적으로 바라보게 된다. 물론 그 반대도 있겠지만, 더 내려갈 곳이 없는 밑바닥인 경우 술에 취해 희망을 바라보게도 된다. 나 역시 술이 없었다면 그 많은 좌절들을 어떻게 견디어 냈을까 생각할 때마다 술이 고마운 존재로 각인될 수밖에 없다.

순둥이

✳

'원수를 사랑하라'는 예수님의 말씀을 술 마실 때만큼 많이 실천한 적이 있었던가? 그래서 남자들끼리 서로 안 좋은 일이 있을 때 흔히 '술 한잔 같이하라.' 말하고, 술자리 함께하다 보면 실제로 많은 갈등이 해결되곤 한다. 술 좋아하는 사람들이 가장 많이 하는 말 중에 '술 좋아하는 사람치고 악한 사람 없다.'라는 말도 있다. 그래서 도연명은 이런 말을 했다.

> "세상에는 두 부류의 사람이 있다. 술에 취한 사람과 취하지 않은 사람.
> 세상의 모든 문제는 술에 취하지 않은 자들의 생각과 계략 때문이다."

그만큼 술은 사람을 순하게 만들어 누구를 해코지하거나 계략을 꾸미는 일은 상상하기 힘들게 한다.

우리 아이들이 아기였을 때 윗집과 층간 소음으로 얼굴 붉힌 적이 있었다. 아이들이 한참 자야 할 시간에 윗집에서 쿵쾅거리는 소리가 났고, 여러 번 참았으나 그치지 않아 윗집에 올라갔다. 윗집 애들 어머니에게 주의를 당부하였고, 그렇게 사건이 잘 마무리된 줄 알았다. 그러나 그날 저녁 얼큰하게 취한 윗집 아저씨가 우리 집

벵호 쫓아내기

에 찾아와서 애들이 얼마나 시끄럽게 하길래 그렇게 찾아와서 주의를 주냐고 거칠게 따졌고, 우리 역시 맞대응하여 큰소리로 싸웠다. 감정은 상할 대로 상했고, 전형적인 층간 소음으로 인한 원수 같은 이웃으로 살아가야 했다. 엘리베이터나 동네에서 마주쳐도 인사조차 하지 않았다.

그러던 어느 날, 동네 같은 술집에서 멀리 떨어진 자리에 각자 있었고, 서로 다른 일행과 술 마시느라 별로 신경 쓰지도 않았다. 그런데 술에 얼큰하게 취하자, 가슴속에서 순한 양이 걸어 나왔다. 나는 윗집 아저씨 자리로 가서 그간 내가 너무 민감했다고 사과하였고, 그분도 다 이해하고 자신도 미안하다면서 사과하였다. 서로 사과를 주고받고 술도 주고받았는데, 윗집 아저씨가 나보다 나이도 5살쯤 많아 바로 형님이라고 부르기로 하였다. 심지어 술잔을 받을 때는 무릎까지 꿇으면서 최고의 의전을 갖춰 받았는데, 나중에 아내가 그렇게까지 비굴하게 술을 받느냐고 나무라기까지 하였다. 어쨌든 그 이후로 이웃 간에는 증오 대신 이해와 사랑이 넘쳐 음식을 서로 나눠 먹기도 하고, 서로 집에 초대하기도 하였다. 조금 시끄러워도 이해했고, 층간 소음으로 인한 갈등은 아예 사라져 버렸다. 모두가 순둥이 때문이었다. 고대 그리스 작가인 에우리피데스가 한 말 중 "한 잔의 술은 재판관보다 더 빨리 분쟁을 해결해 준다."라는 말은 예나 지금이나 다를 게 없다.

세무 조사 하면서 술을 마시면서 마음이 연약해져 세금을 대폭 깎아 준 적도 있다. 경기도에 있는 건설업체인데, 거의 3개월을 매일 조사 업체에 출장하면서 세무 조사를 진행했다. 당시 재무 이사가 나보다 한 살 어린 여자분이었는데, 혼자서 세무 조사를 담당하고 있었다. 거의 매일 점심 식사를 같이하고 식사 후 산책하면서 세무 조사 얘기는 하지 않고, 살아가는 얘기를 주로 나누었다. 시간이 지날수록 얼마나 정이 들었는지, 세무 조사가 끝날 때쯤엔 시원할 만도 한데, 오히려 눈물을 글썽이기도 했다. 직원이 대략 100여 명 있었는데, 우리가 조사한 대로 모두 과세했다가는 회사가 망할 것 같았다. 사실 있는 그대로 과세하면 편하다. 감사 걱정을 할 필요가 없고, 뇌물에 대한 유혹도 없고, 실적이 좋아 승진할 때 유리하다. 그러나 그동안 정이 많이 들었고 그대로 과세했다가는 회사가 문을 닫아, 직원들 모두 일자리를 잃어야 하는 상황이라 고민이 많았다.

조사 마지막 날에 우리와 재무 이사가 탕수육과 짜장면 그리고 알코올 50도의 독한 고량주를 시켰다. 술이 조금씩 들어가자, 조사처의 딱한 사정이 헤아려지고, 어느새 한없는 자비심이 일었다. 재무 이사에게 맥주잔 가득 고량주를 따라주며, 한 잔 마실 때마다 세금을 얼마큼씩 깎아 준다고 하였더니 고량주는 오늘 처음 마셔 보는 것이라면서도 단번에 마셨다. 그 애사심에 감동하면서 우리도 살고 회사도 사는 범위에서 최소한의 세금으로 과세하기로 결론 내렸다.

그 회사는 당장의 위기는 넘겼지만, 몇 년이 지나 결국 부도가 나고 말았다. 후폭풍도 만만치 않아 대표가 구속되고, 부실 대출로

은행원이, 뇌물로 국세청 직원이 줄줄이 구속되었다. 우리가 조사한 것을 아는 직원들이 괜찮냐고 걱정했지만 우리는 당당했다. 과세야 회사가 망하지 않도록 봐준 게 사실이지만, 여기에 따른 어떠한 뇌물도 받지 않았다. 그동안의 돈독한 관계가 뇌물이 개입되면 오히려 어색한 상황이었다. 서로 그 관계를 끊고 싶지 않아, 주려고도 요구하지도 않았다. 인간적인 정이 쌓여서 그 후로도 가끔 식사도 하고 사는 얘기도 하면서 오랫동안 잘 지내고 있다.

　흔히 세무 조사를 세무학이나 회계학으로만 생각한다. 물론 당연히 밑바탕에 깔아야겠지만, 더 중요한 것은 심리학, 인문학이다. 사람이 하는 일은 결국 상대방을 설득해야 원하는 결실을 맺을 수 있다. 누가 누구를 설득할 수 있는지가 승부의 관건인 데, 결국 사람의 일인지라 정에 약해질 수밖에 없다. 그러려면 칼을 쥔 사람과 인간적으로 친해져야 한다. 재무 이사는 나의 약한 면을 잘 두드렸고, 어찌 보면 나는 재무 이사의 고도의 전략에 넘어간 것일 수도 있다.

너그러움

　때로 술은 만물을 포용하는 넓은 가슴을 지닌 것처럼 만들고, 가진 게 없어도 후한 사람이 되게 한다. 큰아들이 대학교 3학년 올라갈 즈음의 일이다. 아들은 나를 닮아서인지 술도 잘 마시는데, 둘이 마실 때는 1차에서 소주나 청하 10병 이상을 마셨고, 2차는 간단하게 맥주 3,000~5,000cc를 마시곤 했다. 다음 날이 쉬는 날이면 낮부터 해장으로 또 술을 마시곤 했다.

　둘이 마시면 난 거의 시체 상태가 되지만 큰아들은 조금 취한 상태였는데, 그날도 여느 때와 마찬가지로 둘이 동네 음식점에서 술을 마셨다. 내가 너도 이제 대학교 3학년이 되었는데 공부에만 전념해야 하지 않겠냐고 했더니, 아빠가 주는 용돈으로는 기본 생활은 되지만 여자 친구와 데이트하기에는 모자란다면서, 이번에도 방학 때 아르바이트해야 한다는 것이었다. 그래서 내가 그 유명한 대사로 물었다.

　"얼마면 되겠니? 얼마면 되겠어?"

　큰아들은 당시 용돈이 월 50만 원이었는데, 월 100만 원으로 올려 주면 경제적 어려움 없이 공부에 집중할 수 있다고 말했다.

　나는 내 대학 시절 언제나 쪼들렸던 것이 생각났고, 가난은 대를 이어 세습되므로 내 대에서는 끊어야 한다고 늘 생각했었다. 그래서 '나만 가난하면 되지'라는 신념으로 빚을 지면서도 가족들 모두 나름 부족하지 않게 부양했다고 자부한다. 술에 어느 정도 취해서인지 나는 별로 따질 것도 없이 오케이를 외쳤고, 너무 쉽게 일이 잘 풀린 것을 알아차린 영리한 큰아들은 교통비는 별도라며 7만 원을 추가로 요구하였다. 이 또한 알았다고, 공부에만 전념하라고 덕담을 남기며 그날 술자리는 즐겁게 끝났다.

다음 날 술에서 깬 나는 너무 후회스럽고 당장 돈이 더 생길 여지도 없어 고민되었지만, 술 마시고 한 약속이라도 깰 수는 없는 노릇이었다. 큰아들과 점심을 먹으면서 어제 내가 너한테 농락당한 것 같은데 술 마시고 한 약속도 약속이니까 지키겠다고 말했고, 그 이후로 그대로 실천했다.

이게 부메랑이 되어 반백수 상태였던 딸도 자격증 취득을 위한 학원비를 핑계 삼아 용돈을 요구하였고 이 또한 허락했으니, 그날 술자리로 너무 비싼 대가를 치른 셈이었다. 중학생인 늦둥이 아들도 그때 형의 용돈을 언급하며 자기도 크면 마땅히 그렇게 받아야 한다고 벌써부터 추궁하니 난감하기도 하다. 그래도 가족들 모두가 경제적 자유를 누리면 나 또한 뿌듯하니 그냥 무용담으로 남기기로 했다.

또한 술 마시고 집에 들어오면 행복하기도 하다. 아이들이 모두 있으면 "줄을 서시오."라고 외치고 지갑에 있는 돈을 몽땅 털어 나눠 준다. 생각지도 않게 용돈이 생긴 아이들은 술에 취한 아빠를 열렬히 환영한다. 피천득의 책『인연』을 읽어 보면, 술을 전혀 하지 못한 작가가 술에 취해서 아이들에게 용돈 주는 모습을 자신의 로망이라고 얘기한다. 그리고 그렇게 하지 못함을 한탄하고 그런 용돈을 받지 못한 자신의 아이들을 안타깝게 생각했다. 최소한 나는 그분이 그처럼 해 보고 싶어 했던 '술에 취해 용돈 나눠 주기' 호기를 수없이 부려 본 셈이다.

또한 집에서 아이들이 원하는 음식도 자주 배달하거나 밖에서 사 먹기도 한다. 아주 비싸지 않으면 원하는 대로 대부분 먹었다. 솔직히 가족을 위해서라기보다는 내가 당당하게 술 마실 수 있는 여건을 마련한 셈이다. 최소한 밥 사 주는 사람 앞에서 술에 대하여 잔소리하지 못하도록 입막음하는 것이다.

음식점에서 술을 마시며 주는 팁도 후하다. 내가 가장 취해 보여서인지 종업원들이 주로 나에게 오는 경우도 많다. 만 원짜리가 있으면 다행이지만, 팁을 생각하지 않아 미리 챙겨 두지 못한 경우에 오만 원짜리만 있는 경우는 난감하다. 그래도 술에 취하면 돈 개념도 약해지니까 그냥 오만 원을 주게 된다. 호연지기로 잘난 척하면서 술 마시다가 오만 원 팁을 건네면서 거스름돈 남겨 오라고 하면, 종업원에게나 일행에게나 쩨쩨한 사람이란 인상을 남길까 봐 어쩔 수 없이 준다. 다음 날 엄청난 후회가 밀려오는 것은 또 다른 팁이다.

내가 생각하는 음식점 사장과 종업원의 구별법이 있다. 손님이 많을 때 웃고 있으면 사장이고, 인상 쓰고 있으면 종업원이다. 사장이야 손님이 많을수록 좋겠지만, 종업원은 많을수록 고생은 많고 보수는 같기 때문이다. 사장에게 팁을 주는 경우는 결례일 수 있기에 사장처럼 보이는 사람에게는 팁을 주지 않는다. 그러나 이러한 원칙도 술에 취하면 무용지물이다. 고삐 풀린 망아지처럼 지갑이 제멋대로다. 그러나 돈 싫어하는 사람 없다. 사장이더라도 팁을 주면 별로 싫어하지 않는다. 말로는 종업원 나눠 줄 거라고 하지만, 확인하지 않아서 어쩔지는 모르겠다.

지금은 택시를 카톡으로 호출하고 카드 결제를 하지만, 그 전에 술에 취해서 택시를 타면 팁도 후하게 줬다. 백 원짜리 잔돈은 당연히 안 받았고 기분 좋으면 천 원짜리도 받지 않고 팁이라며 그냥 내린 경우도 많았다.

노래

　어려서부터 노래하고, 듣는 걸 좋아했다. 다행히 나보다 12살 많은 친형이 LP로 음악 감상을 하는 취미가 있어 가난한 시골 살림에도 커다란 전축을 갖고 있었다. 형은 전축만 집에 사다 놓았을 뿐, 외지에서 터전을 잡고 있었기 때문에 이것은 오롯이 내 차지가 되어 어려서부터 많은 음악을 접할 수 있었다. 노래도 곧잘 따라 불렀지만, 특별히 노래 잘한다는 생각은 하지 않았다. 그래도 혼자서 틈만 나면 노래를 흥얼거리는 것은 재미있고, 마음의 평안함을 느낄 수 있는 나만의 취미였다.

　대학교 2학년을 마치고 잠시 안산 반월공단에서 노동 운동권에 있을 때는 노래를 녹음하여 나눠 준 적도 있다. 노조를 설립하기 위해 사람들이 모였을 때는, 다 같이 노래를 부르며 동지 의식도 느끼고 흥을 북돋워야 할 필요가 있다. 그러나 공장 사람들은 시위한 적이 거의 없어 운동권 노래를 모르고 있었다. 기타를 포함하여 다룰 줄 아는 악기도 없고, 별로 노래도 잘 못하지만 정의감만은 풍부했던 나는 지하 단칸방에서 혼자 녹음기에 운동권 가요 30여 곡을 녹음하였다. 카세트테이프 앞뒤로 빡빡하게 녹음하고 이를 여러 개 복사하여 같은 공장 노동자들에게 나눠 줬다. 개중에는 반주도 없이 썩 잘 부르지도 못하는 노래만 가득 들어 있는 테이프를 듣고 실망하는 사람도 있었지만, 열정만은 높이 평가하는 사람도 있었다. 그렇게 노래는 내 삶의 한쪽 부분을 담당했다.

그리고 취직해서 어엿한 직장 생활을 시작할 무렵, 노래방 바람이 불고 있었다. '1차 술을 곁들인 저녁, 2차 노래방, 3차는 알아서'가 그 당시 자리 잡은 회식 코스였다. 조직의 위계를 중시했던 당시는 이런 행사를 자주 가지며 친목을 도모하였다. 그리고 중도에 이런저런 이유로 도망가는 사람은 간이 큰 사람이었다. 대부분은 간이 작았다.

노래방은 나에게 물 만난 고기였다. 처음 부르는 노래는 어려움이 있었지만, 몇 번 부르면 완벽하게 소화할 수 있었다. 스스로 음악 천재라 자부하기도 했다. 되도록 옥타브가 많이 올라가는 노래를 목청껏 부를 수 있었는데, 이는 술의 힘이 절대적이었다. 맨정신으로는 올라가지 않는 옥타브가 술을 마시면 쉽게 그 이상 올라갔다. 맨정신에 도저히 잡히지 않는 감정이 술의 힘을 빌리면 지나칠 정도로 몰입하게 되었다.

특히 노래방에서 노래 경연이 있을 때는 옥타브 높이고 성량 풍부하게 부를수록 점수도 높아지기에 이러한 점수 시스템 역시 나에겐 안성맞춤이었다. 거의 술에 만취했을 때는 여자 가수 노래를 여자 키로 불러서 인간을 벗어나는 영역까지 옥타브를 넘나들었으니, 거의 신의 경지라고 여길 만했다. 심지어는 너무 취해서 노래방에서 노래 부른 기억이 없음에도 다음 날 노래 잘한다는 칭찬을 들기도 했다. 어쩌다 술에 덜 취해 노래방 갈 때면 옥타브나 감정이 엉망이어서 노래를 망치기 일쑤다. 그걸 잘 아는지라 그런 날은 노래 실력 들킬까 두려워 노래방 가자마자 술을 들이붓는 경우도 있었다.

남들에게 보여 주기 위한 노래가 아니더라도 술에 취하고 감정에 취하면 노래 생각이 절실해진다. 가끔 혼자 노래방 가서 실컷 노래하기도 한다. 특히 가을이면 떨어지는 낙엽에도 감성적인 소년이 되어 술에 잔뜩 취해 혼자 노래방에 가서 이문세 노래 전부를 1절씩 부른 적도 있다.

춤

대학 다닐 때 나이트클럽은 친숙한 문화 중 하나였다. 고등학교 때까지 친구들이 나이를 속이고 나이트클럽에 간 것을 자랑하면 오히려 불량배 취급을 했고, 그런 문화를 경시했다. 그러나 대학에 들어와서 보니 행사를 나이트클럽에서 진행하는 경우가 많았다. 신입생 환영회, 동아리 창립총회 등 큰 행사를 나이트를 대여해서 했고, 노래와 춤이 행사의 대부분을 차지했다. 그리고 술 마시다 누군가 오늘 나이트 가서 몸 좀 비비자고 하면 신나서 단체로 나이트를 가기도 했다. 그래서 나이트는 어쩌면 건전한 대학 생활의 일부분으로 자리 잡아 그전 같은 부정적 시각이 없어졌다. 그래서일까? 대학 졸업 후 거의 가지 않던 나이트를 40세가 넘어 몇 년간 소위 '죽돌이'처럼 다녔으니……

술에 취하면 뱃속에 거지가 들어온다. 『그리스·로마 신화』의 '에리식톤'처럼 아무리 먹어도 허기진다. 마치 걸신 걸린 사람처럼 보일 수도 있다. 어떤 날은 술을 잔뜩 마시고 마지막으로 잔치국수, 짜장면, 국밥을 먹고 집에 들어와 아이스크림 10개를 먹어 치운 적도 있다. 술에 취할수록 먹어 치우는 음식량도 많아지는데, 그중에 가장 입맛이 당기는 음식은 잔치국수다. 왠지 시골에서 경험했던 잔

찻집 분위기가 나서 기분까지 좋아진다.

언젠가 몇 차례의 술자리가 끝나고 혼자 남았는데 아직도 술과 음식에 허기졌고 잔치국수를 너무나 먹고 싶었다. 아니, 꼭 먹어야만 직성이 풀릴 것 같았다. 그러나 시간이 거의 자정이 지나 식당이 대부분 문을 닫았고, 마땅히 갈 곳이 없어 무작정 택시를 타고 국수 하는 식당으로 데려가 달라고 하였다. 그리고 도착한 곳은 나이트클럽 앞이었고, 거기엔 국숫집, 중국집, 국밥집 등 식당들이 불야성을 이루고 있었다.

국수를 먹고 있는데, 나이트클럽에서 막 열정을 불태우고 나온 여러 무리의 사람들이 들어왔다. 그들은 한결같이 표정이 밝았다. 더러는 부킹에 성공했는지 남녀가 짝을 이뤄 오기도 했는데, 너무 시끄러웠지만 전체적인 분위기는 활기가 넘쳤다. 도대체 저기가 어디기에 저기서 나오는 사람들은 저리도 표정이 밝을까? 혹 유토피아라도 다녀왔나? 여러 의문이 있었지만 차마 혼자서 갈 수는 없는 노릇이었다.

그렇게 오랫동안 늦은 시간에 야식을 먹기 위해 국수 가게를 다니던 어느 날, 술에 잔뜩 취한 채 국수를 먹으며 소주를 더 마셔 용기를 얻은 다음, 결국 그곳에 발을 딛고 말았다. 휘황찬란한 불빛이며 시끄러운 음악, 모두가 미친 듯 몸을 흔드는 풍경이 신천지였다. 어느새 웨이터가 와서 일행이 있느냐고 물었고, 없다고 하자 2층 룸으로 안내하였다. 룸에서 노래하다가 나와서 1층 무대에서 춤추는 사람들 구경하고 있으면, 나도 왠지 신이 나서 어깨가 들썩였

벵호 쫓아내기

고 그렇게 감정이 올라오면 무대에 나가서 다른 사람들에 섞여 춤을 추기도 하였다. 재미있고, 세상을 다 가진 기분이었다. 가끔 부킹을 시도하는 웨이터들의 손에 이끌려 여자분들이 오긴 했으나, 오래 있는 경우가 없었다. 나이트클럽에서는 권력이나 돈, 지적이거나 대화를 좋아하거나 하는 것은 아무 소용이 없고, 오로지 인물이 출중하거나 춤을 잘 추는 사람만이 대접받는다. 나는 거기에 전혀 해당하지 않으니 부킹은 잘될 수가 없고, 거기에 큰 미련도 없었다. 다만 처음 보는 사람과 대화하는 것이 재미있었지만 대화는 거의 헛돌았고, 그런 진중한 분위기는 금방 상대방을 싫증 나게 했으므로 그저 나 혼자 놀 수밖에 없었다.

처음엔 룸으로 안내했지만, 가격도 비싸고 오히려 가까이에서 춤추는 사람들 구경하는 게 더 재미있어서 나중에는 홀에 자리 잡았다. 맥주 3병 값에 무제한으로 놀 수 있으니 가성비 끝판왕이었다. 한 번이 힘들었지, 그다음부터는 김유신의 말(馬)처럼 술에 취하면 국수 한 그릇, 소주 한 병, 나이트에서 춤추기, 나와서 마지막으로 짜장면 한 그릇 먹고 집에 가는 것이 컨베이어 시스템처럼 자동으로 움직였다.

그렇게 몇 년을 술에 많이 취해서 창피함을 느끼지 못하는 상태라고 판단되면, 축제의 현장으로 달려갔다. 대부분 혼자서 다녔는데, 어쩌다 조금 민망하면 맞은편 빈자리에 맥주를 채운 잔을 놓고 일행이 춤추러 잠깐 나간 걸로 둘러대곤 했다. 혼자 다니는 나이트라 다른 사람 눈치 보지 않고 춤을 추다 보면 땀도 흠뻑 흘러 술도 깨고, 운동도 되었으며, 스트레스가 모두 날아가는 기분이었다. 춤 추는 동안만은 모든 시름을 잊을 수 있었다.

벵호 쫓아내기

두려움을 용기로

✳

중학교 때 반 대표로 웅변도 하고, 대학 때 학생회 선거에 출마하거나 투쟁위원장으로 시위를 주도하면서 수천 명 앞에서 연설할 기회도 많아 특별히 대중에 대한 공포가 없었다. 그 후 대중 앞에 나설 기회가 별로 없어 대중 앞에서의 울렁증을 생각해 본 적이 없었다.

그런데 국세청 조사국 근무할 때 조사총괄을 담당해서 해마다 수백 명 앞에서 세무 조사 방향 등에 대한 교육을 담당하게 되었다. 대중 앞에서 발표하는 게 참으로 오랜만이었는데, 내 순서가 다가오자 가슴에 큰 파도가 일면서 박동이 빨라졌고, 발표할 때는 거의 사색이 되어 말도 더듬고 발성을 심하게 떨어 큰 창피를 당하게 되었다. 평소에는 호연지기가 넘치도록 대장부처럼 행동하다가 그처럼 쪼그라든 모습에 스스로 실망하였고, 남들 볼 면목이 없어졌다. 모두가 손가락질하는 것 같았다.

그 후로 이는 트라우마로 작용하여 겨우 몇십 명 모이는 식사 자리에서 자기소개를 할 때도 울렁증이 있을 정도였다. 열 명 정도야 별 상관이 없지만, 열 명이 넘어가고 내 차례가 다가오면 다가올수록 가슴이 더 세게 방망이질 쳤고, 막상 얘기할 때는 준비한 멘트도 제대로 하지 못하고 최대한 짧게 최대한 큰 소리로 말하여 두려움을 들키지 않으려고 애썼다.

그러나 어느 순간, 내 차례가 오기 전에 급하게 어느 정도 술을 마시어 적당히 취기가 오르자, 두려움은 사라지고 오히려 말을 하고 싶어서 안달 난 사람이 되어 있었다. 그리고 이러한 긴급 처방은 그 이후로 그와 비슷한 자리에서 자주 이루어졌다. 그러나 이러한 상황은 나만 그런 건 아니었나 보다.

직장에서 워크숍 등 행사를 치러 보면 저녁 식사를 어느 정도 마치고 2부에 팀별로 장기 자랑을 한다. 〈전국노래자랑〉 방식의 노래 경연이 대부분이었다. 처음에 장기 자랑 명단을 낼 때 서로 무대에 서지 않으려고 해서 부서별로 누군가를 넣었고, 강제로 들어간 그 사람은 주최 측에 제발 자기는 호명하지 말라고 신신당부하였다. 그러나 행사가 시작되고 어느 정도 술들을 마셔 분위기가 무르익으면 그와 반대되는 현상이 벌어지는 것을 자주 목격하였다. 어느 정도 취하게 되면 대중 앞에서 노래하고 싶어서, 제발 자기를 시켜 달라고 안달이 나서 오히려 압력을 넣는 것이다. 시키면 노래만 하는 것이 아니라 노래 전 연설도 많아지고……

술은 죽음까지 불사하는 용기를 넉넉하게 보태 준다. 할리우드 웨스턴 장르 영화의 대표 격인 〈석양의 무법자〉에는 군대에 입대하려는 두 주인공에게 북부군 대위가 총을 주는 대신 술을 주면서 이런 대사를 한다.

"교범에 의하면 무기를 잘 다뤄야 하는데 전쟁터에선 이게 가장 훌륭한 무기지. 술이 용기를 주거든. 남부군이나 북부군이나 그들의 공통점은, 모두 술 냄새를 풍긴다는 거야."

오전에 발표할 일이 있으면 전날 새벽까지 술을 마셔 아직 체류 중인 알코올 기운으로, 오후에 발표할 일이 있으면 낮술을 마셔서라도 두려움을 잊고 발표해야 떨지 않고 무난하게 넘어갈 수 있었다.

토론도 마찬가지여서 맨정신에는 아무 말도 못 하다가, 술이 들어가서 어느 정도 취기가 오르면 마음속에 담은 말들을 마음껏 발설했다. 심지어 술에 적당히 취했을 때 머리는 어찌나 잘 회전하는지, 새로운 아이디어가 마구 샘솟는다. 또 다른 제안을 하고 상대방의 의견에 대한 반대 논리는 얼마나 잘 떠오르는지 한바탕 설전을 벌이기도 한다. 술에 많이 취할수록 말하는 횟수도 많아지고, 그렇게 술의 힘을 빌린 토론은 나를 말 잘하는 사람으로 인식하게 만드는 무기가 되기도 하였다.

또한 어려서부터 귀신에 대한 공포가 있었고, 특히 어두운 곳에서 무서움을 많이 느껴서 방에서 혼자 잠을 자 본 적이 거의 없었다. 그렇다고 방에 불을 켜면 환해서 잠을 잘 수가 없으니, 어쩌다 혼자 잠을 자야 하는 때에는 귀신과의 사투로 뜬눈으로 밤을 지새워야 했다. 그런데 이것은 나만 그런 게 아니었나 보다. 백석 시인도 「마을은 맨천 구신이 돼서」라는 시에서 나와 비슷한 감정을 토로하였다.

나는 이 마을에 태어나기가 잘못이다

마을은 맨천 구신이 돼서

나는 무서워 오력을 펼 수 없다

(…)

　중학교 때 막둥이 공부하라고 부모님께서 큰맘 먹고 별채를 지었
다. 옆에 어느 집이나 한 마리씩 키우는 소 외양간이 있었고, 그럴
싸한 내 방이 만들어졌을 때, 너무 기뻐 폴짝폴짝 뛰었다. 그러나
기쁨은 낮에만 내 곁에 있었다. 밤이 되어 잠들려고 누웠는데 시
골에서 흔히 듣는 벌레 소리, 바람 소리, 짐승 소리 등 온갖 소리가
귀신 소리로 둔갑하였고, 혼비백산하여 안방 부모님 품에서 잠들
수밖에 없었다. 내일부터는 혼자 잘 거라고 수없이 다짐했지만 결
국 허사였고, 성인이 되어서도 내 잠자리는 안방이었다.

　잠을 자다가 화장실이 급해서 깨면 별채에 있는 화장실 가는 것
은 나로서는 감당하기 힘든 일이었다. 할 수 없이 아버지를 깨우
면 아버지가 화장실 앞에 서서 계셨고, 혹시 날 버리고 가신 건 아
닌지 자꾸 말을 걸곤 하였다. 심지어는 확인차 노래를 불러 달라
고 조르기도 했는데, 아버지는 이 모든 걸 아무 불평 없이 다 해
주셨다.

　우리 집은 우리 동네에서 맨 꼭대기에 있다. 그래서 남덕유산
이 한번에 조망된다. 동네에서 가장 전망 좋은 곳이라고 아버지께
서 말씀하셨지만, 밤에는 가장 무서운 곳이기도 했다. 중학교 3학

년 때 야간 자율 학습을 마치고 집으로 갈 때면 동네 친구들과 헤어져 혼자서 집에 가는 길은 너무도 무서웠다. 어떨 때는 친구들이 바래다주기도 했고, 그러지 못한 경우에는 나와 헤어지자마자 친구는 고함을 지르고 나는 전속력으로 집으로 뛰어가기도 했다. 소리로나마 친구가 있다는 든든함에 두려움을 이겨 낼 수 있었다.

고등학교 하숙 시절에는 같은 방을 쓰는 형이 군대 가는 바람에 혼자서 방을 사용하게 되었는데, 밤마다 귀신과 싸우느라 두렵고 잠 못 드는 날이 허다했다. 결국 시골 부모님에게 내 고충을 알렸고, 내 두려움을 잘 아는 부모님이 하숙집에 부탁하여 하숙집 아저씨, 형, 아줌마, 심지어는 나보다 두 살 많은 하숙집 누나까지 교대로 돌아가면서 내 옆에서 동침해 주었다.

미성년자 시절에는 두려움을 이기는 방법으로 내 마음을 다잡거나 주위의 도움을 받았지만, 성인이 되어서까지 도움을 받기는 부끄러웠고, 이를 들키지 않으려고 말하지도 않았다. 다행히 두려움을 떨쳐 낼 훌륭한 무기가 곳곳에 널려 있었다. 술만 있으면 간단히 해결되었다. 술을 마시면 공포가 깔끔하게 사라졌고, 편히 잘 수 있었다. 혼자 잘 일이 있으면 공포를 없애려고 소주 한 병 이상을 마셨다.

취직 후 누나 집에서 더부살이하던 일 년간은 본채와 떨어진 독채를 혼자 사용했는데, 그때까지도 공포를 극복하지 못하였다. 그렇다고 초등학생 조카들이 나보다 무서움을 안 타는데, 누나네 식구들에게 무섭다고 도움을 청할 수는 없었다. 거의 매일 소주 한 병 이상을 마시고서야 편안하게 잠을 잘 수 있었는데, 매일 술 마시는 나를 누나는 걱정하였다. 이런저런 술 마실 핑계를 매일같이 만드는 것도 쉬운 일은 아니었다.

절망을 희망으로

＊

살다 보면 세상에 절망할 때가 있다. 그게 내 잘못일 경우도 있고 남의 잘못일 경우도 있는데, 세상살이라는 게 그렇게 정확하게 구분 지을 수 없어 나의 잘못과 남의 잘못이 섞여 있는 경우가 대부분일 것이다.

나름 세상을 희망적으로 바라보고 미래에 대한 자신도 있지만, 어떤 경우에는 현실의 벽에 부딪혀 절망하게 되고, 이를 제대로 대응하지 못해서 우울증에 빠질 때도 있다. 그러나 술이 들어가면 무한 긍정이 되고, 세상에 맞설 이유 없는 자신감이 생긴다.

공무원 월급이라는 게 뻔하고, 취직을 한 이십 대부터는 부모님에게 도움을 받기는커녕 오히려 매달 생활비를 보내 드려야 했다. 효를 최고의 덕목이라 생각하고 가난한 살림에 대학까지 가르친 부모님에게 조금이나마 경제적으로 보답하는 것이 당연하다고 생각했다. 취직하자마자 월급의 상당 부분을 부모님 용돈으로 드렸다. 매달 25일 월급을 받으면 주말에 시골에 내려가서 정성스레 봉투에 담아 드렸다.

주식이나 부동산 투자에 소질이 없어 달리 돈이 나올 만한 구석이 없고, 더구나 외벌이여서 주머니 사정은 공무원 생활 내내 나를 짓누르는 악의 축이었다. 가족만 없으면 차라리 청산에 들어가서 돈 걱정 없이 가난하게 살고 싶을 때도 있었다. 나중에 애들 다 크면 연금 생활자가 되어 그만큼만 소비하면서, 가난하더라도 돈에 구애받지 않고 책이나 읽으며 조용히 살고 싶었던 것이 소박한 꿈이었다.

MBTI 성격 유형상 ENFJ라 남에게 신세 지는 것을 죽기만큼 싫어하고, 지인들을 만나면 내가 계산해야 마음이 편안해지는데, 사람들과 어울리는 걸 좋아하니 살림은 늘 적자를 면치 못하였다. 월급보다 카드 등 결제해야 할 돈이 더 많아 결제일쯤 되면 우울하고 힘이 빠지고, 어떻게든 결제 금액을 맞추면서 삶에 대한 절망을 느낄 수밖에 없었다. 그때마다 돈을 조달할 수 있는 모든 방법을 동원하였고, 그래서 집에는 돌 반지 등 금붙이를 비롯하여 돈 될 만한 물건이 붙어 있을 틈이 없었다. 평생 저축을 꿈꾸지도 못했다. 어떤 때는 집을 팔고 전세로 가기도 하고, 집 평수를 줄여 이사 다니기도 했다.

빚지는 걸 좋아하는 사람은 없을 것이다. 그러나 매달 쪼들리면서 소득을 초과하는 지출 때문에 수많은 좌절을 겪을 수밖에 없었다. 지출을 줄이면 간단하겠지만, 그렇게 아등바등 살기는 싫었다. 나 혼자뿐이면 어쩔 수 없다지만 가족들이 그렇게 사는 것은 더욱 싫었다. 그래서 빚이 아니고서는 해결할 수 없는 상황들이 많았고, 그렇게 힘들 때마다 술은 나에게 좋은 위안이 되었다. 술에 취하면 또 다른 내가 무한 긍정의 힘으로 나에게 힘들 북돋아 주었고, '미래의 부를 미리 당겨써도 되지'라며 낙관론을 제공해 주었다.

공무원이라 대출은 잘되었고, 퇴직 후 돈 벌 기회도 있으므로 이러한 타협에 쉽게 넘어갔고, 그렇게 소비를 줄이기보다는 빚에 의존한 생활을 이어 가게 되었다. 비록 빚에 의한 것이긴 해도 크게 돈에 쪼들리지 않게 살려고 노력했다. 나만 가난하고 비굴해지면 해결될 것이기에 가족들에게 얘기해서 모두가 스트레스를 받을 필요가 없었고, 얘기한다고 해결된 사안도 아니었다. 그래서 나 혼자 끙끙 앓으면서도 가족들이 가난을 느끼지 않도록, 궁핍하지 않으면서 낭비하지 않고 필요한 만큼은 소비하도록, 나름 물질적 부양에 최선을 다했다.

직업에 대한 회의, 직장 상사와의 불협화음 등 여러 가지 사정으로 승진을 포기하고 낙향을 생각한 적이 있다. 직업에 대한 회의란 정권 교체기에 일어나는 가치관의 문제로, 나에겐 직장에 대한 자부심과 승진 욕심이 사라지게 만드는 운명이 바뀔 수 있는 엄청난 일이었다.

내가 국세청에서 10년간 몸담았던 조직은 '특별 세무 조사'를 담당하는 부서였다. 어느 날 갑자기 기업체에 조사관들이 들이닥쳐 세금과 관련된 모든 장부를 압수해 가서 강도 높은 세무 조사를 실시하는 부서였다. 가끔 뉴스에 등장하는 검찰의 압수수색과 비슷한 업무를 하였다. 거기서 나는 조사 대상을 선정하고 조사 계획을 수립하고, 실제 조사도 담당하는 등 거의 모든 업무를 경험하였다.

취업하고도 운동권 때 가졌던 진보적 사고가 남아 있어 부자들에 대한 막연한 미움이 어느 정도 남아 있었다. 부자들만 상대하는 조직의 특성상 마음의 갈등이 있었고, 직장을 잘못 선택한 게 아닌가 하는 후회도 있었다. 부자들은 다른 사람을 착취하여 얻은 성과를 나누지 않고 혼자 독차지하는 이기적인 사람이라는 생각이 강했다. 그렇지만 그런 사람들을 상대하다 보니 시스템의 문제일 뿐 인성이 훌륭한 사람들도 많아서 내 가치관도 흔들렸다. 그들 편에 설 때도 있었고, 그럴수록 운동권으로써 지녔던 가치관의 순수성이 무너지는 것 같아 고뇌하기도 하였다.

그러다가 특별 세무 조사를 담당하는 부서에 배치받았다. 여기에서는 막스 베버가 자본주의의 적이라 칭했던 소위 '천민 자본가'들을 상대하는 일이어서 자긍심도 갖고 열심히 일할 수 있었다. 돈은 많이 벌면서 세금을 내지 않는 사람들, 그런 사람들이 노동자들에 대해서, 환경에 대해서, 사회 기여에 대해서 건전한 가치관을 지닌 사람들은 아닐 것이다. 이런 사람들을 혼내 주는 일을 일정 부분 국세청에서 하고 있고, 내가 그 선봉에 선다는 것이 여간 자랑스러운 게 아니었다. 그래서 다른 부서를 아예 제쳐 두고 오랫동안 여기에서만 근무했다.

국세청은 상명하복이 뚜렷한 조직이다. 조폭을 제외한 공공 혹은 민간 조직 어디에도 이렇게까지 명령에 충실한 조직은 없을 것이다. 일단 위에서 정책을 결정하면 'why'는 없고 오로지 'how'만 있을 뿐이다. 왜 이 일을 해야 하는지 묻고 따지지도 않고, 어떻게 하면 이 일을 잘할 수 있을지만 골몰한다. 명령의 합법, 불법, 합리,

불합리를 따지지 않는다. 그저 '누가 누가 잘하나?' 경합을 부치고, 서로 자기 부서의 우수성을 과시하기 위하여 피 터지게 경쟁한다.

2008년에 MB가 대통령에 당선되고 우리에게 당면한 과업은 그전 정권인 노무현 정부에서 소위 잘나갔던 기업들을 추려서 특별 세무 조사를 실시하는 것이었다. 그 결정의 주체가 청와대인지, 국세청인지는 내가 알 바도 아니고 알 수도 없었지만, 칼을 휘둘러 피를 묻혀야 하는 것이 내 임무였다. 비밀을 유지해야 하는 업무라 주요 보직 몇 명만 인지하는 업무이기도 했다. 그동안 혼내 줘야할 사람들을 혼내 주었고, 그것이 자부심이기도 했지만, 이러한 지시는 내 자부심에 커다란 흠집을 내기에 충분했다. 정권의 입맛에 따라 이런 일을 해야 하는 내 처지가 비참했다. 내가 존경했던 상사들은 그동안 가졌던 가치관은 땅속에 깊이 묻어 두고 되먹지도 않은 이 지시를 충실히 따르는 데만 전념하였다.

결국 이런 지시로 국세청의 광범위한 세무 조사가 실시되었고, 그 대표적인 것이 노무현 전 대통령의 후견인으로 알려진 태광실업 세무 조사였다. 세무 조사가 끝나고 국세청에서 검찰에 고발하여 노무현 전 대통령의 검찰 조사까지 이어졌고, 우리가 다 아는 비극적인 사태가 벌어졌다. 물론 이 조사를 직접 담당한 것은 내가 몸담았던 부서는 아니었지만, 비슷한 일을 우리도 해야만 했다.

공무원의 최대 기쁨은 승진이다. 그만큼 권력도 커지고, 대내·외 위상도 달라지기 때문이다. 사람은 거의 본능적으로 권력을 탐하고 그래서 승진하기 위해서 사활을 건다. 그러나 옳고 그름에 대한 판단 없이, 아무런 권한도 없이, 오로지 '에스맨'으로 전락한 평소 존경했던 윗분들을 보면서 승진하고 싶은 생각을 접었다. 더군다나 윗분들은 진보 정권에서 청와대에서 근무하였던 분들이었다. 아무런 힘도, 아무런 자기 정책도 펼칠 수 없을 뿐만 아니라, 역사에 죄를 지을 수도 있는 그런 자리에 용쓰고 가는 게 오히려 수치라 생각하였다.

고향에 계신 늙으신 부모님 곁에서 돌봐 줄 사람이 없어 늘 걱정이었던 차에, 이번 기회에 고향으로 내려가기로 결정했다. 그렇다고 내밀한 상황을 남들에게 말할 수는 없었다. 아무것도 모르는 주위에서는 곧 있으면 승진 대상인데 왜 그러느냐고 이해하지 못했지만, 내게는 그동안 버팀목이었던 직장에서의 자존감을 무너뜨리는 생존 문제였다. 이렇게 승진해서 내가 바라는 세상에 아무런 도움이 되지 못하고 오히려 세상을 역행하는 머슴이 되느니, 차라리 아무것도 하지 않는 편이 낫다고 판단하였다. 그래서 인사 교류를 통해 부모님 계신 시골에 내려가려고 고충을 신청했다. 마음 같아서는 사표를 쓰고 싶었지만, 가족의 생계 대책이 전혀 없었다. 고향으로 내려가 세무서 팀장으로 퇴직할 때까지 근무하고 나머지는 연금으로만 살면 가난하지만, 마음 편안하게 살 수 있을 것 같았다.

그렇게 야무지게 결심했지만 나도 세속적인 사람인지라 불쑥불쑥 승진에 대한 미련은 따라다니기 마련이었다. 그리고 내 결심이 맞는 건지 생각하기 싫어 자주 폭음하였다. 그러면 어김없이 또 다른 내가 나타나 잘 생각했다고 격려해 주었다. 시간이 지나 인사

벵호 쫓아내기

수급이 맞지 않고, 앞으로도 고충이 반영될 가능성이 없고, 시골에 내려갈 가망이 사라져서 고충을 철회해야 했지만, 낙향을 기다리는 2~3년의 세월은 작은 소망을 꿈꾸며 좌절하지 않았다. 그리고 이것은 늘 곁에서 나를 위로한 알코올의 힘이 컸다.

승진을 포기하니 사람이 당당해질 수 있었다. 상사의 가장 큰 권력은 인사권이다. 그들의 승진시킬 수 있는 절대 권력에 주눅 들어 때론 아부도 불사한다. 승진을 내려놓으니 아부도 필요 없고, 불합리한 명령에는 단호히 거부할 수도 있었다. 큰 소리로 잘못을 따지기도 하였다. 덕분에 가슴이 답답했던, 승진을 앞둔 사람들이 속 시원하다고 술을 사는 경우가 종종 있었다.

결국 고충이 반영되지 않고 반영될 가능성도 없어 철회하여야 했고, 어쩔 수 없이 승진을 바라볼 수밖에 없었다. 고충을 내면서 내 승진 순위는 밑으로 내려갔고, 이를 다시 예전처럼 돌리기에는 자존심이 상해서 그냥 내버려 두기로 했다. 그렇게 가만히 있으면 나보다 앞선 사람들이 모두 승진하고, 내 차례가 되면 당연히 승진하는 줄 알았다. 그러나 울지 않는 아이에게는 젖을 주지 않는다.

경쟁자들은 승진에 혈안이 되어 열심히 뛰었지만, 난 승진에 가장 유리한 직책이었고, 승진 순번도 가장 빨라 당연히 승진할 것이라 여겨 어떤 노력도 하지 않고, 당연한 결과만 기다리고 있었다. 상식이 있는 윗분들이라면 순리를 따를 것이라 기대했고 인사에 있어 우리 조직의 투명함과 공정성을 믿었다. 설마 유치원보다도 못한 조직은 아니라고 생각했다. 주위 사람들이 내 경쟁자들의 로비를 얘기해 주고 나도 뭔가를 해야 한다고 귀띔해 주었지만, 설마 그럴 일은 있을 수 없다며 신경 쓰지 않고 묵묵히 맡은 바 업무에만 충실하였다.

그리고 결과는 여지없는 승진 탈락이었다. 마땅히 일어나야 할 일인 줄 알았는데, 아무 일이 없던 것처럼 탈락했을 때의 당혹감은 이루 말할 수 없었다. 반칙하면서 내 승진을 가로막았던 사람들에 대한 분노와 나를 지지하던 사람들에 대한 부끄러움이 함께 자리했다. 승진이 발표되자 누구도 감히 위로의 말을 건네지도 않았고, 내 옆에 오려고도 하지 않았다. 그때는 그것이 서운했지만, 돌이켜 보면 그들에게는 최선이었을 것이다.

일단 내 자리에 앉아서 내 눈치만 보는 직원들의 눈길도 감당하기 힘들었다. 그런 때 친한 후배가 밖으로 나가자고 했다. 무단으로 퇴근해서 그냥 낮술부터 하자고 했다. 이런 날은 주위 사람들 모두가 불편하니, 일단 나가서 술이나 몽땅 마시고 윗분들에게 내가 무언의 항의를 하고 있다는 것을 보여 줘야 한다고 했다. 내가 너무 순둥이라 윗분들도 과감히 승진에서 누락시켰으므로 한 성질 있다는 것을 보여 줘야 한다고 했다. 그래서 닥치는 대로 퍼마셨다. 그렇게 밤늦게까지 죽기 직전까지 마셨다. 그러니까 살 만했다. 그래도 창피함은 누그러졌지만, 분노는 쉽게 사라지지 않았다. 하지만 분노의 대상에게 분노를 표출하지는 않았다. 아무리 취해도 담지 못할 말들은 일단 꾹 참는 게 지금 할 수 있는 최선이라는 생각이 본능적으로 일었던 것 같다.

　　　　　　　　　　　　　벵호 쫓아내기

그렇게 2년을 나보다 아래인 사람들에게 승진에 치이면서 우리 조직에 대한 불신이 높아졌고, 윗분들에 대한 인간적 배신도 느끼고, 주위 사람들 보기에 창피하기도 했다. 그러나 역시 옆에서 누군가 꿋꿋이 지켜 주었는데, 순간의 절망을 어느새 치료해 주고 다시금 용기를 불어넣은 알코올이었다. 술에 취하면 다시 일어설 오기가 생기고 힘이 났다. 특유의 무한 긍정이 내 곁에 와서 위로해 주면서 절망을 이겨 낼 수 있다고 부추겼다.

어울림

✳

술자리를 갖다 보면 어느 순간 천국을 맛보게 되고, 세상이 모두 아름다워 보인다. 멀리 볼 필요도 없이 가까이만 보아도 아름다움이 넘쳐흐른다. 이 아름다운 곳은 남녀노소 차별이 없다. 그리고 비록 가진 게 없더라도 이때만큼은 서로가 누구보다 부자다. 맘껏 마시면서 서로 계산하려고 하고, 심지어는 따로 술자리에 있는 아는 사람의 테이블까지 계산하려고 객기를 부린다.

오늘 처음 만난 사람들은 모두가 신비롭기도 하고, 멋있고 존경스럽다. 얘기를 할수록 서로 잘 통하고, 아주 절친이 되어 있다. 어떤 경우는 삼국지를 흉내 내어 의형제를 맺기도 한다. 실제로 피를 나누자며 손가락 끝을 상처 낸 사람도 있다.

한번은 회사 근처 호프집에서 우리 팀 직원들과 2차로 생맥주를 마시고 있었다. 그런데 옆 테이블 단체석에서 20여 명이 술을 마시고 있었는데, 대화를 들어 보니 우리 직장 교육생들이었다. 더군다나 국세청 7급 공채 후배들이었다. 왁자지껄 시끄럽게 술을 마시는 젊음이 좋아 보였는지 동료들이 나보고 선배로서 거기 가서 한 말씀 하라고 부추겼다. 나 또한 거나하게 취했고 기분도 좋아 혈혈단신으로 후배들 단체 테이블로 가서 내 소속을 밝히자, 박수와 환호

벵호 쫓아내기

성이 터져 나왔다. 잠깐 피가 되고 살이 될 만한 현실적인 얘기를, 유머를 섞어 재미있게 말하고, 건배 제의를 하고, 가장 중요한 "술값은 제가 계산할 테니 맘껏 드세요."를 외치고 자리로 돌아왔다. 술김에 감동한 옆 테이블 후배들이 우리 자리로 한두 명씩 차례차례 와서 한참 동안 얘기도 하면서 유쾌한 시간을 가졌다. 그러나, 서로 소속을 밝혔음에도 그 이후로 한 번도 다시 만난 적은 없다.

동네 단골 술집에서 만난 사람도 있다. 나보다 10살 이상 어렸는데, 항상 삶에 대한 고민도 깊고 사회를 바라보는 시선도 나와 비슷해서 모르는 사람이지만, 곧잘 어울리곤 했다. 대화도 잘 통했다. 그러나 그분은 나를 볼 때마다 처음 본 사람처럼 대했다. 어느 정도 취한 상태로 왔거나, 처음엔 멀쩡했지만 나와 술을 너무 많이 마셔서 기억을 온전히 잃어버린 것이었다. 겉보기에는 멀쩡해 보였으나 볼 때마다 처음 보는 사람처럼 인사하고, 전에 했던 얘기를 되풀이하는 것도 일면 재미있는 일이었다.

모르는 사람과 어울리는 것은 공무원 시험 준비하면서 여의도 한강공원에서 매주 술을 마실 때 자주 있었다. 잔디밭에 옹기종기 모여 앉아 술을 마시다 서로 옆 사람들 대화에 끼어들고, 그러다 합석하는 경우가 부지기수였다. 친구가 군대 간다며 송별회 한다고 모인 청년들과도, 데이트 나온 연인들과도 자연스럽게 함께 자리하며 많은 얘기들을 나누었다.

그리고 그렇게 술을 좋아하는 사람들은 대부분 선한 사람들이었다. 술이나 안주가 떨어지면 앞다퉈 매점으로 달려갔고, 상반되는 의견을 개진하더라도 존중하며 토론하기도 했다. 당시 핸드폰이 없던 시대라 전화번호를 교환할 수 없어 오늘 보면 다시는 못 볼 상대지만, 서로 많이 배려하며 그 순간만큼은 십년지기처럼 지냈다.

영등포에서 7080을 운영하는 중학교 동창생 가게에 가면, 모르는 사람과도 자주 어울렸다. 3개월에 한 번씩 하는 동창회 2차는 무조건 이곳으로 달려갔는데, 처음엔 동창들과 마시다가 모두 돌아갔는데도, 나 혼자 남아 모자란 술을 보충하였다. 그러면 그 시간까지 남아 있는 다른 테이블 손님들과 합석했는데, 그중에는 유명 프로 농구 선수 어머니도 있어 그 선수와 통화하기도 했다. 거의 새벽까지 테이블을 옮겨 다니며 마셨는데, 사람 좋아하고, 술 좋아하고, 노래도 맘껏 부르니 완전히 물 만난 고기였다. 평소 성격보다 훨씬 더 얼마나 사교적으로 변하는지 대화도 술술 풀어 나가, 갈 때마다 마주치는 사람들이 반기기도 하였다. 결국 갈 길도 먼데 홍청망청한 나를 보다 못한 사장 친구가 택시를 불러 억지로 태워주고야 집에 가곤 했다.

뻥호 쫓아내기

골프

대학 운동권 시절에는 당연히 부르주아 스포츠라고 해서, 나중에는 환경 파괴 스포츠로 인식하여 부정적인 시각을 가지고 있었다. 멀쩡한 산을 깎아서 인공적으로 볼품없게 만드는 것도 마음에 들지 않았다. 또한 골프라는 운동의 특성상 품격 있는 대화보다는 서로 골프 실력이나 재력을 자랑하는 허세 부리기 좋은 환경이라는 선입견이 있어 내 성격과 맞지 않다는 생각도 하였다. 실제로 나와 비슷한 가치관을 가진 고등학교 친구들은 한때 골프에 푹 빠졌다가 이제 재미없어 못 치겠다면서 더 이상 하지 않는다. 가끔 골프 후 식사 자리에 합석하곤 하는데, 그들이 나누는 대화에 끼지도 못하고 대화의 결이 나와 달라 다시는 합석조차 하지 않는다.

국세청에서 근무할 때 스스로 전국에서 최고라는 유수의 골프장을 세무 조사 한 적이 있다. 내가 조사반장이었는데, 골프장에 살포하는 막대한 농약에 놀랐다. 골프가 운동으로도 최고라는 사람들이 있는데, 대부분 걷지 않고 카트로 이동하는 걸 보면서 부정적인 생각은 더 확고해졌다.

이 골프장 세무 조사는 어느 날 예고 없이 골프장을 방문하여 모든 장부를 가져가는 특별 조사 형식이었다. 혐의 내용으로는 큰

탈세가 있을 것으로 예상했지만, 확인 결과, 과장된 것이었다. 오히려 '성실납세자 표창'을 해야 할 정도로 세무상 투명한 회사였다. 당시 대표는 전문 경영인이었는데, 세금이 1억 원 이상이면 자기는 해고될 것이라고 해서 난감하기도 했다. 어쨌든 2개월의 조사 기간이 끝나고, 서로 미운 정이 들어 아쉬웠는지 같이 저녁을 먹자고 하였다. 원래 조사 기간에는 물 한 잔 얻어먹지 않는 것이 원칙이고, 그렇게 했지만, 끝나는 마당까지 원칙을 따지기엔 너무 야박해 보였다.

결국 어느 고급 일식집에서 저녁을 먹었다. 골프장에선 사장을 비롯한 조사를 담당한 직원들이 참석했고 우리는 팀 전원이 참석했다. 2개월간 매일 얼굴을 마주해서인지 술자리는 아기자기했다. 그동안의 갑을 관계를 청산하고 서로 '형님, 동생' 하면서 모두 취하도록 흠뻑 마셨다. 그리고 헤어질 무렵, 가족들과 먹으라고 초밥 도시락까지 포장해 주었다. 그날도 역시 술에 취하면 나타나는 거지가 속으로 들어와 택시 타고 집에 가면서 초밥을 모두 먹어 치웠다. 텅 빈 도시락을 버리고 싶었으나 마땅치 않아 집으로 가져왔고, 그대로 쓰러졌다.

다음 날 식탁에 빈 도시락이 있는데, 느낌이 이상해서 밑을 살펴니 봉투가 있었고 열어 보니 50만 원 상품권이 들어 있었다. 20년도 더 지난 일이니 적지 않은 액수였다. 회사에 출근하여 직원들에게 받은 봉투를 내일까지 내놓으라고 하였다. 어떤 직원은 불만을 표시하기도 했지만, 조사 잘해 놓고 구차하게 이런 거 받지 말자고 설득했다. 다음 날 모두 걷어서 골프장 대표에게 돌려주었다. 골프장 대표는 깜짝 놀라면서 요즘 국세청이 이렇게 깨끗해졌냐고 감탄하였다.

어쨌든 골프는 영육 간에 건강하지 않은 스포츠라는 인식이 강했다. 그래서 골프를 하지 않는 핑계를 100개도 더 댈 수도 있었다. 왜 골프를 하지 않느냐고 물어보면 이렇게 농담하곤 하였다.

"제가 존경하는 분들은 한결같이 골프를 하지 않았습니다. 예수님도 그랬고, 이순신 장군도 그랬고, 김수환 추기경님도 그랬고, 노무현 대통령도 그랬습니다."

현직에 있을 때도 사무관 이상은 대부분 골프를 했고, 개업해서 골프하지 않는 세무사는 거의 없다. 당연히 골프의 유혹을 많이 받았다. 어떤 사람은 골프를 하지 않고 영업이 어떻게 가능하냐고 의아해하는 사람들도 있다. 개업 후 지인들로부터 골프채도 2세트나 선물로 받아 언제 시작하냐고 독촉을 받기도 했다. 어떤 모임에 가면 골프 위주로 사람들이 구성되어 눈칫밥을 먹거나 그들의 대화에 끼지 못해 소외되는 경우도 많았다. 주위에서 골프를 해야 한다고 여러 이유를 대며 권유했지만, 정말 하기 싫었다. 그래도 해야 할 것만 같았다. 100가지 싫은 이유보다 사업상 필요할 것 같은 단하나 이유에서였다.

개업 후 2년의 고민 끝에 사람들과 술김에 골프를 하기로 약속하고, 괜찮은 야외 골프장과 나를 가르칠 프로까지 예약하고 다음 주 월요일부터 레슨을 시작하기로 하였다. 그리고 그날 저녁 에

정된 어떤 모임에 참석했다. 평소 나와 죽이 잘 맞아 둘이 마주 앉아서 술을 주거니 받거니 하면서 만취하는 친구가 있는데, 그 친구 만나는 게 그 모임에 나가는 가장 큰 즐거움이었다. 그날도 당연히 그럴 줄 알고 술을 권했는데, 오늘은 마시지 않는다는 것이었다. 내일 지방에 골프 약속이 있어 새벽에 운전해서 내려가야 한다는 것이었다. 그야말로 충격이었다. 거기까지는 생각하지 못했다. 골프라는 운동이 내가 시간, 장소를 정할 수도 있지만 다른 사람이 정할 수도 있고, 그런 경우에는 거기에 맞출 수밖에 없다. 당연히 지방에서 치를 수도 있고, 그러면 집에서 새벽에 출발해야 하는 경우가 있을 것이다. 그런데 내가 내일 새벽에 운전한다고 오늘 술을 마시지 않을까?

내 지론 중 하나가 지금 내 앞에 있는 사람에게 최선을 다하자는 것이다. 그래서 술자리에서도 한번 자리에 앉으면 웬만해선 옮기지 않는다. 그래서 누군가 어제 술을 많이 마셔서, 내일 중요한 행사가 있어서 오늘 이 자리 술을 거절하면, 그렇다면 지금 이 자리는 소중하지 않냐고 서슴없이 나무라곤 했다. 그리고 술자리에서 술을 거절한다는 것은 차라리 참석하지 않았으면 몰라도 참석한 이상 결코 있을 수 없는 일이었다. 술 마시는 자리에서 술을 참는 것은 엄청난 고문이고, 나는 이를 감당할 만큼 내공이 깊지 않았다.

나는 안 될 것 같았다. 오늘 늦게까지 취하도록 마시고, 내일 새벽 비몽사몽간에 운전해서 골프하러 간다고 생각할 때 아찔한 생각이 들었다. 누군가에겐 취미일지 몰라도 나에겐 생명과 관계된 문제고, 음주 운전으로 본의 아니게 다른 사람에게 피해를 줄 수도 있는 것이었다. 그러잖아도 골프 안 할 새로운 핑계를 고심하고 있었는데, 울고 싶은 사람 뺨 때려 준 격이었다. 그 대화를 계기로 골프를 하지 않기로 결심했다. 그리고 이것은 사람들이 골프 안 한 이유를 물었을 때, 가장 첫 번째 불가역적인 이유로 자리 잡았다.

내 취미 생활엔 한 가지 원칙이 있다. 발을 푹 담그지 말고 살짝 담갔다 빼는 것이다. 그동안 남들 하는 웬만한 잡기는 다 거쳐 갔다. 어렸을 때 장기, 바둑부터 대학 때 당구, 테니스, 농구, 취직해서는 고스톱, 사진 촬영까지…….

그러나 어느 하나 푹 빠진 게 없다. 남들과 어울릴 정도의 수준까지는 실력을 갖췄지만, 더 이상 진도를 나가지 않았다. 성격 탓도 있겠지만, 사진 촬영을 제외하고는 30분에서 최대 1시간 정도가 내 집중력의 한계였다. 그 이후부터는 재미가 없어져서 산만해진다. 그러면 나도 힘들지만, 상대방도 힘들다. 그래서 한판만 하기로 다짐하고 어울린다. 특히 고스톱은 차라리 빨리 잃고 혼자서 술을 마시는 게 편하다.

그리고 취미 생활에 푹 빠지면 주객이 전도되어 오히려 내 본연의 생활을 압도하기도 한다. 취미로 하는 당구로 하루 종일 당구장에 사는 사람도 있고, 고스톱 치며 밤새우는 사람도 있다. 일요일에 조기축구 하면서 하루 종일 운동장에 있으면서 술과 축구를 하는 사람도 있다. 20여 년간 사진을 찍었지만, 이 또한 동호회에는 가입하지 않고 주로 아이들 모습을 담았다. 관련 도서 10여 권을 읽고 독학했는데, 일부러 체계적으로 배우지 않았다. 푹 빠지면 헤어나기 힘들고, 아이들이 커 가는 모습 담으려고 시작한 사진이 욕심이 커져 자칫 엉뚱한 방향으로 흐를 수도 있기 때문이다. 실제로 가정 친화적인 사진 취미가 동호회 활동을 하느라 매주 가정을 저버리는 경우를 많이 보았다.

이렇듯 즐기지 못할 것이 분명해 보이는 골프를 4시간 정도 하는 것은 나에겐 엄청난 고문이었을 거다. 그래서 나와 성향이 비슷한 친구들은 이미 골프를 그만두고 쳐다보지도 않는다. 어쩔 수 없이 이런 상황에 빠질 수 있었지만 술이라는 좋은 핑계로 거절할 수 있었고, 명분이 없어진 지금은 주변의 관심도 사라져 여전히 시작하지 않고 있다. 아마 계속 안 할 것 같다.

벵호 쫓아내기

낚시

술은 주위 환경에 따라 맛을 달리한다. 해가 떴는지 졌는지, 실내인지 야외인지, 어떤 술인지, 누구랑 마시는지에 따라 그 맛이 다르다. 그래서 가끔 블라인드 테스트로 술의 종류를 맞히는 사람들을 보면 감탄이 나온다. 나는 전혀 맞히지 못하고, 맞히고 싶지도 않다.

해가 지고, 야외에서 안주와 어울리는, 삶의 향기가 나는 사람과 마시는 술이 가장 맛있다. 이 모두가 아우러지는 것이 밤낚시다. 대학교 3학년부터 취업할 때까지 내 베이스캠프였던 전주 독서실에 마음이 맞는 친한 형이 있었다. 같은 대학교지만 과는 달랐고, 언제 친해졌는지는 기억나지 않지만, 눈만 마주치면 득달같이 술을 마셨다. 주머니 사정이 괜찮으면 치킨집에서, 가난하면 독서실 옥상 파라솔에서 어울렸다. 그 형은 고향이 여수였는데, 어려서부터 낚시를 즐겼고, 잘한다고 했다. 어쩌다 낚시 이야기가 나오면 신이 나서 한참 주저리주저리 강의하기도 했다.

대학교 4학년 2학기가 되고 취업에 실패하면서 인생을 재설계할 필요가 있었고, 그 고민을 독서실 형에게 말했다. 그 형은 같이 낚시하면서 밤새도록 얘기하자고 했고, 그렇게 낚시에 입문하게 되었다. 버스를 타고 이동할 수 있는 전주 근교의 저수지가 포인트였는데, 당일 저녁 무렵부터 다음 날 아침까지 줄곧 낚시를 했다.

물고기를 잡아 즉석에서 매운탕 만들어 스테인리스 컵에 따라 마시는 소주는 정말 맛이 좋았다. 고기를 잡기 전이나 못 잡을 경우에는 라면을 끓여 소주를 마시는데, 그 맛이 기가 막혔다. 정말 술술 넘어갔다. 나는 초보라 거의 고기를 잡지 못하고 선수인 형이 물량을 채웠지만, 분위기 자체가 좋았다.

아침에 안개가 자욱하고 술기운까지 겹치면 세상이 너무 평온해 보이고, 더불어 마음이 편안해지고, 생각도 정리되었다. 내가 정말 무엇을 해야 할지 복잡했던 생각들이 단순화되고, 마음의 소리에 차분히 귀 기울일 수도 있었다. 물론 몇 차례의 낚시 중에는 마음을 정리할 수 있는 유익한 시간도 있었지만, 초저녁의 술의 유혹에 너무 빨리 넘어가 일찌감치 뻗은 적도 있다. 어려웠던 시기를 잘 헤쳐 나갔던 공신 중엔 낚시도 단단히 한몫했다.

첫 직장에서의 첫 여름 휴가는 설레기 마련이다. 광주가 고향인 친한 동기가 고등학교 동창이 사는 섬으로 휴가를 가자고 하였다. 전라남도 완도에서 배를 타고 한 시간 정도 거리에 있는 섬이었다. 섬에서 보내는 여름 휴가라니. 시커먼 남자 둘만 가는 게 아쉽지만, 벌써 설레고 있었다. 섬 해변에서 사흘 묵을 텐트, 바다 낚싯대 등 여러 가지 장비가 필요했는데, 시장을 돌아다니며 가장 싸구려로 샀다. 시장에서 값을 흥정하는 것도 재미있어 벌써 여름 휴가는 시작되고 있었다.

벵호 쫓아내기

섬에 도착하자 동기의 친구를 비롯한 그 친구들까지 환영해 주었다. 먼저 먼바다까지 전망되는 동네 해수욕장에 텐트를 쳐서 사흘간 머물 숙소를 마련하였다. 저녁 무렵 바다낚시를 하는데, 처음이라 서툴렀다. 그 흔한 물고기가 한 마리도 얼씬거리지 않았다. 섬사람들이 갑갑했는지 대신 낚시를 하였고, 조금씩 잡히기 시작했다. 잡힌 고기는 바로 회를 떠서 먹었고, 어디서 채집했는지 홍합탕이 한 그릇 안주로 나왔다. 놀라운 것은 소주를 따라 주는 잔이었다. 소주 360ml 5병 용량인 당시 대두 병 소주를 따라 주는데, 잔은 평소 집에서 국그릇으로 사용하는 커다란 대접이었다. 섬사람들은 항상 그렇게 마신다며, 다들 거기에 한가득 소주를 따라 단숨에 마셨다. 나도 그렇게 따라서 마셨다. 시원한 바닷바람과 뻥 뚫린 풍경도 좋은 안주였다. 대충 몇 잔을 마셔도 별로 취하지 않았다. 그렇지만 밤늦도록 이어진 술자리는 모두를 기절시켰다. 여름이라 다들 해변 아무 데서나 잠을 잤다. 텐트는 무용지물이었다. 그렇게 아침에 일어나 또 마시며 하루 종일 술독에 묻혀 사흘을 보낸, 첫 여름 휴가였다.

낚시와 술은 잘 어울리는 궁합이다. 그 이후로도 몇 차례 낚시할 기회가 있었는데, 모두 술과 함께였다. 그러나 언젠가 어디선가 읽었는데, 낚시에 대한 부정적인 시각을 표현한 글이었다. 거기서 물고기는 낚시에 걸리는 순간 살기 위해서 팔딱거리고 물 밖으로 나오면 숨을 쉴 수 없어 더 팔딱거리는데, 우리는 이것을 손맛이라며 취미로 즐기고 있다고 비판하였다. 생업에 종사하는 사람이야 어쩔 수 없다지만, 취미로 낚시를 하는 사람은 생명에 대한 존중을 가질 필요가 있다고 글은 훈계하고 있었고, 이는 나의 폐부를 찔러 그다음부터는 낚시를 하지 않으리라고 생각했다. 그렇지만 수렵을 해 온 인간의 본능에서인지 낚시를 직접 하지는 않지만, 낚시 프로그램은 가끔 즐겨 보고 있다.

3장

쓰다

확인

✳

술을 처음 배우던 시기인 대학교 1학년 때는, 술을 많이 마시면 정신은 멀쩡한데 속에서 거부하여 토할 수밖에 없었다. 어려서부터 멀미가 심했던 나는 토하는 데 신물이 날 정도로 익숙하지만, 여전히 좋은 기분은 아니다.

태어나서 대학 때까지 석유로 움직이는 뭔가를 타면 그것이 버스건, 기차건, 배건, 택시건, 승용차건 가리지 않고 길어야 30분을 못 견디고 속이 뒤집어져 버리는데, 이를 극복하기 위해 엄청난 노력을 하여야 했다. 멀미는 타고난다고 생각한다. 어떤 사람은 처음부터 차 타는 것을 즐기고, 어떤 사람은 차를 타는 순간부터 시달리니 이는 노력으로 쉽게 해결될 일이 아니다.

초등학교, 중학교, 고등학교 수학여행은 어딜 다녔는지보다 여행 내내 멀미했던 기억이 더 난다. 불행하게도 내 옆에 앉았던 친구들은 어쩔 수 없이 내 구토 수발을 들 수밖에 없어 여행 내내 미안했다.

중학교 2학년 때 처음으로 서울 구경을 했다. 마냥 들떠서 좋았지만, 한 가지 걱정은 지독한 멀미였다. 서울을 오가는 시외버스, 고속버스뿐만 아니라 서울에서 이동할 때 시내버스에서도 속이 요

벙호 쫓아내기

동쳤고, 틈나는 대로 확인했다. 버스에서 나는 냄새는 얼마나 지독하던지. 지하철로 이동 중에도 멀미가 심했지만, 잠깐 내릴 수 있어 그나마 다행이었다. 하지만 몇 정거장 가는 데도 많은 시간이 소요됐다.

고등학교 때 시골에 한 번씩 다녀오는 것도 두려운 일이었다. 당시는 계좌 이체로 돈을 주고받는 시스템이 없어 오로지 부모님을 뵙고 용돈을 받아야 했다. 그래서 시골에 한 달에 한 번 이상은 가야 하는데, 부모님을 만난다는 즐거움보다 멀미 걱정에 전날부터 잠 못 이루기 일쑤였다. 그럼에도 끝까지 참아 보기, 호흡법, 명상 등 이를 극복하기 위해 나름대로 엄청난 노력을 기울였다. 그리고 여러 실패를 디딤돌 삼아 끝내 완전히 극복했다. 지금은 차 안에서 책도 읽고, 먹을 수도 있고, 잠도 자는 등 어떤 행동을 하더라도 멀미를 하지 않는다.

차로 인한 멀미는 해결했지만, 술로 인한 멀미는 또 다른 차원이다. 어느 정도 술이 들어가면 속이 심하게 울렁거린다. 정신은 멀쩡한데, 몸속에서 전쟁 중이다. 토하는 게 창피해 화장실 간다며 몰래 빠져나가 아무도 보지 않는 곳에서 슬쩍 해치우고, 마치 아무 일도 없었다는 듯 다시 술을 마신다. 토하고 마시는 술은 첫 잔이 무척 쓰고 목을 넘기기가 힘들어 인상을 잔뜩 찌푸려야만 한다. 그러나 두세 잔 들어가면 다시 원 상태로 돌아간다. 그래서 많이 마시는 날은 두세 번 이런 식으로 다녀오곤 했다.

술을 많이 마시고 잠자리에 들라치면 이젠 속은 괜찮아졌는데,

머리가 빙빙 돈다. 도저히 누워 있을 수 없어 앉아서 잠을 청한다. 그러다 어느 순간인지 모르지만, 아침에 일어나면 누워 있는 나 자신을 발견한다. 그런 성장통을 거쳐 지금은 아무리 술을 마셔도 토하지도, 눕지 못하지도 않는다.

어떤 때는 속이 좋지 않아 토하고 싶을 때도 있다. 한편으로는 토해서 알코올을 배출하고, 다시 처음부터 시작하고 싶은 마음이 일 때도 있다. 한참 술 마시면서 지기 싫어할 때는 손가락을 입속 깊이 집어넣어 억지로 토한 적도 많다. 지금도 가끔 억지로라도 토하고 싶어 시도하지만, 이젠 반응하지 않는다.

아직도 술 마시다 토하는 신입 직원을 보면 한마디 한다. 지금 대학 교육이 엉망이라고. 다른 건 몰라도 술 마시고 토하는 것은 대학 때 다 마치고 와야 하는 것 아니냐고.

만용

　대학교 1학년 때 같은 동아리 1년 선배가 커플로 잘 사귀고 있었다. 그런데 여자 선배가 다른 남자와 단둘이 술을 마시는 장면을 목격하였다. 우리는 당연히 여자 선배가 바람피우는 줄 알고, 그 선배에게는 차마 해코지하지 못하고 같이 있는 남자를 협박했다. 나랑 친구는 술도 많이 마셨겠다, 어디서 그런 용기가 나오는지 우리보다 한참 나이가 많아 보이는 그 남자를, 어설픈 욕설도 조금 섞고, 나름 조폭 분위기도 풍기면서 정의로운 것처럼 협박하였다. 왜 우리 선배를 만나냐고, 남자 친구가 있는 건 아니고, 임자 있는 사람을 이렇게 만나도 되냐고……. 그 여자 선배는 당황하였지만, 우리가 너무 거칠게 나와 오해라고 하면서 우리를 달래었고, 그렇게 상황은 넘어간 듯했다.

　그러나 다음 날, 그 남자가 우리를 찾아왔는데, 덩치 큰 불량배 두 명을 대동하였다. 그러나 술에 취하지 않은 우리는 그야말로 연약하고 평범한 학생에 지나지 않았다. 그 남자는 자기가 조직 세계에 몸담았었고 지금은 공부하려고 탈퇴했지만, 우리로부터 위협을 받아 할 수 없이 아는 동생들을 데려왔다는 것이다. 그러나 우리가 어제 일을 정중히 사과하고 겁에 질린 순진한 모습을 보더니 실소를 금하지 못하고, 다시는 그러지 말라고 타이르고 상황은 종료되었다.

복학하고 대학교 3학년 때는, 학교 근처 친구네 집에서 동아리 친구 3명과 당시 인기 있었던 영화 〈장군의 아들〉을 비디오로 시청하였다. 박상민 배우가 맡은 '김두한'과 영화 전체를 흐르는 '의리'가 정말로 멋져 보였다. 서로 다툼이 있을 땐 당사자끼리 일대일로 대결을 하고, 지는 사람은 미련 없이 그곳을 떠나거나 나이에 상관없이 승자를 형님으로 모신다.

영화 〈말죽거리 잔혹사〉처럼 학교 다니면서 선생님들의 빈번한 체벌과 선배로부터의 폭행, 친구들끼리의 싸움을 통한 서열 정리가 당연했던 시절에 고등학교를 다녔다. 나름 운동 신경이 좋아 싸움 잘할 것이라고 자부했지만, 거칠지 못해 늘 변방에 머물렀던 나로서는 그 영화가 대리 만족을 시켜 줬다. 영화 보면서 과음을 해서 그런지, 집에 걸어가는 길에는 내가 어느새 '김두한'이 되어 있었다.

누군가를 붙잡고 일대일로 싸워서 이기는 사람이 형님 되는 단순하고도 원초적인 본능이 우뚝 솟았다. 어느새 나는 킬리만자로의 표범처럼 먹이를 찾아 어슬렁거리며 거리를 헤매고 있었다. 그때 무단 횡단 하는 나에게 택시가 경적을 울렸고, 먹이를 찾고 있던 나의 눈에 택시 기사는 그 상대로 적격이었다. 당장 택시 기사를 차에서 내리라고 하였고, 왜 경적을 울리냐고 따졌으며, 말로 하지 말고 싸움으로 결판내자고 제안하였다. 싸움에서 이기는 사람을 형님으로 모시자고 하였다. 어이가 없는 기사 분은 더욱 화를 냈고, 나는 싸우자며 허공에 주먹을 날렸다. 다행히 주위 사람들이 와서 말리는 바람에 싸움은 일어나지 않았지만, 학교 근처라 사람들이 많이 몰려들었다.

그날은 별 탈 없이 마무리되었지만, 문제는 다음 날이었다. 나의 돈키호테식 무모함을 내가 아는 사람들이 지나가다가 목격한 것이었다. 다른 친구로부터 그 애기를 들었을 땐 정말 쥐구멍으로 들어가고 싶은 심정이었다. 얼마간은 사람들 눈에 띄지 않도록 큰길을 비켜 조용히 다녔다.

폭음

난 술을 마시면 중간에 멈추지를 못한다. 빨리 마시고 많이 마신다. 제대로 술을 배운 게 대학교 동아리에 있을 때인데, 무조건 술잔을 돌렸다. 돌린 술잔을 다시 되돌려주는 데 선배들이 허용한 시간은 3초였다. 누군가 잔을 주면 다시 받기를 손꼽아 기다리는데, 오래 기다리게 하면 나쁜 사람이라 했고, 나도 전적으로 동의했다. 그래서 받자마자 바로 마시고 잔을 다시 돌렸다.

술 취기는 양과 시간에 비례한다. 많은 양을 마셔도 천천히 마시면 취하지 않고 늦게까지 마실 수 있다. 흔히 주위에서 어떤 사람의 주량이 소주 10병 이상이라고 떠벌리는데, 믿을 수 없어 자세히 따져보면 밤새도록 오랜 시간 마셔서 세운 기록인 경우가 대부분이다.

술 마시는 습관은 직장에 와서도 마찬가지여서 누가 잔을 돌리면 바로 건네주었다. 내가 준 술잔을 바로 돌려주지 않으면 상대방에게 계속 텔레파시를 보내며 압박했다. 내 잔을 떼먹고 다른 사람에게 돌리는 사람은 평생 저주했다. 관리자의 위치에 왔을 때는 술에 빨리 취했다. 직원들이 윗사람들에게 한잔씩 빨리 돌리고 편하게 마시고 싶어 서로 먼저 잔을 들고 내 자리로 찾아왔다. 술잔을 받은 그 자리에서 바로 원샷 하고 잔을 돌려주기 때문에 30분 안

뱅호 쫓아내기

에 거의 소주 3병을 마시는 경우도 많았다.

술은 어떤 잔이든 원샷으로 마신다. 소주건, 막걸리건, 와인이건, 위스키건 거기에 맞는 술잔이 있고, 와인을 제외한 모든 잔은 8할 정도 따르기 마련이다. 그것을 단숨에 남김없이 마신다. 심지어 여름철 목마를 땐 생맥주 500cc를 단숨에 마시기도 한다.

대학교 시절, 여름철에 농구 한 게임 하고 나면 온몸에 땀이 질퍽하여 시원한 생맥주가 절실하다. 그러나 주머니는 이를 알아차리지 못한다. 뒷일 생각하지 않고 바로 생맥주 가게에 가서 1,000cc를 시켜 그걸 한번에 못 마시는 사람이 술값을 내기로 한다. 누구나 술값 낼 형편이 안 되므로 1~2잔은 악착같이 마신다. 그러나 3잔쯤 가면 실력 차가 나타나기 시작한다. 나는 한 번도 술값을 낸 적이 없다.

언젠가 술을 조금 마시려고 꺾은 적이 있지만, 목 넘김이 실망스럽고 개운하지 않아 그냥 다 마신다. 원샷이되 조금 마시려고 5할 정도만 받아 마신 적도 있지만, 괜히 추잡해 보여서 포기하고 그냥 내 취향대로 마신다.

빨리 마시고 많이 마신다. 이런 습관은 술 마시는 동안 계속되었다. 빨리 마시고 취해서 집에 안착하여 잠이나 자면 차라리 나았다. 머리는 취했는데 속은 멀쩡해서 밤새도록 술이 들어가니 환장할 노릇이다. 다음 날 아무것도 기억나지 않는, 아무 의미 없는 술을 돈 써 가며, 몸 망치며, 시간 쓰며, 평판 나빠지며 마시는 한심한 노릇을 하는 것이다.

어느 정도 술을 마시고 취하면 그만둘 법도 한데, 사람들과 헤어진 후 나 혼자 또 어디선가 마셔야 한다. 내가 살 테니 같이 마시자고 유혹해 보지만 더 이상 안 된다며 집에들 간다. 나도 정신은 인사불성이지만, 내장에서는 아직도 여유가 많아 더 달라고 난리다.

그렇게 밤새도록 마시고 나면, 다음 날 또 마시고 싶은 마음이 간절하다. 보통 사람들은 전날 많이 마시면, 다음 날 술 마시기 싫다는데 나는 오히려 더 마시고 싶으니 조금 특이하긴 하다. 평일은 출근해야 해서 자제해야 하지만 쉬는 날은 점심 무렵부터 다시 시작한다. 첫 잔 폭탄주는 너무 맛있다. 그렇게 몇 잔 들어가면 다시 새로운 세상이 열린다. 그리고 그날도 또 쉼 없이 달린다. 술이 술을 계속 부르고, 난 멈출 줄 모르고, 그렇게 며칠 동안 계속된다.

술을 연속으로 며칠 동안 마시는 것은 불행한 사태를 초래하기도 한다. 실제 우리 시골 동네에서 그런 일이 있었다. 아직 젊은 아저씨인데 농사에 바쁜 봄부터 가을까지는 아예 술을 입에 대지 않는다. 그러나 농사가 끝나고 다음 봄까지는 술독에 빠져 산다. 아예 집 밖으로 나오지 않고 거의 6개월을 매일 같이 하루 종일 집에서 술을 드신다고 한다. 아버지는 오히려 그분이 대단하다고 하였다. 그렇게 자기 관리가 가능하기도 힘들다고. 그러나 농한기인 어느 날, 밤새 술 드시다가 갑자기 돌아가셨다. 당시 방에는 아무도 없어 다음 날 경찰들이 와서 조사하기도 했다. 그 말을 듣고 처음엔 충격이었다. 최소한 연속으로 혼술은 하지 말자고 스스로 다짐했다. 그러나 충격은 시간과 반비례한다. 어느새 잊고 또 매일같이, 하루 종일 술에 찌들어 며칠을 허망하게 보내곤 한다.

폭식

아침부터 술 마시면서 하루 종일 취해 있고, 그것이 며칠째 이어질 때, 주위에서 알코올 중독이라고 의심해도 난 절대 아니라고 우기는 논리가 있다. 안주 없이는 술을 안 마신다는 것이다.

우리 술 문화는 서구와 달리 제사에서 유래해서 진수성찬을 차려 반주처럼 마시는 것에서 시작했다. 우리가 어려서 처음 술을 접했던 것도 제사를 마치고 음복하거나 잔칫집에서 어른들이 주는 막걸리여서, 술은 음식의 한 종류로 생각했다. 그래서 술도 음식의 종류에 따라 그 주종을 달리해야 술맛이 좋다. 취업하기 전 호주머니 사정이 여의치가 않았던 시절을 제외하고는 라면이나 새우깡, 통조림만 놓고 술을 마시는 경우는 거의 없다.

어렸을 때 보면, 시골 동네마다 알코올 중독된 아저씨들이 몇 명 있었다. 그 아저씨들의 특징은 유리로 된 큰 소주병을 들고 안주 없이 잔 없이 병나발을 부는 것이었다. 그래서 저녁 무렵 술에 취해 동네 공터에 쓰러져 있고, 그 아줌마, 아이들이 아저씨를 부축해 가는 광경을 흔하게 볼 수 있었다. 그 아저씨들의 특징은 살이 없어 뼈만 앙상하다는 것이다.

이론적으로 살펴보면 술은 칼로리는 높지만, 몸에 흡수되지 않는다. 따라서 술을 마시면서 안주를 먹지 않으면 살은 전혀 찌지 않는다. 술로 인한 칼로리를 먼저 방출하고 나머지를 방출하기 때문이다.

알코올이 바로 살로 연결되지 않지만, 술로 인한 칼로리가 방출되는 동안 먹은 음식으로 인한 칼로리는 방출될 틈도 없이 모두 흡수된다. 그래서 술 외의 음식 칼로리는 모두 살로 간다고 보면 된다. 술만 마시고 안주를 드시지 않았던 동네 아저씨들이 뼈만 앙상한 이유였다. 단지 술만 좋아하는, 알코올 중독에 빠진 사람들은 대체로 뼈만 앙상했다.

그러나 애초에 음식을 좋아하는 나는 술을 마시면서도 맛있는 음식을 찾았다. 1차에서 실컷 먹어서 2차부터는 더 이상 안 먹어도 될 음식을 또 실컷 먹어서 두껍게 사는 것에 결정적인 영향을 미쳤다. 특히, 어느 정도 술이 들어가서 인사불성 수준이 되면 『그리스·로마 신화』의 '에리식톤'이나 <센과 치히로의 행방불명>의 '가오나시'처럼 채워도 채워도 허기가 져서 엄청난 대식가가 된다. 술자리에 있던 일행의 전언에 의하면, 술에 만취하면 아예 맨손으로 허겁지겁 먹기도 한다고 그런다. 잠자리에 누워도 배가 부른 상태가 계속되고, 다음 날 오전까지도 배가 꺼지지 않았지만 술이 술을 부르듯 음식이 음식을 부르고, 그렇게 또 먹으면서 두꺼운 삶은 계속되었다.

1차에서는 식사와 안주를 겸해서 주로 고기류를 먹는데, 충분히 배불리 먹는다. 2차는 보통 맥주를 마시는데, 과일 안주는 되도록 시키지 않는다. 안주는 다시 술을 부르고 술은 다시 안주를 불러야 제맛이다. 변증법적으로 정 → 반 → 합이 계속 일어나 결국 술과 안주가 서로 끌어당겨야 한다. 그러나 태생이 액체인 맥주와 과일은 궁합이 좋지 않아 서로가 별로 당기지 않는다. 맥주를 불러오는 내가 최고로 좋아하는 안주는 소시지다.

역사에서 정답을 찾듯 맥주의 본고장인 독일에서도 처음부터 소시지가 가장 좋은 안주로 자리하고 있다. 소시지 다음으로는 통닭이나 감자튀김 등 튀김류를 좋아한다. 때로는 오징어구이 등 간단하게 먹을 때도 있지만 술자리는 뭐든 푸짐해야 마음도 넉넉해지고 술 마실 기분도 난다. 그렇게 술과 안주를 푸짐하게 차려 놓고 실컷 먹고 마시면 내 몸도 덩달아서 푸짐해진다.

경찰서

블랙아웃이 되어 아무것도 기억나지 않지만, 아침에 일어나 보면 집이어서 스스로 대견해한 적도 많았다. 택시를 탔지만, 집이 기억나지 않을 정도로 인사불성이 되어 기사분이 파출소에 데려다주거나, 어느 공원 벤치에서 누워 있어 누군가 경찰에 신고해서 경찰 부축을 받고 집에 들어온 적도 있었다. 대부분 만취 상태였고, 기억조차 없다. 그러나 그것은 크게 말썽을 일으킨 게 아니었고, 하나의 해프닝으로 끝나 훗날 영웅담으로 흐뭇하게 얘기할 수도 있는 일이었다.

그러나 당혹스럽게도 실제로 폭력 사태로 인해 경찰이 출동한 경우가 있었다. 대학생이나 해고자 시절에는 시위로 인하여 경찰서에 끌려가서 사흘간 잡혀 있다가 훈방되었지만, 그 이후 경찰과의 인연은 역시나 모두 술과 관련된 것이었다.

첫 발령은 서울에 있는 세무서였다. 서울에는 대학 시절 동아리 모임이 활발히 활동하고 있었다. 그날은 5~6명이 모였던 것으로 기억하는데, 대부분 진작 직장 생활을 하고 있었고, 나만 최근에 취직한 상태였다. 백수 생활 하면서 신세를 많이 져서 부채 의식이 있기에 그날은 내가 대접하려고 마음먹은 자리였다. 다들 오랜만이고 옛 추억을 상기하며 기분 좋게 마시다 보니 1차로 끝나지 않고 2차

벵호 쫓아내기

를 가게 되었다.

그곳은 위스키도 파는 곳인데, 거기서 다들 만취가 되어 술값을 계산할 때쯤엔 이미 어떤 판단을 하기에는 무리였다. 계산서에 한 달 치 내 월급보다 많은 술값이 나와 이를 따졌고, 그것이 통하지 않자, 당시 현금이 없던 나는 외상으로 하자며 직장까지 알려 주었다. 그러나 술값 시비로 비위가 상한 가게 주인은 나를 믿을 수 없다며 이를 거절하였고, 옥신각신 끝에 경찰이 오게 되었다. 경찰이 왔어도 우린 당당하게 우리 주장을 되풀이하였고, 그런 우리를 경찰이나 주인은 돈도 없이 술을 마시는 파렴치한 사람들로 취급하였다. 그럼에도 옥신각신하면서 몇 시간을 대치하였다. 시간이 지남에 따라 차츰 술이 깨면서 내가 공무원이라는 현실을 인식하였고, 문제가 될 소지가 다분함을 인지하고 상당한 수치심을 느끼게 되었다. 주인과 경찰에게 정중히 사과했고, 다음 날 바로 현금 서비스를 받아 외상값을 갚았다.

다시 파출소에 가게 된 건, 집인 수원에서 직장인 서울 신설동까지 출퇴근하던 시절이었다. 당시는 회식이 잦았고, 2차, 3차까지 가는 것이 예사여서 택시를 탈 때쯤이면 술에 만취하여 정신을 못 차릴 지경이었다. 그날도 택시를 타고 가면서 기사분과 얼마간의 실랑이가 있는 것 같았는데, 정신을 차려 보니 파출소였다. 다음 날 기사분 말씀에 의하면 내가 뒷좌석에 타고 가면서 자꾸 구토하려고 했고, 심지어는 문을 열고 얼굴을 밖으로 내밀어, 위험하여 택시를 갓길에 세워 놓았는데, 그걸로 또 시비를 걸어서 도저히 말로 되지 않아 파출소로 왔다는 것이다. 심지어 실랑이하다가 내가 기사분을 때려서 몸에 멍까지 들었다고 주장하였는데, 아무것도 기억나지 않는 나는 그분의 말을 믿을 수밖에 없었다.

결국 경찰에 폭력 행위로 입건되었고, 다음 날 기사분은 합의를 조건으로 당시로써는 큰돈인 몇천만 원을 요구하였다. 다쳐서 일도 당분간 못 한다며 그 비용까지 청구하였다. 뭔가 기억이라도 나야 따져 보겠지만, 아무 기억이 없어 내밀 카드가 없는 나로서는 그냥 죄송하다는 말밖에 달리 도리가 없었다. 수중에 가진 돈도 별로 없고 창피해서 집이나 다른 누구에게라도 애기하지 않았다. 혼자서 끙끙 앓으면서 기사분을 만나 며칠간 읍소하여 결국 몇백만 원에 합의하였는데, 그간 몇 년간 애지중지 모았던 비자금을 모두 날리고 말았다.

폭력 행위로 인해 경찰이 출동한 마지막 기억은 비교적 최근의 일이다. 평소 동네 공원을 산책하다 보면 아저씨들이 동아리를 만들어 족구하는데, 그중에는 거의 프로 수준급의 스파이크를 구사하는 분들도 있었다. 족구를 좋아하는 나에게 그분들은 연예인이나 마찬가지였는데, 때로는 산책하다가 가만히 서서 한참 족구를 구경한 적도 많았고, 족구 클럽에 가입할까도 신중하게 생각했다.

그러던 어느 날, 누군가와 술을 거나하게 마시고 집으로 가는 길에 나의 연예인들이 술집 앞에서 담배를 피우고 있었다. 술도 적당히 먹었겠다, 용기를 내어 알은체를 하였다. 족구를 너무 잘하는 분들 아니냐며, 평소 팬이라고 명함을 주면서 내 소개를 했고, 그

뱅호 쫓아내기

분들도 나의 칭송에 기분이 좋았는지 그분들 술자리에 합류시켜 주었다. 술자리가 파장 분위기였지만 나의 연예인을 만나 기분이 좋아진 나는 2차 내가 살 테니, 바로 앞 노래방에 가자고 제안하였다. 그분들도 흔쾌히 승낙하였고, 노래방에서 신나게 놀다가 헤어지고 집에 잘 들어왔다. 최소한 내 생각에는…….

그런데 다음 날 뜬금없이 경찰서에서 문자가 왔다. 내가 오늘 새벽에 폭력 행위로 입건되어 사건이 어느 경찰서, 어느 부서, 어느 담당에게 접수되었다는 내용이었다. 순간 머리가 아득해지고 당황스러웠다. 어제 일을 아무리 생각해도 좋은 기분에서 노래방까지 간 기억밖에 없었다. 비록 그 후는 기억나지 않지만, 술에 취하고 다음 날, 특별히 기분이 나쁘지 않은 것을 보아 불상사는 없을 로만 알았다.

경찰 친구를 통해서 내용을 알아보았는데, 노래방에서 시비가 붙어 경찰이 출동했고, 그중 한 분이 나를 폭력 행위로 신고하여 현장에서 사건을 접수하여 경찰서 형사과로 인계되었다는 것이다. 너무 어이가 없고 전혀 기억도 나지 않아 저녁때까지 기다리다 노래방에 가 보니, 낯익은 사장님이 매우 기분 나쁘게 나를 대하였다. 사장님 말씀에 의하면 어제 5명 정도의 손님이 왔었고, 시끄러워 들어가 보니 내가 그중 어떤 분과 시비가 붙었는데 내가 그분 머리를 두어 대 때렸고, 그분이 기분이 나빠 경찰까지 불렀다는 것이다. 사장님이 사이좋게 그냥 해결하라고 해도 그분이 화가 많이 났다는 것이다. 기억이 전혀 나지 않는 나는 내 맘속의 또 다른 내가 나와서 무례를 저지른 것 같아서 속이 답답하고, 그 '뼁호'로 인해 화가 났다.

시비가 붙었던 분의 전화번호를 어렵게 알아냈고, 그분은 당시 상황을 얘기하면서 합의할 생각이 없다고 말하였다. 아주 가벼운 사안이고 몇 차례 통화를 해 보니, 그분이 원하는 건 역시 돈이었다. 내가 건넨 명함이 어떤 사람에게는 좋은 먹잇감이 될 수도 있는 것이었다.

공무원은 사건이 접수되면 경찰에서 죄의 유무를 판단하는 것과는 별개로 바로 소속 부처로 관련 사실이 통보되는 걸 그분은 잘 알고 있었고, 빨리 합의하는 게 좋을 거라고 협박 아닌 협박을 하였다. 폭력 행위로 사건이 접수되면 우리 회사 감찰 부서에서 조사를 나와 그 당시 상황을 파악할 것이고, 프라이버시를 존중하여 비밀을 유지한다고 하지만, 말이 비밀이지 바로 소문날 것은 당연하였다. 이 나이, 이 직위에 폭력으로 입건된 사실이 알려져 창피 당할 생각에 나는 그분한테 고양이 앞에 쥐 신세가 되고 말았다.

나중에 사실 관계를 파악해 보니, 머리를 때린 것도 아니고 대화 중에 나보다 어린 그분에게 귀엽다고 머리에 꿀밤 두어 대 먹였다고 하는데, 그분이 기분이 상했다는 것이다. 호기치고는 값비싼 대가를 치러야 했다. 늘 그렇듯 이분도 처음엔 터무니없는 돈을 요구하였으나, 내 속의 또 다른 나 자신이 미워 진심으로 여러 번 사과하고 사정 얘기를 해서 결국 몇백만 원에 합의하고 사건을 마무리 지었으니, 그날 내가 먹인 꿀밤 한 대는 엄청나게 비싼 것이었다.

뼁호 쫓아내기

음주 운전

　내가 생각하는, 술을 마시면서 하는 최악의 행동은 음주 운전이다. 이는 나와 상관도 없는, 아무 잘못도 없는 누군가가 나로 인해 피해를 보고, 그 피해가 또 다른 불행을 몰고 올 수도 있기 때문이다. 나의 잘못으로 내가 벌 받는 거야 얼마든지 당연한 인과응보지만, 타인이 아무 잘못 없이 받는다면 너무 절망스러워 오히려 더 괴로울 것이다. 그래서 조금만 술을 마셔도 절대 운전대를 잡지 않는다는 것이 나의 평소 다짐이었다.

　국세청 퇴직 후에는 시간 관리가 가능해져 술자리가 있으면 차를 집에 주차하고 대중교통으로 이동하지만, 직장 생활 할 때는 어쩔 수 없이 차를 가져가야만 했다. 술을 마시고 걸핏하면 블랙아웃되면서도 대리운전 해서 집에 잘 들어오는 것을 보면 스스로 기특하기도 했다. 다음 날 차가 주차된 곳을 찾지 못하여 아파트를 몇 바퀴 돌거나 이름이 비슷한 다른 아파트에서 차를 찾은 적도 있지만, 그토록 혐오하던 음주 운전은 하지 않았다.

　직장 생활 10년이 조금 지났을 무렵, 직장에 회의감이 들어 고충을 내고 시골 쪽으로 발령되기만 기다리며 매일 술독에 빠져 있던 날들이었다. 그날도 누군가와 술을 마셨고, 2차는 위스키와 맥주를 마실 수 있는 카페로 함께 이동했다. 워낙 1차에서 많이 마셨기 때문에 2차에서는 거의 기억이 나지 않았고, 자정쯤에 동료들은 없고 홀로 테이블에 엎드려 잠들어 있는 나를 발견하였다.

집에 가기 위해 대리를 불렀으나 오지 않았고, 가게 사장님은 문을 닫아야 하니 나가 달라고 하였다. 차에 있으면서 또 대리를 불렀고, 이번에도 오지 않자, 술이 깬 것 같기도 하고 이 시간에 음주 단속도 하지 않을 것 같아 그동안의 신념과는 다르게 처음으로 음주 운전을 하는 상황이 벌어졌다.

술이 깨서 정신이 멀쩡하다고 생각했지만 오산이었다. 어디서 잘못되었는지 집과는 다른 방향으로 차를 몰았고, 어디로 가고 있는지도 인지하지 못하였다. 그러다가 빨간 신호등에 걸렸지만, 순발력이 떨어져 브레이크를 늦게 밟았다. 미끄러지면서 앞차와 살짝 접촉 사고를 일으켰다. 앞차 운전자가 내려서 나에게 왔고 무슨 자신감이 있었는지 그냥 경찰을 부르자고 하였다. 곧 경찰이 왔고 술 냄새가 심하게 나는 나를 근처 파출소에 데려가 음주 측정을 하였다. 면허 취소 수준인 혈중 알코올 농도 0.18을 넘어서는 만취 상태라고 기계가 알려 줬다. 경찰서에 차와 함께 모셔진 다음, 거기서 대리로 집까지 갔다.

다행히 다친 사람도 없고, 차도 아예 흠터가 없었다. 벌금만 몇백만 원 내고 더 이상 금전적인 손실은 없었지만, 면허가 취소되었다. 반성하는 의미에서 행여라도 차를 운전할지 몰라 바로 팔았다. 내 속의 또 다른 내가 얄미워서 벌을 주고 싶기도 했다. 버스로 출퇴

벵호 쫓아내기

근하고 시골 갈 때는 기차, 버스, 택시를 이용하는 등 불편함이 많았는데, 아이들에게 특히 미안했다. 차마 음주 운전으로 면허가 취소되었다고는 하지 못하고 당분간 차 없이 살아 보자고 그럴듯한 핑계를 대며 차를 팔아야 할 상황이라고만 말했으니, 아이들이 받았을 상심이 컸을 것이다.

음주 운전으로 내상이 커서 당분간 술을 일절 마시지 않았다. 그러나 오래 가지 않았다. 오히려 차가 없으니 홀가분하게 마실 수 있었다. 당시 직장에 고충을 낸 상태라 승진은 이미 물 건너갔다고 생각했고, 특별한 의욕 없이 해야 할 업무만 하던 시기였다. 오로지 의욕이라고는 매일 마시는 술이었는데, 이마저 안 하니 도저히 아무런 재미가 없었다. 결국 며칠을 견디지 못하고 다시 술독에 빠진 삶을 이어 갔다.

대리운전

　직장에 다니면서 저녁 약속이 있으면 시간이 빠듯해서 어쩔 수 없이 차를 가져갈 수밖에 없다. 술자리가 끝나고 만취하여 대리해서 집으로 왔지만, 다음 날 차가 어디에 주차되어 있는지 기억나지 않는다. 아직도 술기운이 남아 있지만, 불안해서 더 이상 누워 있을 수는 없다. 일단 키를 가지고 동네를 돌아다니며 사정없이 문 열림 버튼을 누른다. 다행히 근처에서 전조등이 깜박거리면 안도의 한숨이 나온다.

　그러나 대리를 불러서 귀가하면 밤늦은 경우가 대부분이라 주차 공간이 부족할 수밖에 없다. 집 주변에 주차된 경우는 드물고, 어딘가 구석에 박혀 있거나 지하에서 애타게 나를 기다린다. 아파트 지상 주차장을 한 바퀴 돌고 지하 주차장까지 한 바퀴 돈다. 다행히 500세대라 망정이지 몇천 세대였으면 어쩔 뻔했나 싶다.

　정신이 몽롱한 채 차 찾으려고 혈안이 되어 있는데, 아는 사람이라도 마주치면 곤란하다. 어디 가냐고 물으면 잠깐 산책한다고 둘러대고 또 만나면 한 바퀴 더 산책한다고 또 둘러댄다. 겨우 차와 상봉할 땐 이산가족 만나듯 반갑지만, 그 과정은 허탈하고 원망스럽다. 어떻게 술을 마셨길래 내 차가 주차된 자리도 모를까 자책하기 마련이다.

집에서 멀리 떨어진 곳에 아무렇게나 주차되어 있어 차를 찾는데 애먹은 적도 있다. 보통 대리기사는 새벽까지 일하고 오후 늦게나 전화를 받으므로, 그 시간만큼 가슴은 애가 탄다. 이름이 같은 조금 떨어진 아파트에 주차해서 혹시나 해서 가서 찾은 적도 몇 번 있다.

어느 날은 새벽에 차 빼라고 전화 와서 나가 봤더니 주차장 가운데 떡하니 내 차가 주차되어 다른 차들이 나갈 수 없도록 가로막고 있었다. 어제 대리기사가 대충 주차하고 가 버린 것이다. 그때의 창피함이란 이루 말할 수 없다. 무조건 죄송하다고 사과하였다. 동병상련인지, 서로 허탈하게 웃으며 큰 마찰 없이 넘어갔다.

술김에 SNS 올리기

✳

술은 용기를 북돋워 주고 대중 공포를 없애 준다. 술의 좋은 점으로 발표, 토론 시 떨림을 없애 주어 긍정적으로 작용하지만, 지나친 자신감은 토론할 때 사소한 말다툼으로 이어지기도 한다. 말다툼이야 그 자리에서 해소할 수 있지만, SNS가 일상화됨에 따라 글을 통한 다툼도 가끔 발생하였다.

특히 술에 취했을 때는 인내가 부족하여 맘에 있는 모든 말을 SNS에 쏟아 놓다 보니 아침에 일어나서 하는 일이 스마트폰을 보면서 전날 내가 남긴 통화, 카톡, 문자를 훑어보는 것이다. 기억이 나는 것도 있지만, 기억은 나지 않지만 내가 남긴 글들을 보면서 또다시 자괴감을 가져야 하니, 도대체 내 안의 또 다른 나는 누구인지, 만나서 담판을 짓고 싶을 때도 있다.

혜님 스님은 "하고 싶은 말을 하지 못했을 때 후회하는 것보다, 하지 않아야 할 말을 했을 때 더 후회됩니다."라고 말씀하셨는데, 술에 취하면 그런 경우를 많이 겪게 된다.

졸업한 고등학교에 대한 자부심이 강하고, 지금까지 소중하게 만나고 있는 친구들도 많아서 나에게 고등학교 동창들을 만나는 것은 늘 즐거운 일이다. 그러나 코로나19로 인해 동창회가 중지되었고, 그걸 핑계로 모임에 소극적이었던 회장단은 코로나19가 끝났음에도 만남을 재개하지 않았다. 임원진에게 개인적으로 통화를 하거나 문자를 해도 곧 동창회를 할 것이라는 언질만 주었고, 어느 순간부터는 내 통화나 문자를 무시하여 응답도 없었다. 당연히 따지고 싶었으나 방법이 없어, 그렇게 원망만 하고 있었다.

그러던 어느 날, 어떤 목적으로 동창 한 명이 단톡을 개설하였고, 거기엔 수도권 동창들이 많이 초대되었으며, 그중에는 현재 임원진도 포함되어 있었다. 나는 처음에는 초대받지 않았는데, 나처럼 임원진에 불만이 있던 친구가 동창 카톡이 개설되었고 거기에 임원진도 있다며 나를 초대하였다.

불행하게도 내가 초대되었을 시간에 난 술에 많이 취해 있었고, 그동안 나의 열정을 무시했던 임원진에 대한 분노가 다시 불처럼 타올랐다. 초대되자마자 나는 평소에 잘하지도 않는 쌍욕을 임원진에게 날렸다. 동창들이 많이 놀라고 황당했는지 내 말이 너무 심하다거나 말리는 답글들이 올라왔다. 일부 친한 동창들은 나에게 개별적으로 전화하여 내가 왜 그렇게 사나워졌는지 불안해하며 걱정하였다. 오마르 워싱턴의 시 「나는 배웠다」의 한 구절처럼 '내게도 분노할 권리는 있으나 남을 잔인하게 대할 권리가 없다는 것'을 까맣게 잊고 있었다.

다음 날 카톡을 열어 보고 내 글을 다시 읽었을 때, 당혹감은 이루 말할 수 없었다. 나를 알지도 못하는 동창들, 그리 친하지도 않았던 동창들에게 동기야 어쨌든 몇십 년 만에 이렇게 경박한 모습을 보였다고 생각하니 미칠 지경이었다. 그 방식 또한 욕설을 동원하였고, 글 또한 품격이라고는 찾아볼 수 없는 초등학생 말다툼 수준이라 스스로 얼굴을 들 수 없게 되었다.

그 후까지도 이 사건은 나를 괴롭혔고, 같은 악순환이 계속 이어졌다. 단톡에 새로운 소식이 올라올 때마다 나의 천박함이 떠올라 창피함을 잊기 위해 술을 몽땅 마시고, 아무 대꾸도 없는 임원진을 향해 다시 험한 글을 카톡에 남기고, 다음 날 그 글로 괴로워하고…….

결국 나는 단톡을 탈퇴했다. 그리고 공식적인 고등학교 관련 모임에 부끄러워 참석하지 못할 것 같다. 그토록 자랑스러워하던 소중한 인연들이 술에 취한 추악함으로 스스로 내던질 수밖에 없게 되었다.

　　　　　　　　　　　　　　　벵호 쫓아내기

술김에 전화하기

　술 마시고 적당히 취기가 오르면 많이 하는 행동 중 하나가 여기 저기 전화 걸기다. 시간 감각이 무뎌지면서 늦은 밤이건 새벽이건 시간을 가리지 않고, 평소 친한 사람이거나 불편한 사람이거나 가리지 않고, 생각나는 대로 전화한다.

　이를테면 지인들과 술 마시며 대화하다 갑자기 어떤 사람이 떠오르거나, TV 보면서 혼술 하다가 그 상황에 맞는 특정 사람이 떠오르면 주저하지 않고 전화하기 일쑤다. 그래서 아무리 술을 마셔도 전화하면 절대 안 되는 사람은 혹시 술 마시고 전화하여 실수할지 몰라 전화번호를 핸드폰에서 지우고, 일부러 다른 수첩에 수기로 옮겨 적기도 한다.

　남녀가 사귀다가 어떤 오해나 잠깐의 싫증으로 헤어지는 경우가 있다. 그러면 지난 만남을 소중하게 기억하고 미래를 응원해 준다는 덕담과 함께 보기 좋게 헤어지면, 나중에 다시 만날 때 좋은 감정이 살아나 다시 시작할 수도 있다. 그러나 특히, 남자의 경우가 대부분인데, 술에 취하면 상대방에게 전화해서 "왜 헤어져야 하느냐, 너 없이 못 살겠다, 다시 만나자" 하면서 구질구질하게 매달린다. 그러면 오히려 만났을 당시 좋은 추억보다도, 헤어진 다음 술 마시고 끈적대던 기억 때문에라도 그동안의 좋은 추억은 나쁜 기억이 되고, 나중에 만나더라도 다시 시작하기가 힘들어진다. 차라리 헤어지고 무심한 듯 시간이 지나고 어쩌다 우연히라도 만나면 옛정이 생각나 다시 시작할 수도 있지만, 술 마시고 전화로 고문했던 기억들 때문에 아예 다시 시작할 싹을 싹둑 자르게 되고, 좋은 추억들마저도 마지막 지저분함으로 사라지고 만다.

군이 연인 사이의 통화만 그런 것이 아니다. 평소 알고 지내는 지인이라도 적당히 마시고 적당한 분위기에서 적당한 멘트로 유쾌하게 통화하는 경우가 있긴 하지만, 대부분은 나만의 감정만 발설하기 마련이다. 어쩌다 상대방도 나만큼 취해 있어 서로 오매불망 못 잊고 지내던 연인처럼 과장해서 반가움을 표하고 당장 내일 만나자고 약속하지만, 다음 날 모든 일은 없던 것이 되고 만다. 술에 취해서 한밤에 전화하면, 이미 한번 당한 사람은 무시하고 받지 않는다. 처음 당해 본 사람은 일단 무슨 일 있는지 걱정되어 전화를 받았지만, 횡설수설에 많이 당황하며 반드시 후회한다. 그렇다고 서로의 인연을 강조하며 친한 척하는데, 전화를 끊을 수도 없어 의무적으로 대꾸를 해야만 하는 지경이니 이러한 고문도 없을 것이다. 나도 맨정신일 때 가끔 그와 같은 고문을 당하기 때문에 그 기분을 잘 안다.

아침에 일어나 먼저 핸드폰을 열고 지난밤 전화와 카톡, 문자 기록을 살펴본다. 예전엔 전화 통화를 모두 녹음하여 다음 날 듣기 기능을 활용하여 전날 기억을 복기하기도 하지만, 술 깬 상태에서

벵호 쫓아내기

술에 취한 내 목소리를 듣는 것은 어지간한 고역이 아니다. 그래서 어느 순간부터는 차라리 기억하지 않는 편이 나아 통화 녹음 기능을 꺼 놓았는데, 그래서 전날 통화 내용을 모르는 경우가 많다. 기억이 나더라도 과장된 감정이 개입된 경향이 짙어 다음 날 괴로워한다. 그렇다고 다음 날 어제 전화한 것에 대하여 해명을 하자니 이 또한 구차하다. 결국 어영부영 넘어가게 되고, 이러한 사실이 괴로워 아침부터 다시 술독에 빠지는 경우가 허다하다.

술김에 결정하기

※

데이비드 스타 조던의 책『물고기는 존재하지 않는다』에서 "알코올은 사람들로 하여금, 실제로는 몸이 차가울 때도 따뜻하게 느끼도록 하고 아무 근거 없이 기분 좋아지게 하며 인격 수양의 핵심을 차지하는 제한과 자제에서 해방되었다고 느끼게 한다."라고 했다.

칭기즈 칸은 술에 취해 판단력이 흐려져서 실수한 적이 있다. 그래서 "나는 앞으로 절대로 어떤 경우에도 술김에 결정을 내리지는 않겠다."라는 말을 남겼고, 그대로 실천했다.

술에 취한 채 내린 결정은 평상시 상식으로는 생각할 수 없는 부분들이 당연한 것처럼 생각하도록 하고, 실천할 수 있는 용기까지 부여한다. 그리고 이는 금전적 손실이나 나쁜 평판을 남겨 후회하게 만든다. 그 결정이 대부분 이성적이지 않고 충동적이기 때문이다. 나 역시 술에 취한 채로 감정적이고 충동적인 결정을 내린 경우가 많았고, 덤으로 통탄할 후회가 뒤따랐다.

개업하면서 새 차를 사야 했다. 개업한 세무사들에게 가장 인기 있는 차로 예약하였다. 사업상 적당히 고급스러운 차가 필요하기도 했지만, 투자로 생각하고 그동안 운전했던 차보다 두 배가 넘는 값으로 계약했다. 차에 크게 욕심이 없어 옵션은 간단하게 했지만,

벵호 쫓아내기

실내가 지저분한 것이 싫어 내장 블랙박스만은 추가하였다. 그러나 나와 같은 옵션이 붙은 차량이 많지 않아서인지, 3개월이 지나도 차가 출고되지 않았다. 그리고 언제쯤 출고되는지도 알 수 없었다. 그런데 누군가 술 마시다 하는 말이 차가 출고되었지만, 계약을 취소하는 경우가 있는데, 급하면 알아보라고 하였다. 당시는 많이 취해 있었다.

당장 자동차 영업 사원에게 전화했고, 그런 차가 있긴 하지만, 내가 신청한 옵션보다 몇천만 원 정도 비싸다고 하였다. 물론 옵션이야 많으면 좋겠지만 나에게 꼭 필요한 것이 아니었다. 그러나 문제는 내가 술에 취해 있었다는 것이다. 너무나도 차가 보고 싶었고, 당장 지인들에게 자랑하고 싶었다. 그렇게 그날 그 차를 전화상 구두로 계약하였다.

다음 날 깨어나서 다행히 어제 일이 기억났다. 현실감이 와서 얼른 취소하려고 전화했다. 그러나 이미 제반 절차가 끝나 취소할 수 없다고 하였다. 그렇게 술김에 통 크게 결정한 차가 원래 생각했던 것보다 훨씬 치장을 많이 하고 나에게로 왔다.

술 마시고 전화로만 끝나지 않고 당장 만나는 경우도 많다. 대부분 상대방도 나만큼 취하고 비교적 가까운 거리일 경우, 다반사로 이루어진다. 나한테 오는 경우도 더러 있지만, 더 보고 싶은 사람, 더 취한 사람이 가기 마련이라 내가 가는 경우가 훨씬 많다. 수원에서 서울이나 평택, 부천도 간다. 그 거리를 갈 정도면 많이 취한 경우가 대부분이어서 어떤 날은 택시로 간 기억만 있고, 나머지는 통편집되어 지인을 만난 기억은 아예 없어져 버린 경우도 있다. 다음 날 전화로 확인할 뿐이다. 그런 경우는 엄청나게 취해서 실수도 많이 하게 된다.

낮부터 술에 취해서 저녁 모임이 있음에도 못 가는 경우가 있다. 얼마 전부터 참석한다고 해 놓고 술 때문에 참석 못 하는 게 미안하지만, 몸을 가누지 못해서 어쩔 수가 없다. 저녁 모임 생각해서 낮술을 적당히 끝낼 계산적인 내가 아니다. 거짓말하지 않고 사실대로 말한다. 미안하지만 지금 너무 취해서 몸도 힘들고, 참석해도 실수할 것 같으니 오늘 모임은 빠지겠다고 양해를 구한다. 대부분은 너그럽게 넘어가지만, 보고 싶다면서, 약속을 지키라며 오라고 하는 모임도 있다. 약속을 소중히 생각하는 내 아킬레스건을 건드리기도 한다. 그래서 결국 택시를 불러 약속 장소로 늦게 가기도 하지만, 그런 날은 필시 거기까지가 기억의 전부다. 모임에서 한 모든 행동은 전혀 기억하지 못한다. 다음 날이면 내가 저지른 행동들이 입방아에 오르며 웃음거리를 제공한다. 어떤 실수를 해도 괜찮으니 오라고 했어도, 막상 실수는 당연히 오로지 내가 감당할 몫이다.

술에 취하면 누군가가 생각나고, 그럴 땐 과감하게 전화하여 보고 싶다고 부르기도 하고, 나도 많이 부름을 당하기도 한다. 그런 경우 대부분 당장 만난다. 집에 들어와 있다가도 누군가 술 마시자고 호출하면 나간다. 나도 불렀으니 나도 부름을 당하는 게 당연하고, 그렇다면 만나야 하고, 그게 의리인 줄 알았다.

그러나 늦둥이가 자아가 어느 정도 형성된 다음부터는 나간다고 하면 울기 시작했다. 아빠가 거의 장난감 수준인데, 자기가 맘대로 갖고 놀 수 있는 집에 있는 장난감을 빼앗기는 감정이었나 보다. 솔직히 나도 늦둥이한테 시달리는 게 피곤했다. 30분 정도야 같이 재미나게 놀아 주지만, 똑같이 반복되는 놀이를 계속하는 것은 힘들었다. 40이 훨씬 넘은 나이에 낳은 아이라 내 체력도 보잘것없었다. 아이랑 노는 것보다 나가서 술 마시는 게 더 좋았다는 것이 솔직한 심정이었을 것이다.

그렇게 아이를 울리며 나가기를 몇 년. 아이가 커짐에 따라 울음이 점점 강도를 더하더니, 나중에는 거의 기절할 정도로 대성통곡하였다. 퇴근하면 너무 기뻐 나에게 뛰어서 안기는 사랑스러운 녀석이 집에 안착한 후 다시 나간다고 하니 망연자실하여 어떻게든 못 나가게 필사적으로, 몸으로 막는 지경까지 이르렀다. 그럼에도 처음엔 설득하고, 그게 안 되면 강제로 떨쳐 내고 지인의 부름에 응했지만, 마음은 무거웠다. 아이의 정서가 불안해져 성격 형성에 나쁜 영향을 끼치지나 않을지 걱정되어 결국 결단을 내렸다.

집에 오면 다시 나가는 일은 없을 것이라고 아이랑 약속했다. 아이는 기뻐했지만, 주위 술친구들에게는 배신자라고 낙인찍혔다. 자기들 만나기 싫어서 변명하는 줄로 알았지만, 나로서는 아이의 정서가 우선이라 오해를 받아도 어쩔 수 없었다. 갑작스러운 술 약속으로 아이가 절망하는 것을 더 이상 볼 수 없을 만큼 아이가 더 소중했다. 처음엔 욕을 먹었지만, 몇 번 거절하자 더 이상 전화 오지 않았다. 전화해 봐야 오지 않을 사람으로 찍힌 것이다.

충동 구매를 하는 경우는 너무도 많다. 집에서 혼술 하다가 TV 보며 맛있는 음식을 배달시키는 것은 애교 수준이다. 꼭 필요한 음식은 아니지만 애들까지 오라고 해서 같이 먹기 때문에, 그래도 후한 아빠 역할은 하게 된다. 갑자기 시원한 술을 곁에 두고 마시고 싶어 술이 세 병 정도 들어가고, 그 주위로 얼음을 가득 채울 수 있는 술통을 몇십만 원에 산 적도 있다. 한 번인가 사용했다. 지금 집 안 어느 구석에 처박혀 자기를 찾기만을 기다리고 있다.

술 마시고 한 결정 중에는 과감해서 오히려 다행이었던 경우가 있긴 하다. 아이 때문에 1층으로 이사 와서 모두가 만족한 줄 알았는데, 아내는 1층이라 창문도 못 열고 커튼도 잘 열지 못해 너무 갑갑하고, 심지어 우울증에 걸릴 지경이라고 하소연하였다. 우울증이 얼마나 무서운 줄 알기에 그것을 무기로 이사 가자고 하니 들어줄 수밖에 없었다.

매주 용인, 화성에 있는 주택들을 몇 군데씩 구경했다. 구경할수록 눈은 높아지고, 가격도 올라가서 어느 시기에 멈추고 우리 수준에 맞게 객관적으로 바라보기로 했다. 단독 주택은 보기야 좋지만 관리를 제대로 할 정도로 우린 손재주나 취미가 없다. 손이 덜 가는 잘 갖춰진 전원주택은 너무 비싸다. 결국 작은 마당이 있고 아파트처럼 관리도 수월한 타운하우스로 결정했다. 살고 있는 아파트를 팔면 거의 충당될 정도로 가격도 저렴하게 나온 것이라 재수가 좋다고 생각했다.

신탁회사와 계약하는 형식이어서 안심하고 계약금도 일억 원 이상 치렀다. 몇 개월간은 행복했다. 매주 모델하우스를 구경하면서 우리 집은 어떤 것을 추가하고, 어떤 것을 뺄지 현장소장과 상의했다. 인테리어는 어떻게 할지도 시뮬레이션하면서 함께 고민했다. 그러나 갈 때마다 굴착기 한 대만 공허하게 허허벌판을 방황하고 있고, 다른 어떤 공사도 진척되지 않았다. 현장소장은 매번 다음 달부터 본격적으로 공사가 시작된다고 하였지만, 그렇게 수개월이 흘렀다. 결국 타운하우스 시행사와 계약자들과의 면담까지 이루어졌다. 시행사 대표는 곧 공사가 시작된다며 향후 일정을 구체적으로 이야기했고, 다들 기다리기로 했다.

그래도 나는 의구심이 들어 구청 등에 알아보았는데, 시행사가 문제가 많은 회사였다. 우리 말고 다른 곳에도 타운하우스를 시행하는데, 그곳에 우리 돈까지 끌어다 쓰는 것 같았다. 신탁회사는 공사가 진척되지도 않았는데 회사에서 원하는 돈을 모두 내줘 우리가 치른 계약금이 남아 있지 않다고 했다.

너무 갑갑해서 계약자들이 만든 카페에 대표로 있는 사람과 둘이 타운하우스 근처에서 만났다. 그전에도 몇 번 소통한 적이 있어 어느새 내가 형 노릇을 하고 있었다. 처음에는 조금 더 기다리자고 서로 위로했지만, 카페 대표가 그동안 일어났던 일들을 구체적으로 얘기했고, 술에 거나하게 취하자, 나는 최악의 상황이 자꾸 떠올랐다. 계속 변명만 늘어놓는 시행사가 괘씸하고 믿음이 가지 않았다. 자꾸 속았다는 생각이 머리에 맴돌았고, 결국 술김에 전화를 걸어 계약을 취소한다고 말하였다.

계약금을 돌려받는 것은 생각보다 어려웠다. 깨끗하게 바로 돌려주지 않았다. 공사가 계속 미뤄지는 귀책 사유가 시행사에 있어 계약 취소는 받아 주지만, 당장 돈이 없다며 이 핑계, 저 핑계를 대며 늘 다음 주까지 준다고만 하였다. 다행히 내가 처음으로 계약을 취소해서인지 협박 반, 사정 반 하여 결국 받긴 받았다.

그러나 다음부터 취소한 사람들은 계약금을 받지 못하였고, 환불받기 위한 집단 소송까지 갔다. 여태껏 계약금도 반환받지 못하고 4년이 흐른 지금도 공사는 전혀 진척되지 않고 있다. 한참 외롭게 공사하는 척했던 굴착기 한 대도 사라진 지 오래다. 일찍 판단한 덕분에 계약금이라도 건진 건 순전히 술 때문이었다.

버럭

    술을 마시다 보면 감정 기복이 심하다. 정신이 말짱할 때야 어느 정도 조절할 수 있지만, 술에 취하고 맘에 들지 않는 무언가에 꽂히면 다른 모든 게 같이 불만이고, 이를 폭발시켜 버럭 화를 낸다. 이 틈을 타서 '벵호'가 활개 치는 것이다.

    나름 자존감이 강한 편인데, 상대방에게 무시당했다고 느낄 때 이런 일이 발생한다. 술에 어느 정도 취하면, 식당에서 친절하지 않은 사장이나 종업원을 대할 때 꼭 지적해야 하고 사과하지 않으면 큰소리로 화를 내며 꼰대가 되어 한바탕 훈계를 하기도 한다.

    집에 들어와서도 청소가 안 되어 있거나 주방에 설거지 그릇이 넘쳐날 때 평소에는 괜찮다가도, 술을 마시면 부글부글 올라오는 화를 참지 못하고 잔소리를 해 대기도 한다. 그렇다고 폭력을 행사하는 경우는 없지만, 엄밀히 말 폭력도 폭력이니까 상대방은 기분이 상해 대응하지 않거나 결국 말다툼으로 이어지기도 한다. 너무 화날 땐 평소 입에 담지 않는 숫자와 동물이 등장하기도 한다.

    술자리에서도 화를 참지 못하고 종종 다툰다. 주먹다짐까지는 가지 않지만 한 번 다투고 나면 사이가 서먹해진다. 어떤 때는 심하게 다투었는데도 기억이 나지 않는 경우가 있다. 다음에 만나 아무렇지 않게 행동하면 주위 사람들이 나를 대단히 통 큰 사람으로 여긴다. 나중에 갈등이 있었다는 사실을 알게 되지만, 그 내용조차 까맣게 잊어버렸으니 굳이 다시 상기할 필요가 없어 우리는 다시 아무 일도 없던 사이가 된다. 그럴 때는 차라리 기억을 잃어버리는 편이 낫다.

술자리에서 다투는 경우는 대개 두 가지 이유 때문이다. 하나는, 상대방이 거짓말을 하면서 잘난 척할 때, 또 하나는 나의 자존심을 건드릴 때다. 상대방이 잘난 척할 때 처음에는 잘 들어 주면서 맞장구도 쳐 주지만, 내가 알고 있는 사실을 넘어 거짓말까지 섞으며 지나치게 잘난 척하면 그때부터 부아가 치밀어 오른다. 그런 꼴을 잘 못 보지만, 평소엔 어쩔 수 없이 들어 주다가도 술에 취해 자제력이 떨어지면 대놓고 객관적인 사실을 얘기하고 잘난 척 좀 하지 말라고 나무란다. 상대방은 기어코 거짓말이 아니고 자신이 정말 잘났다고 우기기 마련이고, 이는 말싸움으로 번진다. 물론 주위 사람들이야 말린 척하면서 속이 시원하다고는 하지만, 그 사람과는 서먹한 관계로 남을 수밖에 없다. 많은 동석자 중에 굳이 내가 총대를 메는 경우가 대부분이다.

내 자존심 때문에 다툰 일도 있다. 별로 잘난 것도 없지만 남이 나를 지적하는 걸 싫어한다. 지적받더라도 직설법으로 화끈하게 하는 건 그나마 참을 수 있지만, 빙빙 돌려 가면서 비아냥거리며 조롱하듯이 말을 하는 사람이 꼭 있다. 내가 무지렁이도 아니고, 그런 말을 들을 때면 화가 치밀어 오른다. 멀쩡할 때야 화가 나도 인내심이 발동하여 견딜 수 있지만, 술을 마신다면 그 인내심은 금방 바닥을 드러낸다.

대부분 상대방도 술 마시고 하는 말이지만 정도가 지나치면 같이 한바탕 으르렁거린다. 그래도 '강자에 강하고 약자에 약하자.'라는 것이 내 지론이다 보니 나보다 약자라고 생각하는 사람과 다투는 경우는 거의 없다. 대부분 직장 상사거나 선배거나 힘 자랑 하는 동료들이기 때문에 오히려 뒷감당이 난감해진다. 이유야 어쨌든 어른스럽지 못한 행동이기 때문에 술이 깨면 물밀듯이 후회가 밀려온다. 나중에 사과하긴 하지만, 그 전의 관계를 회복하기는 영영 물 건너간다.

블랙아웃

군대 가기 전에는 아무리 술을 마셔도 기억이 끊기는 경우가 없었다. 그래서 전날 술을 같이 마시고, 다음 날 기억이 나지 않는다는 사람들을 보면 분명히 거짓말을 한다고 생각했다. 전날 술값을 내지 않았거나, 도망갔거나, 사람들에게 실망을 안긴 과장된 언행들이 창피해서 가장 편한 방법으로 '나는 기억나지 않는다'며 발뺌하는 것으로 생각하였다. 그래서 그런 사람들은 나에게 비겁한 사람이라는 인상을 남겼다. 어떻게 기억이 사라질 수 있을까?

내 첫 블랙아웃은 고등학교 1학년 때였지만, 그것은 어떻게 보면 실질적으로 처음 술을 접한 경우여서 그냥 쓰러졌다는 표현이 어울릴 것이다. 실질적인 블랙아웃은 한참 후에 일어났다.

복학 후 옛 운동권 동료들과 만나 만취하도록 술을 마시고 나름 하숙집에 들어와 잘 잤다고 생각하면서 눈을 떴다. 그러나 낯익은 천장이 아니었고, 주위에 늘 가지고 다니던 가방도 없었다. 일어나 밖에 나가 보니 하숙집 근처이긴 하지만 처음 보는 곳이었다. 다행히 옆에 사람이 있어 물어보니, 어제 밤늦게 와서 여기서 잤다는 것이다. 그분은 나를 오늘 새로 독서실 등록한 사람이겠거니 하고 생각했고, 가방은 처음부터 없었다는 것이다. 전날 함께 술 마신

뻉호 쫓아내기

사람들에게 물어봐도 잘 마시고 잘 헤어졌다는 답만 돌아왔다. 결국 내가 왜 그리로 가서 잠을 잤고, 가방은 어디로 갔는지 행방이 묘연한 채 그 사건은 미스터리로 남고 마는데, 그건 블랙아웃의 시초에 불과했다.

사전에서 블랙아웃은 '단기 기억 상실증을 이르는 말로 몸이 술을 받아들이기 어려운 상태까지 마셨을 때 술이 대뇌에 영향을 미쳐 일시적으로 나타나며, 이러한 현상이 반복되면 뇌 손상을 일으켜 치매에 이르게 된다.'라고 되어 있다.

블랙아웃에 대한 가설은 여러 가지다. 첫 번째는 기억 장치의 하나인 '해마'에 기억이 아예 없다는 것이다. 기억을 저장하지 않았기 때문에 아무리 생각해도 기억이 날 수가 없다.

또 하나는 기억하기는 하지만, 출력이 안 된다는 것이다. 출력 장치가 고장이 나서 기억을 꺼낼 수 없다는 것이다. 어느 이론이 맞든, 어느 순간부터 전혀 기억나지 않는 것은 공통이다.

그렇다고 술에 취해서 제멋대로 행동하는 것도 아니다. 취해서 비틀거릴 수도 있지만 남들이 보기에 멀쩡했을 수도 있다. 블랙아웃은 당시 행동이 취했다는 것이 아니라, 저장 장치나 출력 장치를 가동할 수 없다는 것이기에 무조건 취했음을 의미하는 것은 아니다. 마치 열심히 컴퓨터 워드 작업을 했는데 저장을 안 해서 작업 내용을 잃어버린 것 같은 경우다. 따라서 워드 작업 할 때는 정신이 멀쩡했지만, 저장하지 않아 작업 내용이 없어졌기 때문에 블랙아웃이라고, 모두 취했다고 단정해서는 곤란하다. 다만 블랙아웃이 된 다음 날은 제발 내가 어제 단순히 기억 장치를 깜빡하고 가동하지 않은 것으로만 끝나기를, 다른 이상한 행동은 안 했기를 간절히 바랄 뿐이다.

그러나 그 순간은 정말 악몽이다. 어제 일을 아무리 복기시키려 해도 생각나지 않기 때문에 상상력이 필연적으로 동원된다. 그리고 이 상상력은 절대 긍정적이지 않다. 어제 대충 누가 옆에 앉았는지 기억이 나면 내가 옆 사람에게 했을 최고로 나쁜 행동을 상상한다. 이를테면 평소 가지고 있던 불만을 여과 없이 배설하거나, 여직원에게 추파를 던졌거나 하는 최대한의 좋지 않은 상황을 떠올린다. 마치 내가 악당이라도 된 것처럼 취급하면서 절대 하지 말아야 할 행동을 한 것처럼 가정한다.

그리고 그것을 차마 확인할 엄두를 내지 못한다. 그저 혹 그런 행동을 했을까 봐 전전긍긍한다. 누구에게 묻지도 못한다. 상상이 현실이 되었을 때 감당할 수 있는 그릇이 아니다. 나중에 어느 정도 사실이 확인될 때까지 가시방석이고, 내 영혼은 이를 무마하느라 하루 종일 피곤하다. 무조건 도망치고 싶고, 다시는 술을 마시지 않고, 마시더라도 블랙아웃 될 정도로 많이 마시지는 말자고 다짐하고 또 다짐한다.

블랙아웃은 블랙아웃을 불러온다. 첫 번째 블랙아웃이 있고 다음 블랙아웃은 1년 후, 다음은 몇 개월 후, 몇 주 후, 어느 순간부터는 허구한 날 블랙아웃이 되었다. 초창기에는 블랙아웃 다음 날에는 전날 무슨 실수를 했을지 몰라 불안하면서도 사람들에게 혹

벵호 쫓아내기

실수한 게 없는지 묻고 다녔다. 실수가 없었다면 다행이었고, 실수가 있었다면 당사자를 찾아가서 사과하였다. 그러나 자주 하는 똑같은 실수는 사람을 단단하게 하고 창피함을 무력화시킨다.

'난 원래 그랬지', '주위 사람들도 모두 이해할 거야'라는 무한한 이해심이 스스로 발동하여 전날 실수를 알려고 하지도 않고, 혹 괴로우면 또다시 술을 마셔 잊고자 하는 악순환이 거듭되었다. 만사는 오로지 술로 해결하였다.

건강

✳

술을 실컷 마시면서도 다른 사람들에게 폐를 끼치지 않고 건강도 잃지 않는다면, 아마 술독에 빠져 살아도 괜찮을 것 같다. 그러나 세상 이치가 절대 그렇지 않다는 것은 단순히 술뿐이 아니라 모든 일에도 마찬가지다.

'제로섬'이라고, 얻는 게 있으면 잃는 게 있는 법. 술은 특히 건강에 치명적이다. 오죽하면 세계보건기구(WHO)에서 1급 발암 물질로 지정했을까? 우리는 발암 물질을 돈을 주면서 마시고 있으니 어떻게 보면 참 멍청하다고 할 수 있다. 특히 발암 물질이 강할수록 더 많은 돈을 주어야 하니, 아이러니가 아닐 수 없다.

술을 많이 마셨어도 건강에 특별히 이상을 느낀 적은 없었다. 그건 담배도 마찬가지였다. 스무 살 대학생 때부터 13년간 매일 한 갑씩 담배를 아주 맛있게 피워 댔다. 오죽하면 내가 담배 피우는 모습을 보면 너무 맛있게 펴서 담배가 당긴다고 엉겁결에 같이 피우는 사람도 많았다. 그러나 내 경험에 비춰 보면 하루 중 담배가 진짜로 맛있는 것은 세 개비 정도다. 식후나 커피 마실 때는 담배가 많이 당기고 맛있기도 하지만, 나머지는 별로 맛있지도 않으면서 습관적으로 피워 대는 것이다. 그래서 하루에 담배 서너 개비만

벵호 쫓아내기

피우는 사람들을 존경한 적도 있다. 그만큼 자기가 피우고 싶을 때만 피울 수 있도록 관리가 가능한 사람들이니까. 우리는 절대 그 경지까지는 갈 수 없을 것이다. 오히려 끊는 것보다 더 힘들다고 생각한다.

담배는 내 건강에 해롭지 않다고 믿었다. 담배와 궁합이 맞는 사람이 있는데, 그게 나라고 생각했다. 가끔 목이 답답해서 "음, 음……"이라고 하면서 목을 거르는 소리를 내지만, 이는 담배 때문이 아니라 원래부터 그런 것이었고 가끔 가래가 끓기도 하지만, 이것 역시 원래 생활 속에서 자연히 생기는 것이라 말하였다. 그러나 어찌어찌하여 어느 날 갑자기 담배를 끊었고, "음, 음……"과 가래도 저절로 없어지게 되었다. 모두 담배에서 연유된 것을 혼자 고집스럽게 아니라고 우겼던 것이다.

술로 인한 블랙아웃이나 실수, 무리한 지출 등 정신 건강이나 주머니 사정에 나쁜 영향이 있는 것은 분명하지만, 육체 건강에 특별히 문제시될 것은 없었고, 그래서 오랫동안 술을 거침없이 마셔 댈 수 있었다. 그리고 담배에서와 마찬가지로 술이 발암 물질이라는 사실도 별로 심각하게 생각하지 않았다.

그런데 40대 중반쯤이던 어느 날 집에서 쉬고 있는데, 갑자기 숨이 가빠지고 가슴이 쿵쾅거리며 몹시 바쁘게 뛰고 있었다. 그러다가 잠시 멈추고 다시 뛰고, 그렇게 꼬박 밤을 새웠다. 119를 부르거나 응급실도 생각했지만, 그때마다 다시 정상으로 돌아와서 애매한 상황이었다. 결국 다음 날 심장 전문 병원에서 정밀 검사를 받왔다. 심장은 별 이상 없지만 혈압이 210 이상으로 측정되었고, 당장 약을 처방받아야 한다고 하였다. 당시 늦둥이가 태어난 지 일 년도 되지 않아 내가 80살 이상까지 돈을 벌어야 한다고 생각하고 있었다. 그래서 건강해야 하는데, 고혈압 판정을 받은 것이다. 처음 엔 아직 약을 먹기 억울해서 40일간 금주하면서 엄격한 다이어트로 살도 적당히 빼서 혈압을 정상으로 돌려놓았다. 그러나 얼마 못 가 요요 현상이 나타났고, 그러기를 두 번, 세 번 반복하면서 나중엔 결국 속 편하게 고혈압 약을 복용하였다.

이렇게 고혈압에 대한 위험 부담을 약으로 극복하니까 일종의 보험이 되어 술 마시는 데 장애가 없게 되었고, 이는 또 다른 병으로 연결되었으니, 당뇨였다. 갑자기 화장실에 자주 가게 되고, 물을 많이 마시고, 살이 빠지고…….

도저히 참을 수 없어 운전하다가 대충 차를 세우고 급히 길거리 구석진 곳에 볼일을 본 적도 있다. 심지어는 너무 급해서 신호 정지 중에 차 안에서 빈 커피잔에 해결한 일도 있다. 그럼에도 살이 빠지니까 기분은 좋았다. 그래도 불안해서 의사인 친구에게 물어 보니 전형적인 당뇨 증상이라고 했다. 병원에 가서 측정하였는데, 혈당 수치가 454를 기록하였다. 당뇨 판정을 받았지만, 고혈압과 마찬가지로 처음엔 금주와 다이어트로 이를 극복하고자 했다. 그렇지만 이 역시 얼마 가지 못했고, 나중에 당화혈색소가 12.8%를 기록하게 되자 의사의 강권으로 결국 당뇨약을 복용하게 되었다. 처음엔 병이 생겼다는 절망감과 빨리 약을 중단하고 싶은 욕심이 생겨 술과 음식을 조절하였으나 며칠 가지 못했고, 이러한 약의 복용은 오히려 든든한 보험이 되어 술 마시는 데 거리낌이 없게 되었다.

또한 어느 순간부터는 허리 통증에 시달렸는데, 병명이 무엇인지는 의사마다 의견이 달랐다. 처음 시초는 40대 초였는데, 집으로 온 택배를 드는데 순간 허리가 찌릿한 느낌이 들었다. 잠시 후 움직일 수 없을 정도로 아팠고, 누운 상태로 있어야 했다. 다음 날 병원에 갔더니 4번 5번 디스크라 했고, 수술할 정도로 심각한 것은 아니니 물리 치료를 받으라고 했다. 그렇게 3일 정도는 꼼짝도 못 하고 누워 있다가 일주일 정도 되면 어느 정도 정상 생활이 가능해졌다. 그렇게 길게는 2년, 짧게는 6개월 단위로 일시적 허리 통증이 예고 없이 찾아왔는데, 그럴 때마다 물리 치료 받으며 일주일을 버텼다. 답답해서 주위에 같은 증상으로 고통받았던 지인들과 인터넷을 통해 알아낸 내 병명은 '요추염좌'였다. 한번 뜬금없이 허리가 삐끗하다가 일주일 정도면 다시 정상으로 돌아오는 특이한 증상이었다. 나중에는 통증이 찾아오면 병원도 가지 않고 물리 치료도 받지 않으면서 그냥 일주일이 어서 지나가기만을 바라기도 하였다. 병원에 가나 안 가나, 일주일이 지나면 낫는 병이었다.

30대 중반쯤에는 집에서 쉬는데, 갑자기 참을 수 없을 정도로 속이 쓰라렸다. 병원 응급실에 갔더니 주사를 놔 주었고 바로 괜찮아졌는데, '위경련'이라 하였다. 이 증상도 길게는 1년, 짧으면 몇 개월 사이에 주기적으로 나타나는데, 처음 몇 번은 주사나 약이 효과가 있었지만, 나중에는 들지 않아 병원이나 약국을 찾지 않았다. 이 것도 결국 5~6시간이 지나야 나아지는 것을 알고부터는 아프지만 꾹 참을 수밖에 없었다. 그때는 정말 이렇게 아픔을 겪으니 차라리 죽고 싶은 생각이 들 정도로 고통스러웠다. 언젠가는 시골에 갔는데, 이 증상이 나타났다. 한밤중이라 부모님은 주무시고 또 걱정시키고 싶지 않아 혼자서 주방에 나와 데굴데굴 굴렀다. 혼자서 맛본 그 비참함이란……. 다행히 위경련은 어떤 특별한 조치를 취하지 않았음에도 어느 순간부터 사라졌다.

또한 며칠간 쉬지 않고 폭음하면 손을 떠는데, 술잔을 받을 때 들키면 여간 창피한 것이 아니었다. 술 세 잔 정도 마시면 떨림도 없어지기 때문에 일찍 도착해서 급하게 나 홀로 먼저 술을 몇 잔 마시기도 했다.

술에 취해서 집에 들어오면 어떻게 곯아떨어졌는지도 모르지만, 코골이가 너무 심하다고 가족들이 핀잔과 걱정을 함께 주기도 했다. 심지어 숨을 한참 동안 안 쉬어 가족 모두가 불안에 떨면서 지켜보기도 했다고 한다.

고혈압, 당뇨, 요추염좌, 위경련, 손 떨림, 코골이……. 생각나는 대로만 적어 봤는데, 더 있을지도 모르겠다. 내 생각에 이 모든 질병은 술과 연관이 되어 있다. 엄밀하게는 살도 함께 연관되어 있다. 소위 비만도를 측정할 때 BMI로 측정하는데, 나는 군 제대 후 대부분의 세월을 비만인 상태로 살았다. 아무리 잠깐 금주로 다이어트를 했을 때마저도 잘해야 과체중이었다.

그리고 살의 대부분은 술과 연관되어 있다. 술 자체도 칼로리가 높지만 함께 먹는 음식도 많고, 1차로 끝나지 않아 보통의 2~3끼에 해당하는 칼로리를 잠자기 전까지 마구 섭취하니 이러한 증상이 안 나타나는 게 오히려 이상할 것이다.

자괴감

　체질상 우울증에 걸리지 않으려고 노력하고, 세상을 긍정적으로 바라보려고 한다. 사춘기도 없었고, 갱년기도 없었다. 그래서 아이들 키우면서 우리 집안 유전자에 사춘기는 없으니 그 시기가 와서 반항하거나 우울하면 안 된다고 가스라이팅 했다. 물론 사춘기에 신체적 변화가 있고, 그에 따라 정신적으로도 혼란스러워 여러 가지 부정적이고 반항적인 감정이 생길 수 있다. 그러나 그것은 생각하기 나름이니까 사춘기라고 가족에게 대들거나 대화가 없어져서는 안 된다고 말하였고, 내가 그랬던 것처럼 아이들도 사춘기를 별다른 소란 없이 보냈다.

　내 사춘기와 아이들 사춘기까지도 잘 다스렸지만, 술에 대해서는 영 딴판이었다. 다스림을 하지도 못하고 오히려 다스림을 당했는데, 당한 다음에는 부정적 감정이 일어났다. 술을 다스리지 못하고 통제 불능으로 만취했을 때는 세상을 다 얻은 것 같은 자신감으로 넘치지만, 막상 깨어나면 넘친 것보다 더 많은 자괴감이 든다. 자괴감은 친한 동료도 같이 데려와서 마음은 한없이 우울해지고 세상살이가 귀찮아진다. '그깟 술 하나도 어쩌지 못하는 내가 뭘 할 수 있을까?'라는 생각이 들면서 자신이 한없이 작아진다.

술로 인한 문제들이 여러 가지로 심각하고, 이를 알고 있음에도 전혀 개선의 기미가 보이지 않으니 나로서도 미칠 지경이다. 술이 들어가면 근거 없는 자신감이 생기기도 하지만, 술기운이 사라지면 자괴감이 밀물처럼 들어와서 내가 세상에서 가장 하찮은 사람으로 여겨지게 된다. 세상 모든 사람이 어느 정도 자기 관리를 하면서 자기와 남에게 해로울 일에 대해서는 절제를 할 수 있음에도 나는 그럴 수 없으니, 열등감은 최고조에 달한다. 지나가다 마주치는 어떤 사람이라도 나보다 못나지 않은 사람은 하나도 없어 보인다.

전날 술에 취해 잠들었다, 새벽에 깼을 때는 스스로 무능함에 한숨이 나오고, 이불을 뒤집어쓰면서 온갖 부정적인 생각들에 사로잡혀 힘든 아침을 맞이해야 했다. 어제도 흥청망청한 내 모습에 가족들이 나에게 느꼈을 창피함, 어제 동석한 사람들이 술에 취한 나에게 느꼈을 실망……

상상할 수 있는 모든 가능성을 최대한 부풀려서 가장 부정적으로 생각하다 보면, 이렇게 못나게 살아가는 내가 정말 싫어진다. 물론 어느 정도 정신이 돌아오면 객관적으로 상황을 직시하고 혹 실수가 있었으면 바로잡기도 하지만, 그 전 단계에서는 너무도 괴로운 시간을 보낼 수밖에 없고, 이는 정신적 건강에 치명상을 입힐 수도 있을 것이다. 앨러스데어 그레이의 책『가여운 것들』에서 대사를 빌려 보자.

"내 삶은 지속적으로 차분한 성미를 유지하는 데 달려있다고, 강렬한 감
정들은 내 내부 장기들의 불친화성을 치명적으로 두드러지게 할 거라고
말일세."

- 앨러스데어 그레이 지음, 이운경 옮김,『가여운 것들』, 황금가지, 2023, p.377

계속된 자괴감은 마치 독을 마신 것처럼, 내 장기에 나쁜 영향을 끼쳐 건강과 생명에 악영향을 줄 것이다. 책의 내용처럼 평소에는 차분히 살다가, 커다란 충격을 받아 격렬한 감정에 휩싸이다 보면 장기는 파괴되고, 한 번 파괴되면 회복이 힘들어 결국 수명 단축에 이르렀다고 주인공은 삶의 마지막에 말한다.

언젠가 큰아들과 함께 술을 마시다 사소한 의견 차이로 갈등을 빚은 적이 있다. 큰아들은 화가 많이 났는지 그대로 가출하였고, 나도 마찬가지여서 연락하지 않았다. 일주일 후쯤 큰아들한테 미안하다며 연락이 왔다. 그때 내가 말했다. "너 때문에 속상해서 일주일 내내 술을 마시고 마음의 상처를 입어 최소한 수명이 1년은 단축되었으니, 내가 임종 때 되면 '아, 그때 내가 가출만 안 했어도 아빠가 1년은 더 사셨을 텐데'라고 생각해."라고 하였다. 큰아들은 재차 미안하다면서 1년 이상 수명이 연장되도록 효도를 열심히 한다고 하여 훈훈하게 마무리되었다.

미국의 철학자이자 작가, 시인인 랄프 왈도 에머슨은 "내 자신에 대한 자신감을 잃으면, 온 세상이 나의 적이 된다."라고 했다. 나만 못난 것 같아 다른 사람에 대한 질투가 심해지면 이는 세상 모

두와 등을 돌리게 된다. 차라리 무인도나 청산에 살았으면 하는 생각이 들기도 한다. 사회생활을 하지 않는다면 혼자 술 마시고 무슨 짓을 하든 아무 일도 없는 것이나 마찬가지다. 진짜로 가족만 없다면, 괴로울 때 다 버리고 낙향해서 모든 시름을 잊고 혼자 살고 싶은 마음이 굴뚝같을 때도 있었다.

호구

술을 마시면 돈에 대한 감각이 무뎌지다 못해 없어진다. 일단 무슨 부자처럼 내가 계산한다고 나서고, 다음 술자리까지 모두 치르는 경우가 있다. 돈이나 잘 벌면 다행이지만 카드값을 메꾸기 위해 대출을 받고, 대부분 동석한 사람들보다 경제적으로 잘 살지도 못하면서, 술 마시면 드러나는 자존심이나 보스 기질 때문에 필요 이상으로 먼저 계산하는 것은 지나친 낭비가 아닐 수 없다.

영화 〈부당거래〉에서 "호의가 계속되면 권리인 줄 안다."라는 대사처럼, 이러한 상황이 계속되면 나는 그야말로 호구가 된다. 입만 가지고 오는 사람들도 이러한 호의가 계속되면 고마워하기는커녕 당연하거나 오히려 대접이 변변찮으면 서운해하기도 한다. 저렴한 곳에서 술을 사주면 주객이 전도되어 나에게 핀잔을 주기도 한다. 내가 가장 싫어하는 '돈 쓰고 욕먹는' 멍청한 짓을 하게 되는 것이다. 진짜 바보나 하는 가성비 마이너스 행동을 하는 것이다.

술 마시는 사람만이 아니고 술집 주인들에게도 호구가 되기 십상이다. 술자리가 3차 이상으로 이어지면 위스키 등 비싼 술도 과감히 시키고, 다음 날 카드 값을 보면 눈앞이 캄캄하다. 그래도 어제 블랙아웃 된 사실과 술집에서의 행동이 창피하여 군소리하지 않고 넘어간다. 주인에게 전화해서 어제 일을 따지면 다시 그 일을 상기해야 하는데, 재생하기엔 스스로가 감당하기 힘들다. 다시 생각하기 싫다.

어느 날 3차 정도에서 자주 가는 단골집에서 한 잔 더하고 카드 결제를 했는데, 다음 날 보니 너무 많이 계산되어 있었다. 전화해서 어제 결제한 내용을 보내 달라고 해서 확인했더니 바가지가 듬뿍 씌어 있었다. 그때는 다행히 술에 적당히 취해서 기억할 수 있었다. 어제 내가 마신 내용과 다르다고 했더니 사장은 처음엔 정확하다고 했다. 내가 어제 다 기억난다고 상황을 재구성했더니 죄송하다고, 착오가 있었다고 한다. 언제부터 이렇게 바가지 씌웠냐고 하니까 어제가 처음이라고 한다.

이런 경우가 몇 번 있었다. '고인 물은 반드시 썩는다.'라는 말처럼 내가 묻지도 따지지도 않고 계산해 주니 그들에게 나는 너무 좋은 호구가 되어 있던 것이다. 그 이후엔 그 술집들은 상대하지 않았지만, 세상이 참 씁쓸해졌다.

자기 관리

✳

　언젠가 직장 선배에게 들은 이야기인데, 상당히 공감이 가는 내용이었다. 남자들은 생리적 특성상 여자보다 힘도 세고, 가장으로서 책임감도 강해서 배우자들에게 존경받을 수 있는 여건을 태생적으로 타고났는데도, 그렇지 못한 경우는 대부분 술 때문이라는 것이다. 여자들의 경우, 술자리가 있으면 대개 오늘 마실 술의 마지노선을 정하고 절대 취하지 않게 술 관리를 항상 잘한다는 것이다. 그러나 남편이라는 사람이 술을 조절하지 못해 인사불성 되어 늦게 귀가하는 것을 보면, 여자 입장에서는 한심하기 짝이 없다는 것이다. 다음 날 잘 기억하지도 못해 그동안의 존경심은 덤으로 날아가 버리고 만다는 것이다.

　늘 취하지 않겠다고 다짐하지만, 술이 들어갈수록 다짐은 희미해지고 결국 잊어버린다. 술은 다음 날 어떤 일정이 있음에도 마치 영화 〈아저씨〉의 원빈처럼 오늘만 사는 것이다.

　가끔 뜬금없이 전화가 온다. 왜 아직 약속 장소에 오지 않느냐고? 기억이 전혀 나지 않는다. 술에 몽땅 취한 어느 날 누군가와 약속한 것을 전혀 기억하지 못하는 것이다. 솔직하게 죄송하다고 하고 부랴부랴 만난 적도 있다. 이런 일이 잦다 보니 전화를 자동 녹음 하고 다음 날 재생하면서 전날 통화한 내용을 듣는데, 술에 취한 내 목소리를 듣는 것은 여간한 고역이 아니다.

결혼한 지 10년이 훨씬 넘었는데도 아기가 안 생겨 걱정인 우리 과 직원이 있었다. 어느 날 그 직원한테 아기가 생겨 축하한다고 말하였다. 그 직원이 깜짝 놀라 아직 아기 소식 없는데 무슨 소리냐는 것이었다. 네가 아기 생겼다고 말하지 않았냐고 했더니 그런 말한 적이 없다는 것이다. 다시 생각하니 술에 취해 자다가 꿈에서 그런 말을 들은 것 같은데, 이게 꿈인지 생시인지 분간조차 되지 않은 것이다. 그 후로 이게 너의 태몽이라고 곱게 포장해서 틈틈이 임신 여부를 물었지만, 그 꿈 후 4년이나 지난 다음에야 아기 소식을 들었다. 이것도 태몽으로 인정해 주려나……

어떻게 보면 꿈이나 술에 취한 상태나 제정신이 아닌 것은 마찬가지여서, 깨어났을 때는 정말 현실에서 일어난 일인지 혼란스러울 때가 많다.

술 마시기 전 마지노선을 정하는 경우는 거의 없었다. 그냥 몸이 허락하는 데까지 마셨는데, 문제는 몸이 무한대로 허락한다는 데 있다. 머피의 법칙처럼 어제 밤새도록 마시고 아침까지도 술이 덜 깨어 겨우 출근하여 자리는 지키고 있지만, 머리가 천근만근인 날이면 어김없이 급한 업무가 생겨 빨리 보고서를 만들어야 하는 경우가 생긴다. 그럴듯한 보고서를 만들어야 하는데 머리는 굴러가지 않을 때면 어제 마신 술이 그토록 미울 수가 없다. 또는 중요한 미팅이 예정되어 있음에도 당장 술 앞에 눈이 멀어 다음 날 미팅을 불완전하게 마친 경우도 많다.

　언젠가 한 번은 술에 취한 채 스마트폰 패턴을 바꾼 적이 있다. 특별한 이유도 없이 그냥 바꾸고 싶어서 바꿨는데, 문제는 다음 날 바꾸었다는 사실만 기억할 뿐, 바뀐 패턴은 기억나지 않았다. 아니, 기억이 잘못되었다. 내가 바꿨다고 생각한 패턴을 아무리 해도 먹혀들지 않아 비슷하게 생긴 것, 혹은 내가 했을 법한 패턴을 수없이 해 봐도 역시 먹혀들지 않았다. 결국 복잡한 과정을 거쳐 스마트폰을 재개할 수 있었는데, 술 마시고 한 멍청한 행동 때문에 며칠간 스마트폰은 무용지물로 남았다.

　　　　　　　　　　　　　　　벵호 쫓아내기

더러움

  술에 취하면 탈무드의 짐승 단계인 돼지처럼 더러워지기도 한다. 일단 술과 함께 따라오는 안주는 대부분 육식이라 옷에 냄새가 배고, 음식을 흡입하다 감각이 무뎌져서 잘 흘리기도 해서, 어떤 날은 옷에 원래 빨간색 반점들이 있었는지 헷갈리기도 한다.

  술이 덜 깬 다음 날 진하게 나는 전날의 추억은 주위 사람들을 힘들게 한다. 전날 과음으로 술 냄새를 풀풀 풍겼던 나에게 임명장을 주면서 인상을 찡그리며 째려보시던 청장님이 가끔 생각난다. 박사 학위를 받기 위한 심사를 받는 날도 전날 과음으로 술 향기가 심사실을 가득 채웠는데, 몇 년 후 지도 교수님께서 그날 많이 당황했고, 창피했다고 말하였다. 그 말에 나는 몹시 부끄러웠다.

  아침에 출근하기 전에 샤워하기 때문에 퇴근 후에는 얼굴, 손, 발 등만 대충 씻지만, 술에 취하면 이것마저 귀찮아서 대부분 생략한다. 어떤 날은 옷을 그대로 입은 채 자는 날도 있다. 가족들은 내 방에서 썩은 냄새가 난다고 코를 막곤 하였다.

  강아지들이 부러울 때가 있다. 우리는 꿈도 꾸지 못하는 배변의 자유를 누리기 때문이다. 공원에서 산책하는 강아지들은 눈치 보지 않고 배변의 자유를 누리고 단속도 받지 않는다. 강아지들에게 부여된 자유가 인간에게는 단속 대상이니, 어떤 면에서 인간은 개보다 못한 취급을 받는 셈이다.

술 마시고 노상 방뇨 한 적도 많다. 예비군과 술에 취한 사람의 공통된 특권이 노상 방뇨라는 우스갯소리도 있다. 특히 내가 살고 있는 동네 먹자 골목은 1층이 상가고 2~3층이 주택인 복합 상가 형태다. 그래서 1층 화장실 옆에 화단이 있는데, 술 마시면 꼭 이 화단에서 볼일을 보는 것이 해방감도 있어서 좋았다. 술집도 대부분 단골이라 그러려니 했는데, 용인에 가서 크게 혼난 적이 있다. 우리 동네와 같은 구조라 무심코 당연하게도 화단에서 시원하게 볼일을 보는데, 경찰에 신고가 들어간 것이다. 약간의 옥신각신이 있었고, 결국 현장에서 처음 신고한 사람을 잘 설득하여 좋게 끝났지만, 창피함은 오래도록 남았다.

가장 전형적인 회식 루틴이 1차 저녁을 곁들인 소맥, 2차 호프였다. 그런데 집과 회사가 멀리 떨어진 경우, 회식 있는 날은 항상 볼일이 문제였다. 대리운전을 불러서 집에 가는 길까지 어떻게든 견뎌 보지만, 반드시 중간에 도저히 참을 수 없는 지경에 이르게 된다. 그때는 공중도덕을 따질 겨를이 없다. 아무 데나 내려서 아무 곳에나 실례를 하는 것이다. 설사 경찰에 들켜서 과태료 처분을 당해도 어쩔 수가 없다. 늘 있는 현상이라 2차에서 맥주를 덜 마시면 되지만, 술은 그러한 예측 가능성과 합리성을 절대 용납하지 않는다.

심지어는 서울에서 술 많이 마시고 택시가 안 잡혀 어쩔 수 없이 수원 가는 버스를 탔는데, 더 이상 버틸 수 없을 만큼 급했다. 허허벌판인 '지지대 고개'에서 도저히 참을 수 없어 기사님에게 내려 달라고 부탁하였다. 여기서 내리면 어떻게 가실 거냐고 걱정했지만, 급한 불부터 꺼야 해서 그걸 생각할 겨를이 없었다. 버스에서 내려 허허벌판에서 시원하게 자유를 누린 것까지는 좋았지만, 늦은 밤이라 지나가는 택시가 없어서 한참을 수원 쪽으로 걸어 나와 겨우 택시를 잡을 수 있었다.

올림픽 시즌인 1988년에는 전경으로 근무하면서 용산 미8군 앞에서 경비 근무를 하였다. 어쩔 수 없이 미군 화장실을 사용하는데, 우리들이 화장실에 들어가면 화장실 담당 미군이 같이 들어와서 눈을 부릅뜨고 뭐라고 씨부렁거렸다. 당시 우리 문화는 화장실에서 큰일이든 작은 일이든, 일을 본 후 손을 씻지 않았고, 심지어 큰일을 보는 경우 담배도 피웠는데, 그것이 그들을 화나게 하였다. 화장실에서 담배 피우거나 손을 씻지 않는 더러운 꼴을 용납하지 않겠다는 것이다. 그들의 감시하에 어찌지 못해 손을 깨끗이 씻었는데, 다행히 그때부터 손 씻기가 습관이 되어 아무리 술에 취해도 화장실에서 볼일을 본 후에는 손을 깨끗이 씻는다. 비틀거리는 내가 걱정되어 화장실까지 따라온 사람들이 의아해하는 장면이다.

다침

술 많이 마시면 비틀거리고 비틀거리면 넘어져서 다치는 것은 다 반사다. 그래서 누군가 다친 상처가 있어 왜 그러냐고 물으면 어떤 변명을 대더라도 다들 속으로는 술 마셔서 다친 걸로 생각한다. 그래서 나는 변명하지 않고 술을 많이 마셔 넘어져 다쳤다고 이실직고한다. 차라리 몽땅 취해서 기억나지 않으면 편할 수도 있지만, 어느 정도 취해서 넘어진 것이 기억나고 사람들이 부축하려고 달려오면 여간 창피한 것이 아니다. 옛날 어릴 적 동네에서 비틀거리며 곧잘 넘어져 잘 일어나지도 못하던 동네 알코올 중독 아저씨들이 머리에 스쳐 지나간다. 넘어져서 얼굴을 긁힌 적도 있고, 몸 여기저기 상처 입은 적도 많다.

한번은 술에 몽땅 취해서 내 방에 와서 잠들기 전 커다란 스탠드 등을 건드려 얼굴을 다친 적이 있다. 처음엔 피가 조금 흘리는 경미한 상처 정도로만 알았고, 술에 감각이 무뎌져 마취 효과가 있었는지 아프지도 않았다. 그래도 창피해서 가족 누구한테도 말하지 않고 그냥 그대로 잠들었다. 다음 날 일어나 보니 이불이 몽땅 피로 얼룩졌고, 거울을 보니 얼굴도 엉망이었다. 피 묻은 얼굴을 씻고 자세히 보니 눈 사이로 큰 상처가 있었다. 단순히 약을 바르거

벵호 쫓아내기

나 밴드로 치료할 정도는 아니었다. 출근하자마자 병원에 가서 몇 바늘 꿰맸고, 아직도 상처로 남아 있다.

기억나지 않는 상처가 더 많다. 다음 날 일어나 보니 여기저기 멍이 들었을 때도 있고, 피 흘린 흔적과 함께 상처가 난 경우도 있다. 도대체 기억나는 시점까지는 상처가 날 일이 없는데, 그 후 어떤 일이 벌어졌는지 상상에 맡길 수밖에 없다. 어제 마신 사람들과 얘기하다간 치부만 드러나고, 어차피 해답을 찾을 수 없다. 만약 그분들과 있을 때 사건이 벌어졌다면 벌써 전화해서 안부를 물었을 것이다. 괜히 해결되지 않을 고통을 다른 사람에게까지 알려 소문낼 필요가 없다. 혼자 감수해야 한다.

보이지 않는 부위는 차라리 다행이다. 얼굴을 어디에 부딪쳤는지 멍들어 보기 흉한 경우도 있고, 입술 헤르페스가 자주 나타나기도 했다. 이럴 땐 사람들 만나기 싫지만, 이미 선약된 자리는 어쩔 수 없다.

군 제대 후 복학하기까지 4개월의 시간이 남았을 때의 일이다. 당시 고향 친구가 근무하는 화훼 농장에서 같이 일했다. 고향 친구의 고등학교 친구도 함께 일했는데, 농장 일이 끝나면 매일 같이 술을 마셨다. 긴 기간은 아니었지만 아주 친해졌고, 지금도 연락하며 산다. 그 친구는 부산이 고향인데, 결혼할 때 나한테 사회를 부탁하였다. 아마 내가 백수 1년 차일 때였을 것이다.

부인도 같은 부산 출신이라 동년배 친구들이 많이 모였다. 무사히 결혼식을 마치고 피로연 장소에 갔는데, 그날이 하필 해태 타이

거즈와 롯데 자이언츠가 프로야구 플레이오프를 치르는 날이었다. 30여 명이 피로연 장소에 있었는데, 나와 고향 친구를 제외하고는 모두가 롯데 팬이었고, 피로연은 둘째치고 응원하느라 여념이 없었다. 처음엔 조심스럽게 해태를 응원했지만, 술이 계속 들어가고 눈에 뵈는 게 없어지기 시작하자 대놓고 큰 소리로 해태를 응원하였다. 모두 처음 보는 사람들이라 처음엔 예의를 차렸지만, 나중엔 서로 민감하게 반응하였다. 결국 사나운 누군가는 예의를 포기하면서 시비가 붙었고, 착한 누군가는 이를 말리느라고 피로연장이 아수라장이 되었다. 서로 주먹들이 오갔고, 피를 보았는지 한 벌뿐인 귀한 정장에도 피가 묻었다. 그리고 피신 아닌 피신으로 결혼해서 잠시 부산에서 살던 누나네 집에 밤늦게 들어갔다. 술에 몽땅 취한 채 옷에 피까지 묻어 누나가 걱정했지만 아무 일도 없던 듯 바로 곯아떨어졌고, 다음 날 또 아무 일도 아닌 듯 옷에 묻은 피를 대충 닦고 전주로 돌아갔다.

그나마 큰 부상을 당하거나 입원까지는 하지 않은 게 다행이다. 주위에는 술로 인해서 교통사고를 당하거나 자고 일어났더니 병원인 경우도 있다. 어제 술을 같이 마신 경우에는 나도 일말의 책임을 느낀다. 아무튼 같이 술 마신 사람끼리는 끝까지 안전을 책임져야 하는 것이 불문율인데, 그렇지 못했기 때문이다.

벵호 쫓아내기

잃어버림

술 마시면 누구나 한 번쯤은 소지품을 잃어버린 경험이 있을 것이다. 만취한 다음 날, 어제가 기억나지 않는 날은 아침에 눈 뜨자마자 후회할 틈도 없이 해야 할 일들이 많다. 핸드폰으로 어제의 일들을 추적하고, 몸에 상처 있는지 만져 보고, 소지품이 무사한지도 챙긴다. 핸드폰, 지갑, 안경이 무사한지 살펴보고, 혹 어제 가방을 들었을 땐 가방까지 있는지 파악한다.

술 약속이 있을 때 가방은 웬만하면 안 가져간다. 평소 습관이 되어 있지 않아 분실하는 경우가 많기 때문이다. 겉옷이야 본능적으로 챙기고 핸드폰도 들어 있어 놓치지 않지만, 가방은 가끔 가지고 다니고, 몸과 분리되어 있어 술에 취하면 잃어버리기 십상이다. 처음 블랙아웃 되었을 때도 가방을 잃어버려 더욱 자신이 없다. 그래서 가방은 되도록 놓고 다니고 몇 번 분실한 경우가 있지만, 가방 안에 명함이 있고 돈이 될 만한 것이 없기 때문인지 모두 찾을 수 있었다. 식당, 택시, 공원 벤치에 남겨 두고 왔지만 대부분 다음 날 찾았다. 공원 벤치에서 잃어버렸을 때는 다음 날 혹시나 해서 공원 옆 파출소에 가 봤는데, 다행히 어느 행인이 벤치에서 주워 파출소에 맡겨 놓아 바로 찾을 수 있었다.

핸드폰과 지갑은 많이 잃어버렸다. 다음 날 찾으려 해도 블랙아웃이 되어 아예 기억조차 없으니 추적하는 것도 만만치 않았다. 최근에야 택시를 타도 기록에 남고, 전날 카드 사용 이력 등 여러 가지 방법으로 추적할 수 있지만, 예전에는 속수무책이었다. 스스로에 대한 무능함과 멍청함에 실망하면서 핸드폰을 새로 사고 주민등록증을 다시 만들고…….

그러면서 자존감은 박살이 나곤 했다. 지갑 잃어버린 거야 회복이 가능하지만, 핸드폰은 난감하다. 잃어버리면 최선을 다해 찾아야만 한다. 연락처 등 내 소중한 정보가 전부 거기에 모여 있기 때문이다. 처음엔 전날 다녔던 모든 가게에 혹시 핸드폰 놓고 갔느냐고 전화한다. 가게가 기억나지 않을 경우, 어제 동행자들에게 물어보거나 카드 사용 내용을 조회하여 찾는다. 여기서 해결되면 그나마 다행이다. 모두 그런 일 없다고 하면 내가 찾아보겠다고 하고 가게에 가서 직접 수색한다. 주인들이 싫어하지만 어쩔 수 없다. 이렇게 찾은 경우도 몇 번 있다. 특히 노래방은 소파 사이에 끼어 있거나 바닥에 떨어진 경우가 있어 소파를 모두 들춰 내야 한다. 그러나 결국 못 찾은 경우도 생긴다. 다시 핸드폰을 개설할 땐 분통이 터지고 후회가 막심하지만, 개통 기념으로 또 술을 마신다.

비가 오는 날 약속이 있어 우산을 쓰고 나갔는데, 만남이 끝났을 때 비가 그치면 그날은 100% 우산을 어딘가 놓고 온다. 식당일 수도 있고 택시일 수도 있다. 그래서 우산은 되도록 저렴한 것으로

벵호 쫓아내기

가지고 다니는데, 가끔 좋은 우산을 놓고 올 때도 있다. 그런 날은 억울해서 수소문하여 찾기도 하지만, 대부분 그대로 잃어버리고 만다.

시간 관리

✳

술을 마시면 시간이 잘 가기는 하지만 시간에 대한 개념이 완전히 무너진다. 언젠가는 어떤 여자 지인에게 전화가 와서 한참 통화하는데, 시계를 보니 4시였다. 그래서 이런 새벽에 통화해도 괜찮은지 물었다. 상대방이 어이없어하면서 지금 낮 4시라고 하였다. 아침부터 마신 술에 취해서 내 방에서 잠이 들었고, 엉겁결에 전화를 받아 새벽으로 착각한 것이다.

어려서 시골에서는 동네 아저씨들이 어떤 집을 방문해도 술을 내오는 것이 당연한 예의였다. 아침일 때도, 점심일 때도, 저녁일 때도 일단은 비록 안주는 김치뿐일지라도, 술부터 내왔다. 또한 술을 배울 때부터 선배들이 아침에 해장하면서 술을 권해서 해장술에 대한 거부감은 없었고, 오히려 즐기며 마셨다.

새벽, 혹은 아침부터 마시는 술은 마치 블랙홀과 같아 모든 걸 빨아들인다. 그날은 오직 술로만 끝까지 가게 되어 있다. 그날의 모든 일정은 미뤄지고 집에서 혼술이 하루 종일 이어진다. 때로는 그것이 며칠간 이어지기도 한다. 세상이 서럽거나 절망스럽거나 그런 게 아니고, 오로지 술을 마시고 싶어서 그러는 것이다. 어떤 이유도 없이 하염없이 마시지만, 그렇다고 그리 기분 좋은 상태도 아니

벵호 쫓아내기

다. 마치 누군가에게 조종되는 기계처럼 그냥 술을 퍼붓는다는 것이 맞는 표현일 것이다. 술 마시기 너무 좋은 환경이라 술이 떨어지면 바로 앞 편의점에 가서 술과 간단한 안주를 사서 마시고, 그것이 또 떨어지면 다시 반복되고……. 하루 종일, 혹은 며칠간 그렇게 술독에 묻혀서 비몽사몽 보내며 소중한 시간을 허공에 날리는 것이다.

술 마시다 2차를 가지 않거나 중간에 사라지는 사람들을 보면 다들 비난하기 바쁘다. 원래 그런 사람이라느니, 술을 잘못 배웠다느니, 그런 사람과는 상종하지 말라느니 하면서 씹기 바쁜데, 나도 열심히 동참한다. 2차를 사양하거나 술 마시다 사라지는 것은 내 상식으로는 허용되지 않고, 그런 적이 없기 때문이다. 그러나 다음 날이 되면 이것을 문제 삼는 경우는 거의 없다. 오히려 어제 일찍 가길 잘했다며 자기는 왜 그렇게 하지 못했는지 후회하는 사람도 많다. 더 재미있는 것은 언제 누가 사라졌는지 모르는 경우가 더 많다는 것이다. 태양은 나를 중심으로 돌지 않는다. 모든 사람이 나를 주시하고만 있지 않는다. 다들 자기 얘기 하느라 바쁘고, 자기 챙기기에도 벅차다.

내일 중요한 일이 있거나 술 마시기 싫으면 양해를 구하거나 그냥 아무 말 하지 않고 화장실 가는 것처럼 조용히 가면 된다. 당장은 말리겠지만 다음 날 참 잘했다는 생각이 들 확률이, 끝까지 남아 다음 날 기억하지도 못할 말을 횡설수설하여 후회할 확률보다 훨씬 높다.

게으름

　새로 직원들이 오면 티타임을 가지는데, 꼭 강조하는 말이 있다. 돈 안 들이고도 사람들에게 신뢰감을 줄 수 있는 두 가지가 있다. 하나는 핸드폰 전화를 잘 받는 것이고, 하나는 약속 시간을 잘 시키는 것이다.

　핸드폰은 수신율이 높아야 하며, 설사 못 받으면 바로 전화를 해 줘야 상대방의 불안을 없애 주고 신뢰를 높일 수 있다. 약속 시간은 만약의 상황까지 대비해서 넉넉하게 계산해서 미리 나가라는 것이다. 이 또한 상대방에게 흐뭇한 신뢰를 줄 수 있다.

　나 역시 그렇게 한다. 심지어 샤워할 때도 급한 전화를 대비하여 핸드폰을 옆에 놓아 둔다. 약속은 너무 넉넉하게 잡아 먼 거리 장소일 때는 한 시간 정도 먼저 도착하는 것이 예사다. 스트레스를 받지 않기 위해 주위를 산책하거나 가져온 책을 읽는다.

　부모님도 그랬다. 어쩌다 전주에서 행사가 있으면 그것이 오전 일찍이건 오후건 무조건 첫차를 탔다. 왜 이렇게까지 일찍 가시느냐고 핀잔을 주면 차가 안 오거나 어떤 상황이 있을지 모르니 일찍 간다고 하셨다. 시간이 남아도 차라리 거기서 기다리는 게 편하다고 하셨다. 그렇게 보고 자라서인지, 나 역시 그렇게 약속에 늦는

　　　　　　　　　　　　　　벵호 쫓아내기

것을 지나칠 정도로 싫어한다.

아이들 아침에 깨울 때도 '한번에 벌떡'을 가훈처럼 여겼다. "일어나야지." 하면 그대로 일어나야지 "조금만 더 잘게."라는 말은 우리 집에서는 통용되지 않는다. 차라리 처음부터 마지노선으로 깨우는 시간을 뒤로 정하고, 한 번 깨울 때 바로 일어나는 게 컨디션에도 유리하다. 다행히 아이들도 이를 잘 따르고 있다.

그러나 문제는 역시 술이었다. 이러한 평소 소신과 부지런함이 술이 들어가면 여지없이 깨진다. 핸드폰은 안 받을 때도 있고, 약속은 미루기도 하며, 아침에 제시간에 일어나기 힘들다. 특히 낮술을 마셔 어느 정도 취하면 저녁 약속이 가기 싫다. 이동하지 않고 지금 앞에 있는 사람과 그냥 편하게 계속 마시고 싶다. 그래서 핸드폰을 들어 죄송하지만, 저녁 약속을 다음으로 미루자고 양해를 구한다. 상대방이야 좋을 리 없지만 그렇다고 안 된다고 할 수도 없으니, 일단 소기의 성과는 거두기 마련이다. 그렇지만 내 신뢰에는 큰 손상이 있을 것이고, 이는 미룬 약속을 다시 정할 때 상대방의 시큰둥한 반응에서 느낄 수 있다.

어제 과음으로 새벽에 일어나 그때부터 술이 시작되는 날의 약속은 모두 미루게끔 되어 있다. 일단 점심 약속을 미루고, 저녁까지도 술자리가 계속되면 저녁 약속도 미룬다. 무슨 큰일이 있어서 그런 게 아니라, 나 혼자 마시는 술에 나 혼자 취해서 이런 무모한 행동을 하는 것이다. 그날 하루는 아무 의미 없이 허투루 보내게 되는 것이고, 상대방에게 나는 게으르고 신뢰할 수 없는 사람이 되어 있다.

교통비

한 번은 지방에 있는 친구가 우리 집에 와서 자고 간 적이 있다.
전날 술을 많이 마시고 다음 날 아침, 서운해서 바래다주려고 터미
널에 같이 갔다. 근처에서 해장하면서 가볍게 막걸리를 마셨다. 그
처음은 미약했으나 끝은 거창했다. 거기서부터 발동이 걸려 저녁
무렵까지 술을 마셨고, 둘 다 취해서 몸을 가누기도 힘들었다. 이
대로 친구가 버스로 가면 안 될 것 같아 택시를 불렀다. 수원에서
전주까지 꽤 많은 교통비가 나왔지만 취해서 돈이 두렵지 않았고,
오히려 역시 난 의리 있는 사람이라고 스스로 칭찬했다. 다음 날
땅을 치고 후회했지만⋯⋯.

대중교통을 이용해서 전주에 갔다가 친구들과 낮술 먹고 택시로
시골까지 가는 바람에 부모님에게 실망을 안겨 드린 적도 있다. 대
낮부터 만취한 상태로 택시에서 내리니 좁은 시골 동네에 바로 소
문이 퍼질 것이고, 비틀거리며 시골집에 오니 참 한심했을 것이다.
아들 자랑으로 자부심이 대단했던 부모님들은 창피하다며, 그렇게
올 거면 앞으로 오지 말라고 쓴소리까지 하였다.

술 마시고 대중교통을 이용했다고 자신의 검소함을 자랑하는 사
람이 있다. 그럴 때마다 나는 그건 아니라고 한다. 술 냄새, 고기

냄새로 같이 탄 다른 사람들에게 피해를 주고, 혹여나 여성 승객에게 기대기라도 했다가 성추행범으로 몰려 훨씬 큰 대가를 치러야 할 경우도 있다. 실제로 아는 사람 중에 술에 취해 지하철 탔다가 옆자리 여자에게 얼굴을 기대어 성추행범으로 경찰서까지 갔고, 공무원이라는 약점 때문에 몇천만 원에 합의한 경우까지 있었다.

이러한 생각으로 택시를 이용하긴 하지만, 무엇보다도 술을 마시면 귀찮고 돈에 대한 감각도 무뎌지므로 대부분 택시를 이용한다. 음주 운전 경력도 있고 술에 취하면 기어 나오는 또 다른 나를 믿을 수 없어, 개업 후에는 약속이 있으면 차는 무조건 집에 주차하고 대중교통으로 약속 장소에 간다.

술을 마시고 집으로 돌아올 때는 무조건 택시로 이동한다. 그래서 많은 경우, 모임 회비보다 택시비가 더 많이 나온다. 서울은 다반사고 경기도 북부, 멀리 대전까지도 택시를 이용하기도 하였으니, 교통비로 인한 낭비도 어지간했을 것이다. 멀리서 택시를 타는 경우에는 술을 조금 마시면 왠지 억울한 생각이 든다. 이왕 택시 타기로 결심했으면 가성비를 좋게 하기 위해서라도 더 많이 마시게 된다.

4장

각성

아침 일상

✴

어제 만취로 새벽에 몇 번 깨면서 뒤척이다가 출근을 앞두고 더 이상 지체할 수 없어 무거운 몸을 억지로 일으켜 세운다. 어제인지 오늘 새벽인지, 밤늦게 들어왔는지 새벽 일찍 들어왔는지 기억하지도 못하는데, 어쨌든 집에는 들어와 그냥 곯아떨어졌나 보다. 악몽인지 현실인지 분간도 하지 못할 불안감에 자는 둥 마는 둥 하여 몸은 천근만큼 무겁고, 기억나는 것들이 많지 않아 마음은 천근보다 무겁다.

그래도 출근을 위해서 씻어야 하기에 화장실에 들어가 거울부터 바라본다. 머리는 엉망이고, 얼굴도 푸석푸석하고, 눈은 시뻘겋게 충혈된 괴물이 나를 노려보고 있다. '도대체 왜 이렇게 사는 거지?' 스스로 묻는다. 후회가 쓰나미로 밀려와 나에 대한 실망의 눈빛이 거울에 가득하다. '어제도 '벵호'가 왔다 갔구나' 생각하며 한참을 째려본다.

양치를 시작하자마자 늘 그렇듯이 헛구역질이 나온다. 차라리 토했으면 시원하기라도 하련만 계속 헛구역질만 천둥 치듯 요란하다. 이대로 속에 있는 모든 것을 토해 내고 싶다. 그리고 늘 되풀이되는 잘못된 습관들까지 같이 도려내고 싶다. 다시는 나에게 발붙이

벵호 쫓아내기

지 않았으면 하는 간절한 소망을 되뇐다. 도대체 난 왜 이렇게 사는 걸까?

처음 술을 배웠을 땐 누구보다 술에 대한 자신감이 있어 몰래 토하면서까지 술을 마셨다. 물론 토하고 다시 마시는 술이 굉장히 역겹지만, 술에 대한 자부심에 비하면 그 정도는 견딜 만했다. 그래도 제대로 임자를 만나 술 대결 비슷한 게임이 벌어질 때면 몰래 화장실로 가서 일부로 손가락을 목구멍에 억지로 넣어 속을 비우곤 했다. 그러면 알코올과 음식이 같이 배출되어 더 오래 더 많이 마실 수 있었다.

그러나 수없이 많은 그러한 세월이 흐른 뒤 어느 순간부터는 아무리 노력해도 비워지지 않았다. 아마 내장이 적응했나 보다. 그래서 어떤 때는 정말로 비우고 싶어서 별짓을 다 해도 비워지지 않고, 헛구역질만 계속 난다. 그럴 땐 차라리 눈에서 눈물이 나고 얼굴이 벌겋게 달아오를 때까지 실컷 헛구역질이라도 하는 것이 낫다. 그러면 어설프게라도 개운한 맛이 난다.

어제 술에 취해서 했던 어떤 행동들에 대해 '확인 사살' 받는 게 두려워 주위 사람들에게 어제 이야기를 꺼내지 않는다. '진정한 술꾼은 술에 취해서 한 행위에 대하여 뒷담화하지 않는다.', '술에 취한 걸 뒷담화하는 사람하고는 다시는 술 마시지 않는다.' 등 술꾼들이 만들어 낸 듯한 격언들을 내세우며 설마 아무 일도 없었을 것이라고 지레짐작한다. 그러한 논리를 가족들에게도 은근히 강요했고, 그래서 오늘도 내가 먼저 묻지 않는 한 누구도 내가 언제 들어

왔는지, 어떤 행동을 했는지를 말하지 않는다. 하기야 좋은 말이 나올 리는 만무하지만…….

그래서 오늘도 묻지도 따지지도 않고 불안한 마음으로 어제를 감춘 채 하루를 시작한다. 어제 사무실 직원들과 술자리를 한 경우에는 출근하자마자 표정부터 살핀다. 호의적인 눈빛이면 어제 별일 없는 것으로 간주하고, 경멸하거나 애매한 눈빛이면 불안하기 시작이다. 모든 상상이 가능한 경우의 수를 생각하고, 그 상상이 마치 실제 벌어진 것처럼 안절부절못한다.

맨정신으로 자리에 앉아 있기 불편하다. 어떤 핑계를 대서라도 이러한 불안감을 없애기 위해 얼른 술을 마셔야 한다. 진실이 드러났을 때의 충격을 감당하기 위해 혼자 나가 점심을 먹으며 술을 마신다. 그리고 어떤 충격도 흡수하도록 감각이 무디어 질만큼 술이 들어가면 그제야 어제 일을 무심한 듯 물어본다.

어제 특별한 일이 없었거나 좋은 자리였다면 하루 종일 졸였던 영혼을 위로하기 위하여 저녁에 또 술을 많이 마신다. 어제 실수를 하여 고개를 들 수 없을 정도면 처참히 무너진 자존감을 회복하기 위하여 저녁에 또 술을 많이 마신다. 어디로 가든 오늘도 술 마실 명분은 충분하다.

관계

　갈수록 인간관계도 엉망이 되어 간다. 술 때문에 그동안의 관계가 끊어진 것도 몇 번이다. 억지로 우겨서 나와는 맞지 않는, 언젠가는 끊어질 인연이라고 스스로 위로하기도 하지만, 그 뒷맛은 씁쓸하다.

　살아가면서 서로 마음이 맞는 사람이 있고, 마음에 맞지 않더라도 어쩔 수 없이 맞춰서 살아가야 하는 경우가 있다. 특히 나같이 서비스 업종에 종사한다면 사업을 위해 싫어도 해야 하는 일이 있기 마련이다. 나에게 먹거리를 제공하는 '갑'인 사람들에게 내 가치관과 맞지 않더라도 어느 정도는 비위를 맞춰 줄 수밖에 없다.

　평소에 좋은 게 좋은 거라고 그렇게 비위를 잘 맞추다가도 어렵사리 잘 견뎌 내다가 술에 취하고 뭔가 뒤틀리면, 하고 싶은 모든 말을 토해 내고 만다. 그렇게 해서 사업상 중요한 파트너 몇 명을 떠나게 했다. 술김에 내가 그동안의 불만을 얘기하고 이쯤에서 사업상 그만 엮이자고 했다는 것이다. 물론 기억나는 것도 있고, 느낌만 싸늘한 경우도 있다.

　그러나 그렇게 떠난 사람들도 엄밀히 얘기하면 나쁜 사람들은 아니다. 한때는 나와 자주 만나 술자리를 같이하며 생각을 공유했던 사람들이다. 내가 개업하고 나니까 가끔 엉뚱한 갑질을 했고, 옛 관계 속에만 머물던 내가 그것을 용납하지 못했을 뿐이다. 넓은 아량으로 생각해 보면 나에게 돈을 주며 용역을 제공받는 사업 관계에서는 당연히 요구할 수도 있는 것들이었다. 그 요구하는 방식이 내 자존심을 약간 건드리는 방식이어서 기분이 나빴지만, 술에 취하지 않았다면 그냥 넘어갈 수 있는 사소한 것일 수도 있었다.

그러나 술에 취해 『삼국지』의 무서운 '장비' 같은 '벵호'가 들어오면 그런 일을 그냥 넘길 수가 없다. 오히려 내가 기고만장하여 큰 소리치면서 섭섭함을 토로하고, 급기야 건너올 수 없는 다리를 건너고 만다. 시간이 지난 다음에 후회도 하지만, 다시 관계를 복원할 용기는 없어 그대로 굳어지고 만다. 그렇게 사람 관계에 대하여 고심하는 중 결정적인 일들이 벌어지고 있었다. 나하고 각별하게 지내고 많은 도움을 주는 사람과의 약속을 술로 인해서 번번이 어기는 일이 발생했고, 그로 인해 그분도 나에 대한 실망이 대단히 컸다.

예전에 같이 근무했던 직장 상사분의 말씀이 떠올랐다. 어느 날 출근하여 아침 인사를 하니 그분 얼굴이 상기되고, 약간 흥분하신 모습이 평소와 달랐다. 뭔가 이상하다고 생각했는데 갑자기 잠깐 앉으라고 하시더니 사정을 얘기하였다.

어제 자기가 오래전부터 참석했던 모임에 갔는데 실수를 너무 많이 하였다는 것이다. 그 모임은 장관, 다른 정부 부처 고위직 등 자신이 가장 소중히 여기는 모임이고, 품위 있는 모임이라고 했다. 그런데 어제 혼자 많이 취해서 일부는 기억나고 일부는 기억나지 않지만, 도저히 자신으로서도 묵과할 수 없는 실수를 많이 하였다는 것이다. 그전에도 그 모임에서 술 마시고 가끔 실수가 있어도 그냥 귀여운 수준으로 넘어갔지만, 어제의 실수는 도저히 용납할 수 없는 것이라고 했다.

그래서 더 이상 술로 인해 이러한 일들이 되풀이되지 않기 위해 이 순간부터 술을 마시지 않겠다고 선언한다는 것이다. 그리고 어제 모임에 참석했던 모두에게 일일이 전화해서 어제의 일을 사과하고, 그 사과의 진실성을 담보하는 뜻에서 오늘부터 일절 술을 마시지 않겠다고 약속하겠다는 것이다. 그분은 그날의 실수를 너무 부끄러워해서 실제로 모두에게 전화해서 사과하고 그날 이후로 정말로 술을 드시지 않았으며, 그렇게 지금까지 몇십 년 넘게 금주 약속을 지키고 있다.

나 역시 최근의 많은 실수, 이를테면 약속을 못 지키고 가슴에 못을 박을 만한 서운한 말들을 거침없이 하면서 누군가에게 큰 상처를 주었다. 그리고 이러한 실수가 되풀이됨에 따라 더 이상 기존의 관계를 유지하기 힘들게 되었다. 문득 20여 년 전 상사분의 결심이 떠올랐고, 나도 이제 더 이상 미룰 수 없음을 느꼈다. 이러다 정말 소중한 사람, 나를 걱정해 주는 고마운 사람을 잃을까 봐 겁이 났다. 이제 더 이상 미룰 수가 없었다.

건강 이상

건강도 갈수록 좋지 않았다. 혈압은 약을 먹는데도 수축기 혈압이 150mmHg을 넘어갔고, 당화혈색소는 최고 12.8%를 기록하여 결국 당뇨약도 먹긴 하지만, 여전히 7%를 넘어가고 있었다. 허리는 가끔 아팠지만 이제 만성적인 어깨 통증도 생겼다.

물론 이 모든 아픔이 술로 인한 것인지는 확신할 수 없지만, 고혈압과 당뇨는 의사도 말했듯 술이 주범임이 분명했다. 허리나 어깨 통증도 술과 연관 짓지 않을 수 없다. 술을 마시고 잠들면 잠자리 자세도 엉망이고 폭음, 폭식으로 살이 두꺼워져 이로 인한 압력도 받았을 것이므로 술과 상관없다고 단정할 수도 없었다. 두껍게 사는 인생이 건강에는 결코 도움이 되지 않을 것이기 때문이다.

운동도 웬만하면 하루에 한 시간씩 하려고 노력했다. 그러나 술이 완전히 깨지 않은 상태에서 운동하는 것은 오히려 독을 섭취하는 것과 같다는 말을 어디선가 들었고, 이 말을 따랐다. 그래서 술이 완전히 깨지 않은 상태에서는 운동도 하지 않았다. 그러니 하루 종일 술에 찌들어 있을 때는 운동을 할 수도 없었고, 그 상태가 며칠간 이어질 때는 계속 쉬었다.

책도 하루에 한 시간씩 읽는 것이 목표여서 일주일에 한 권 정도 꾸준히 읽었으나, 술에 취해 있으면 이 또한 실천할 수 없었다. 문화생활이라고는 술에 많이 취하지 않았을 때 집에서 OTT를 통해 영화를 보는 것이 전부였고, 많이 취했을 땐 스포츠 중계를 보거나 의미 없이 유튜브를 보는 게 전부였지만, 이 역시도 봤다는 사실 정도만 기억날 뿐 그 내용은 기억나지 않았다. 이처럼 술은 나의 모든 일상을 멈추게 하고, 오로지 술만 마시며 어떤 것도 할 수 없게 만드는 블랙홀이었다.

이 외에도 술을 마시면 생기는 근거 없는 자신감은 술이 깨었을 때 더할 수 없는 자괴감으로 돌아왔다. 그리고 술 먹고 취했던 모든 행동, 기억나지 않지만 내가 술에 취해서 했을 것 같은 모든 경우의 수를 상상하면서 느끼는 괴로움들, 나를 바라보는 사람들의 조소 섞인 얼굴들, 이런 생각들로 인한 어마어마한 스트레스, 너무나 괴롭고 우울해서 쥐구멍에 들어가고 싶은 심정이 자주 들었다. 그리고 이러한 일은 매일매일 계속 되풀이되었고 내 영육 간에 건강한 삶은 서서히 무너져 내려가고 있었다.

늦둥이 아들은 이제 겨우 중학교 1학년. 사업은 겨우 입에 풀칠이나 할 정도고, 아직도 자리를 잡지 못하고 있다. 그동안 모아 둔 돈이 없어 아이와 미래를 위해 이제부터 돈도 모아야 한다. 이런 경제적인 상황을 고려했을 때 모든 역량을 모아 사업에 전념해야 할 판이지만, 마냥 술 마시면서 낙관론, 비관론을 왔다 갔다만 하고 있다. 미래에 대한 암울한 생각으로 오늘도 어깨가 축 처진 채 또 술을 마시고 있다.

블랙아웃이 거듭되면 알코올성 치매로 이어진다고 한다. 한 번 무너진 뇌는 다시 돌아오지 않는다고도 한다. 이왕 파괴된 뇌라고 계속 방치하기에는 살아야 할 날이 많고, 부양해야 할 가족이 있다. 더 이상 나빠지는 것을 방치해서는 안 될 마지노선에 왔다는 생각이 들었다. 지금까지는 술로 인한 스트레스 해소라는 긍정적인 효과도 있었지만, 관계 단절, 건강 악화, 블랙아웃 등 부정적인 역할이 훨씬 더 컸다. 이제는 각성하고 뭔가를 해야 할 때가 온 것이다.

지금까지 술로 인한 가슴앓이나 건강 악화로 원래 정해진 내 수명에 상당히 영향을 미쳤겠지만, 앞으로도 계속된다면 어느 날 어떤 일이 발생해도 하나도 이상하지 않을 것이다. 그런 삶은 나에게도 가족에게도 지울 수 없는 큰 고통을 남기는 것이다.

경제

술을 좋아하고, 웬만하면 먼저 계산하려는 성격 때문에 술로 인한 비용도 만만치 않았다. 그런데 이런 게 때로는 도움이 되기도 했다.

명예퇴직을 신청한 후 국세청 감사관실에서 출두 명령이 떨어졌다. 당시는 김영란법이 시행된 지 얼마 되지 않은 때였다. 내가 공무원 생활을 마치기 몇 개월 전이었다. 그날은 일찍 퇴근해서 다른 사람들과 이른 저녁을 먹으면서 술도 마셨는데, 당시 미행하면서 미결로 남겨 뒀다가 퇴직을 앞두고 사실 확인을 하여 처리하려고 나를 부른 것이었다. 당시 상황을 보니 감찰에서 나를 3차 술자리까지 미행했고, 업무 관련자로부터 접대를 받았다면 징계를 받아야 할 처지였다. 난 매일 일기를 쓰기 때문에 그날의 상황을 복기할 수 있었고, 다행히 내가 다 계산한 자리였다. 당시 카드 영수증을 제출했고, 아무 탈 없이 넘어갈 수 있었다.

내가 사는 동네 골목 상권은 여러 업종이 폭넓게 포진하고 있다. 운동 목적이 아닌 머리를 식히려고 천천히 걸으면서 산책을 즐기는데, 공원보다는 시장이나 골목 산책을 더 좋아한다. 사람 냄새가 많이 나고 볼거리가 많기 때문이다. 산책하면서 조사해 보니 우리 동네 골목 상권은 식당 69개, 카페 5개, 제과점 1개, 노래방 10개로 구성되었다. 이 중에 한 번도 가 보지 않은 곳은 식당 5개 정도고, 나머지는 모두 다 가 본 곳이다. 그리고 사장님이 나를 알아보는 '단골집'은 거의 절반이다.

단골은 여러 가지로 편리하다. 내가 어떤 식당이 마음에 들었다면, 일 년에 네 번 가면 주인이 나를 기억하기 어렵다. 그러나 한 달에 네 번 가면 나를 기억한다. 나는 어떤 식당에 반하면 얼마간은 그 집만 주로 다닌다. 주꾸미샤브샤브가 그랬고, 옻닭이 그랬고, 돼지갈비가 그랬다. 거의 그 음식이 질릴 때까지 다니니 단골이 될 수밖에 없다. 단골은 술에 취하지 않을 때는 좋다. 가끔 서비스도 준다. 그러나 술에 취하면 별로 좋아하지도 않고, 심지어 바가지를 씌우기도 한다. 바가지를 따지자면 다시 취했을 당시로 돌아가야 하고 얼굴 붉히기 싫어, 그냥 넘어가는 경우가 대부분이다. 그렇게 동네 술집을 모두 섭렵하면서 음주가무를 즐겼다.

동네에서 먹는 경우는 가족끼리 식사하거나 외부 손님일 경우엔 내가 초대하는 경우라서 계산은 당연히 내가 한다. 약속이 없는 날은 집에서 혼술을 하기 애매해서 일부러 가족과 외식할 명분을 찾는다. 당연히 가족은 거절할 이유가 없다. 술 마시면 거침없이 소비하지만, 다음 날 카드 사용 내용을 보면 엄청난 후회가 밀려든다. 아울러 이번 달 결손을 어떻게 메울 것인지, 매월 결제일 전엔 고통스럽고 돈을 여기저기 메꾸느라 힘들지만, 그때뿐이다. 다시 술로 인한 소비가 시작된다. 가는 비에도 옷을 적시지만, 가끔 소낙

벵호 쫓아내기

비도 맞는다. 분수에 맞지 않는 비싼 술집을 분위기에 휩쓸려서 가고, 호기에 계산하기도 한다. 돈의 액수만큼 후회와 절망의 크기도 비례하여 다음 날은 후회하느라 많은 시간을 허비한다.

살림은 내가 한다. 맞벌이할 땐 아내가 했지만, 셋째가 태어난 후 직장을 그만두고 나에게 넘겼다. 도저히 살림을 맞출 수가 없고, 마이너스 살림을 꾸려 나가려면 부채를 끌어와야 하는데, 빚지는 게 싫고, 또 직장을 그만둔 다음엔 자기 이름으로 대출받는 것도 어의찮고, 결정적으로 매달 돈 걱정을 해야 하니 나에게 넘겨준 것이다. 그래서 나는 비록 가난하지만, 나머지 가족은 가난하지 않다. 가난은 대물림된다고 했다. 나만 빚쟁이 되어 가족들이 크게 돈 걱정 하지 않고 살기를 바랐다. 그래서 아이들 용돈도 넉넉하게 주고, 외식도 자주 했다. 물론 내가 술 먹기 위한 그럴싸한 명분인 경우도 많았지만……

내가 조금 특수한 상황인 것도 있다. 어차피 공무원 봉급으로 애 셋을 키우려면 허리띠를 단단히 묶어야 한다. 그러나 그렇게 살기 싫었다. 우리 가족이 최상급의 한우를 먹거나, 질 좋은 고급 회를 먹을 땐 당연히 망설여야 한다. 그러나 삼겹살을 먹거나 돈가스를 먹을 때는 부담 없이 즐겼으면 했다. 내 친구 중에 부자인 '국민'이도 있고 '신한'이도 있으니, 걔네한테 신세 지면 된다. 지금 악착같이 안 쓰고 미래에 소비한들 그 효용은 다르다. 여행을 가더라도 지금 다니는 것과 나이 들어서 가는 것이 다르듯이 말이다. 돈은 그 시기에 맞게 필요한 만큼 사용해야 한다.

다행히 나는 세무사 자격증이 있고, 그때 열심히 돈 벌면 된다는 생각으로 미래 수익을 앞당겨 쓴다고 생각했다. 물론 그 부담은 컸고, 저축은 할 수도 없었다. 가치관이 그렇다 하더라도 술값은 내 생활 수준을 한참 넘기는 것이었다. 은행 대출이 막혔을 때는 막막하여 잠들지 못하는 경우도 많았다. 간신히 이번 달 위기를 어찌하여 탈출하지만, 다음 달에도 어김없이 위기가 찾아오는 지뢰밭이었다. 술만 어떻게 해도 위기의 강도를 약하게 할 수 있었겠지만, 술을 놓아 주는 것은 생각보다 어려웠다.

언젠가 TV에서 에피소드를 말한 개그맨이 떠올랐다. 그 개그맨은 사업 실패로 7억 원의 빚을 지고 있다고 했는데, 술자리에서 대부분 자기가 술값을 계산한다는 것이었다. 돈도 없으면서 왜 그러냐고 물었더니 어차피 빚이 7억 원이나 7억 오십만 원이나 거기서 거기라고 하였다. 돈도 돈이지만, 얻어먹으면 편하지 않은 성격 탓도 있을 것이다. 나도 마찬가지였다.

술로 인한 경제적 폐해는 단순히 술값이 많이 나간다는 사실만은 아니었다. 매번 같은 일이 반복됨에도 별다른 대책을 세우지 않고 당장 절망을 술로 달래기 바빴다. 경제적 난국을 타개하기 위한 최선의 대비책을 마련하지 않고 매번 당장은 도망치기만 한 셈이다.

세이노의 책 『세이노의 가르침』에 보면 전문직 사업가의 역설이 나온다. 세이노가 어려웠던 시절 운전면허증을 취득하면 기사로 취직할 수 있는 길이 있었다. 그러나 그렇게 되면 평생 운전기사로만 살고 다른 일은 못 할 것 같아 일부러 취득하지 않았다고 했다. 나

벵호 쫓아내기

중에 주식 등 다른 여러 가지로 큰 부자가 되었으니, 그 선택은 현명했다고 할 수 있다.

전문 자격증이 있으면 오로지 그 안에서만 생각한다. 변호사, 의사, 회계사 등 자기가 가진 자격증 내에서만 돈 벌 궁리를 한다. 그러나 전 세계 손꼽히는 갑부 중에는 전문 자격증 있는 사람이 없다. 우리나라 갑부 순위 10위 안에도 전문 자격증 있는 사람이 없다. 그만큼 자격증은 자기 세상을 뛰어넘어 세상을 넓게 볼 수 있는 안목을 가리기 때문이다.

나도 그랬다. 오로지 세무사로만 돈 벌 궁리를 했다. 이 또한 영업이고 거기에 맞는 사람이 있기 마련이지만, 무턱대고 잘할 수 있을 거란 막연한 자신감만 있었다. 다른 일은 생각하지도 않았다. 아니, 생각하기도 싫었다. 과감히 사표를 내고 개업할 때만 해도 자신감이 하늘을 찔렀고, 곧 부자가 될 줄 알았다. 울지 않는 아이에게는 젖을 주지 않는다. 평소에 내가 도움을 준 사람이 있다고 하더라도 내가 개업했다고 일거리를 싸서 오지 않는다. 사업을 잘하려면 내가 적극적으로 나서야 한다.

개업하고 내가 아는 사람 중에 사업하는 사람은 한 번 이상 모두 만났다. 개업하자마자 코로나19와 맞물려 모든 모임이 중단되어 개별적으로 만나야 했다. 술 좋아하고, 사람 만나는 거 좋아해서, 사업도 그렇게 하면 만사형통일 줄 알았다. 그러나 내가 평소 아무 조건 없이 마시는 술과 뭔가 부탁을 해야 하는 술자리는 너무 달랐다. 현직에 있을 때는 아쉬운 소리 안 하고 뭔가를 베풀며 호탕하게 술 마시는 분위기였다. 개업하고는 내가 아쉬운 소리를 해야 하는데, 그 소리가 입안에서만 맴돌았다. 당당하게 부탁할 배짱이 없었다. 결국 몇 번을 만나고, 술의 힘을 빌려 취했을 때야 겨우 사업 얘기를 했고, 대부분 정중하게 거절당했다. 그러면 대책을 마련해야 할 텐데, 서운한 마음을 잊고자 또 술을 마셨다.

따지고 보면 막차를 탔다. 대부분의 전문직이 공급이 모자라는 시대는 지났다. 의사 정도만 제외하고는 수요보다 공급이 더 많다. 변호사, 회계사가 한 해에 천 명 이상 나오고 세무사도 근접하게 나오는데, 회계사와 세무사는 많은 부분 업무까지 겹친다. 결국 레드오션에 뛰어든 것이다. 돌파구를 마련하고자 현직에 있을 때 보지도 않았던 마케팅 관련 서적을 읽고 나름 사업 계획을 세우기도 하지만, 실천과는 다른 문제였다. 이론에 따른 실천이 뒷받침되려면 단순한 의지뿐이 아니라 성격도 맞아야 한다. 곰이 여우 흉내를 내면 오히려 이상하고 역효과만 날 뿐이다. 주위의 많은 성공 사례를 보더라도 내 성격으로는 도저히 감당하지 못할 일이었다.

그렇다면 다른 대책을 세우고 실천해야 하는데 일단 술부터 마시고 내일, 또는 다음 주부터 해 보기로 한다. 그리고 다음 주가 되면 지난번에 세운 대책을 실천하기도 전에 뭔가 문제점을 발견하고 없던 일로 한다. 그리고 다시 생각한다. 생각하기 위해 또 술을 마신다.

그러나 술은 생각을 없게 만드는 힘이 있다. 설사 생각하더라도 깊게 들어가지 못하게 하는 힘이 있다. 술은 술 자체로만 끝나고

벵호 쫓아내기

다른 것에 한눈팔지 못하도록 하는, 오로지 자기만 사랑하게 하는 마성의 힘이 있다. 그래서 미래에 대한 구체적인 생각, 경제적 난국을 헤쳐 가기 위한 대안 따위를 생각할 여유를 주지 않는다. 오직 술 자신만을 사랑하고 자신한테만 충성하도록 강요할 뿐이다. 그래서 같은 생활이 되풀이되고 있다. 이제는 결단을 내려야만 하고 방법을 찾아야 한다. 그러려면 일단은 술부터 멀리해야 한다. 그래서 미래에 대하여 진지하게 생각할 수 있는 뇌 상태를 만들어야 한다.

매일 아침 일기를 쓰면서 어제 지출 내용을 살펴본다. 하루에도 몇 건씩 지출 내용이 있다. 택시비와 편의점은 단골손님이다. 불필요한 소비만 줄이더라도 가는 비에 옷이 흠뻑 젖는 일은 없겠지만, 술을 마시면 덩달아 따라오는 소비 욕구를 어쩌지 못하고 있다. 술만 마시지 않아도 전후방 연관 효과로 줄일 수 있는 소비가 상당할 것이다. 거의 무너져 가는 가정 경제를 위해서도 술은 더 이상 방관할 대상이 아니다.

삶의 목표

난 무엇을 위해 살고 있고 어떻게 살아야 하는가? 어려서부터 물었지만, 아직껏 제대로 답을 찾지 못한 원초적인 질문을 오늘도 한다. 제대로 가고 있지 않은 것은 맞는데, 그렇다면 제대로 가는 길은 어떤 길일까?

술은 마법의 탄환이라고도 부른다. 아마 내 안에 여러 명이 동시에 나올 수 있어서 그런 말이 생겼을 것이다. 내 안에 때로는 시인이, 때로는 장군이, 때로는 선동가가 나온다. 쿠데타를 일으키는 군인일 수도 있고, 이에 저항하는 소시민일 수도 있다. 도대체 내 진짜 모습은 무엇일까?

블랙아웃은 흔히 뇌를 망치로 세게 때린 것과 같다고 한다. 그 정도의 충격이 있어야 기절하는데, 나는 자주 술로 인한 기절을 하고 있으니 뇌에 안 좋은 영향을 끼쳤을 것이고, 나중에 알코올 치매로 이어질 가능성이 아주 많을 것이다.

찰스 다윈은 『인간의 유래 1』에서 "인간은 혼자 있을 때조차 다른 사람들이 자신을 어떻게 생각하는지 고민한다. 그리고 결과가 호의적이냐 아니냐에 따라 기뻐하거나 고통스러워하는데, 이 과정은 예외 없이 가장 기본적인 기능인 사회적 본능, 즉 공감에서 비롯한다. 사회적 본능이 부족한 사람은 끔찍한 괴물이 될 것이다.”라고 하였다.

무인도에서 혼자 살지 않는 한 우리는 다른 사람들과 어울려 살 수밖에 없다. 나는 좋은 사람으로 인정받고 싶다. 그러나 지금처럼 술에 취하며 사는 인생은 그런 원초적 욕망마저 쉽지 않다. 오히려 사람들로부터 외면받는 사람이 될 가능성이 더 있다. 술에 취해 남들과 공감하지 못하고 독불장군이 되어 말도 안 되는 것을 우길 때도 있다. 그리고 다음 날, 또 다른 나를 저주한다. 언제까지 나와 동거하는 또 다른 나에게 적의를 품고 살 수는 없다. 사이좋게 살 수 없으면 좋게 떠나보내는 게 서로에게 좋을 것이고, 이제 더는 미룰 수 없게 되었다.

어떻게 하면 제대로 사는 것인지 정답을 찾기는 쉽지 않다. 아마 죽을 때까지 찾지 못할 수도 있다. 그러나 최소한 술에 취하면서 이렇게 사는 인생은 그러한 인생이 될 수 없을 것이다. 멀쩡한 정신으로 살면서 치열하게 고민할 필요가 있고, 그런 속에서 내 인생을 재설계하여야 한다. 이제는 ‘벵호’를 쫓아내야만 한다.

알코올 중독

✳

예전에 직장에서 제공하는 건강 검진을 받은 적이 있다. 직원들 편의를 위해 병원 대형 버스가 사무실로 와서 진행하는 매우 형식적인 검진이었다. 마지막에 의사와 상담하는 과정이 있었는데, 먼저 문진표를 작성하도록 하였다. 음주 형태에 대한 질문이 있어 사실대로 기재하였다.

단체 건강 검진이라 따로 방에 들어가 상담하지 않고 칸막이 앞에 의자를 세워 기다리게 하고, 한 명씩 들어가 간단한 상담을 하는 것이었다. 내 문진표를 받아 본 의사가 이 정도면 알코올 중독이니 술을 무조건 끊어야 한다면서 혼내는데, 다른 직원들이 모두 듣고 있어 창피했던 기억이 있다. 환자의 프라이버시가 완전히 무너져 사실대로 적은 내가 원망스러웠다.

병원에 가서 세밀하게 검사하고 상담할 용기는 없어 인터넷에 널리 퍼져 있는 알코올 중독 '자가 진단 테스트'를 해 보았다. 모든 항목에 해당하였고, 만점을 받았다. 당장 전문가의 도움이 필요하다고 하였다. 대부분 20세 무렵에 똑같이 음주를 시작하였는데, 나만 왜 유별나게 이렇게까지 멀리 왔을까? 원인은 둘째 치고 아직도 그 수렁에서 벗어나지 못하고 많은 문제를 일으키고 있다.

뱅호 쫓아내기

알코올 중독이라는 결과는 인정하기 싫었지만, 스스로 알코올로 인한 여러 가지 문제가 있다는 걸 절실히 체험하고 있었다. 그리고 이는 단순히 절주로 해결되지 않으며 얼마간이라도 완전한 금주만 이 해결책이라고 생각했다. 그러나 생각만큼 실천은 멀어 보였다. 굳건히 결심했다가도 가끔 떠오르는 술에 대한 긍정적인 효과도 내 결심을 자주 흔들었다. 술 없이 무슨 낙으로 사나? 술 없이 어떻게 사람들과 소통하나? 술 없이 사업이 가능한가?

특히 우리 주위에서는 술에 대하여 아주 관대하다. 매스컴만 보아도 술에 대한 무용담이 얼마나 많은가? 유명인이 음주 운전이나 술로 인한 폭행 등 좋지 않은 뉴스가 나오면 비난하다가도, 어느샌가 술로 인한 에피소드로 이야기꽃을 피우며 시청률을 견인하기도 한다. 또 술을 콘셉트로 하는 유튜브는 얼마나 많은가? 한마디로 술 권하는 사회가 되어 있다. 술에 대해 굉장히 너그러운 사회고, 그런 걸 보면서 '나도 그렇게 대충 즐기며 살아도 괜찮지 않을까?' 내심 바라기도 한다.

단순 노출 효과로 술에 대한 긍정적 이미지가 다시 연출되고, 이럴 때마다 과연 술을 마시지 않는 것이 의미가 있는 것인지 회의가 들고 '금주'의 결심은 어느샌가 '절주'로 강등된다. 그리고 다시 절주도 '적당히'로 또 강등된다. 그러나 알코올 중독으로 인한 사고 위험은 늘 존재한다. 캐롤라인 냅은 『드링킹 그 치명적 유혹』에서 알코올 중독자들의 심정을 다음과 같이 묘사한다.

'아직은.' 그 후로도 오랫동안 '아직은'의 행렬이 이어졌다. 나는 아직은 사람을 죽이지 않았어, 아직은 직장도 잃지 않았어, 아직은 교도소에 가지도 않았어.

- 캐롤라인 냅 지음, 고정아 옮김, 『드링킹 그 치명적 유혹』, 나무처럼, 2017, p.318

나는 음주 운전을 하면서도, 경찰서에 폭행으로 입건되었을 때도, 기억나지 않는다. 언젠가 TV 다큐에서 살인 사건을 저지른 사람이 살인한 사실이 기억나지 않는다고 하여 이것이 정말인지 거짓인지를 다룬 것을 본 적이 있다. 그때는 어떻게 살인까지 했는데 그럴 수 있을까 생각했지만, 지금은 술에 만취하면 그럴 수도 있겠다는 생각까지 든다.

술은 내 안의 또 다른 나를 깨워 그가 나를 점령하게 한다. 무섭고 사나운 벵호가 나와서 온갖 행패를 부리고 내 속으로 숨는다 해도 그 책임은 내가 지어야 하는 억울한 상황이다. 사고는 벵호가 쳐 놓고 뒷수습은 기억하지도 못하는, 평소의 내가 해야 하니 억울하기 짝이 없다. 그렇다고 걔는 내가 아니라고 항변한들 통할 리 없다.

어떤 사람은 내 본성이 그렇고 다만 술을 마셔서 그 본성이 나왔을 뿐이라고도 하지만, 이는 모르는 일이다. 아무리 인격이 훌륭하여 성인의 경지에 이르렀어도 술에 취해서까지 그 인성을 유지할 수 있을지 의문이다. 사람도 누구나 동물의 본성을 타고났고, 혹독한 수련으로 이를 극복했어도 술이라는 첨가제가 들어가는 순간

다시 깨어날 수 있기 때문이다. 혹 본성이 아니라도 전혀 다른 외계 생명체가 내 안에 들어온 느낌이다. 오죽하면 나도 '벵호'를 죽이고 싶을 만큼 싫다. 이렇게 미워하면서까지 공존하긴 힘들다. 결국 '벵호'와 결별해야 하고, 그렇다면 '벵호'를 불러오는 술도 멀리해야 한다.

최후통첩

나는 나름 행복한 사람이다. 긍정적이고, 매사에 어둡고 무거운 것을 싫어한다. 장난을 좋아하고 책 읽기와 영화를 좋아하다 보니 어딜 가도 대화를 이끌어 가는 편이어서 나름 많은 사람에게 분에 넘치는 인정과 사랑을 받으며 살아왔다.

사람의 인연은 대략 세 가지로부터 생겨난다고 한다. 첫째는 그 사람이 가진 것 때문이고, 둘째는 그 사람의 지위 때문이고, 마지막으로는 바로 그 사람의 존재 자체 때문이라고 한다. 언제나 나는 셋째 인연을 중시하였다.

그래서 사람을 목적으로 대하지 수단으로 대하려고 하지 않았다. 설사 사업상 그 사람을 수단으로 대하여야 하는 경우가 생겨도 인간적인 관계를 중시하고자 했다. 그래서 사업 관계만으로 만남을 이어 온 게 아니라, 때로는 아무 이유 없이 만나 서로 살아가는 이야기를 자주 나누곤 했다.

최근 몇 년 사이에 인간적인 관계가 많이 정리되었다. 그동안 별다른 문제 없이 좋은 관계들을 맺어 온 사람들도 있었지만, 어느 시점엔가 별로 의미가 없고 조금은 불편해지는 느낌이 들어 적당히 관계를 조절하기도 한다. 반대로 그동안 인연이 끊어졌다가 우연한 기회에 다시 만나 내 삶과 영혼을 살찌우는 돈독해지는 사이로 발전하는 사람도 있다.

　나의 금주 결심은 끝까지 함께하고 싶은 관계라고 자부하며 많은 걸 나누며 지내고 있던 두 후배의 강한 질타에서부터 시작됐다. 나를 좋아하며 아끼던 많은 사람에게 유일하면서도 가장 많이 들었던 나에 대한 걱정은 단연 술 좀 줄이라는 거였다. 그 누구도 감히 끊으라고 할 수 없는 영역이었기에 제발 조금 줄이라고만 신신당부하였다. 하지만 단 한 번도 제대로 귀에 와서 꽂히지 않았던 말이었는데, 운명적인 결단은 조금씩 다가오고 있었다.

　그날도 기억나지 않을 정도로 술을 마시고 후배들에게 보기 싫은 모습을, 엄청나게 취한 모습을 많이 보였다고 한다. 그동안 여러 번 이런 모습을 지켜보고, 내가 부르면 아무 때나 달려와서 말동무가 되어 주고, 몸을 가눌 수 없을 정도로 취해도 뒷바라지까지 수발하던, 영혼을 공유하고 싶은 후배들이었다. 그 후배들도 역시 술 좀 줄이라고 만날 때마다 말하였다. 선배는 직업도 괜찮고, 박사 학위도 있고, 평소 유머를 곁들여 대화도 이끌어 가는 등 그대로 살면 존경받으며 좋은 이미지로 남을 것 같은데, 그놈의 술이 문제라는 것이다. 그 좋은 이미지는, 술에 취해서 횡설수설하며 망가지는 모습을 보면 깨진다는 것이다. 왜 그렇게 술 하나 다스리지 못해 스스로 평판을 나쁘게 하는지 이해할 수 없다는 것이다.

　워런 버핏의 아버지인 하워드 버핏도 "명성을 쌓는 데는 20년이 걸리지만, 이를 잃는 데는 20분이면 충분하다. 이 점을 기억한다면 다르게 행동할 것이다."라고 아들에게 강조하였고, 워런 버핏은 이를 최고의 조언으로 생각하고 따랐다.

그럼에도 후배들의 그 충고를 여러 번 무시하며 그럭저럭 관계를 유지하고 있었다. 그러나 여러 날 연속하여 술을 마시며 그동안 했던 약속까지 깡그리 제쳐 두고 오로지 술만 마시는 모습에 두 후배는 마지막 충고를 하기에 이르렀다. 좋아하는 선배의 취하고 망가지는 모습을 더 이상 보기 힘들고, 거의 매일 술을 마시니, 앞으로 보지 않는 게 좋겠다고 하였다. 그동안 비슷한 말들을 했지만, 단호한 그 말엔 진실성과 최후통첩이 듬뿍 담겨 있었다.

인생에서 가장 같이하고 싶고 그 인연을 끝까지 하고 싶은 두 사람에게 버림받을 수 있다고 생각하니 그 순간 망치로 크게 한대 뒤통수를 얻어맞은 느낌이었다. 아니, 세상에 나 혼자가 된 두려움마저 들었다. 나의 금주 결심은 이날부터 시작되었다. 나의 가장 귀한 것을 눈앞에서 잃어버릴 수 있다고 생각하는 위기의 순간, 이제는 결단해야 한다는 생각이 절실했다. 누군가를 크게 실망시켜 떠나보내야 하는 우를 범하지 말아야 한다. 평소의 나로 살아야만 한다. 이제는 또 다른 나 '벵호'를 쫓아내야 한다. 나 역시 이번에 실패하면 다시는 후배들을 볼 생각을 말자고 가혹하게 결심했고, 후배들에게도 그렇게 약속했다.

벵호 쫓아내기

달걀 부화

우리가 보기에 병아리는 어느 날 갑자기 달걀을 깨고 나온 것 같지만 사실 10일 이상 고군분투하면서 껍질을 깨려고 달걀 안에서 혼신을 다해 힘을 쏟는다. 다만, 겉에서 보기에 한순간 이룬 것처럼 보일 뿐이다. 국화는 어느 가을 활짝 피었지만, 서정주 시인의 시 「국화 옆에서」처럼 봄부터 그렇게 소쩍새가 울어서 여건이 무르익어 어느 날 활짝 핀 것이다. 기업도 마찬가지다. 짐 콜린스의 『좋은 기업을 넘어 위대한 기업으로』에서 이를 잘 설명하고 있다.

> 좋은 회사에서 위대한 회사로의 전환은 결코 한 번에 진행되지 않았다.
> 단 한 차례의 결정적인 행동, 원대한 프로그램, 한 가지 끝내 주는 혁신,
> 오직 혼자만의 행운, 혹독한 혁명 같은 것은 전혀 없었다.
> - 짐 콜린스 지음, 손영인 옮김, 『좋은 기업을 넘어 위대한 기업으로』,
> 인스타리드, 2016, p.266

말콤 글래드웰의 『티핑포인트』에서도 '예상하지 못한 일이 한꺼번에 몰아닥치는 극적인 변화의 순간', '어떤 상황이 처음에는 미미하게 진행되다가 어느 순간 갑자기 모든 것이 급격하게 변하기 시작하는 극적인 순간'을 티핑포인트라고 하였는데, 나도 마찬가지로 티

핑포인트가 어느 날 있었을 뿐, 그 조짐은 오래전부터 누적되고 있었다.

천주교 신자는 주일 미사에 참석하지 못하면 다음 주일 미사 전까지 고해성사를 해야만 영성체를 할 수 있다. 일요일까지 술로 지새는 날이 많아 평균 한두 달에 한 번 정도 주일 미사를 빠졌고, 주일 미사를 빠진 다음 주 미사 전에 고해성사하였다. 오죽하면 주위 신자들이 내가 너무 자주 고해성사하니까 내 취미가 '고해성사'라고 놀리기도 했다. 그러나 고해성사를 좋아할 사람은 없을 것이다. 내가 죄인이고, 내 죄를 고백하는 것이 편할 리 없어 매번 다시는 이런 죄를 범하지 않겠다고 결심하지만, 잘 지켜지지 않았다. 고해성사 때만큼은 절실하게 그렇게 되기를 기도하고 기도했다. 이 또한 국화꽃을 피우기 위해 소쩍새가 울고 있던 것이다.

이처럼 거의 모든 성공에는 특별한 비결이 있어서가 아니라, 빗방울이 꾸준히 떨어지면 바위를 뚫듯이 비록 실천하지 못하지만, 마음속에 미련이 계속 남아 언젠가는 이루리라는 다짐을 쌓고 쌓아 마침내 실천으로 이루어지는 것이다. 나 역시 마찬가지다. 술을 마실 때는 오늘까지만, 마시지 않을 때는 지금처럼만 하자며 금주를 생각했다. 그리고 금주에 성공했을 때의 행복한 모습을 마음속으로 수도 없이 시뮬레이션 하였다. 윤동주 시인의 시 「서시」에서처럼 숙취가 있는 아침이면 내 모습이 너무 싫고 부끄러워서 잎새에 이는 바람에도 괴로울 수밖에 없었다. 다시는 이처럼 취하지 않겠다고 다짐하고 다짐했다. 금주를 '갑자기' 성공했을 뿐 오래전부터 금

228   벵호 쫓아내기

주를 꿈꾸어 왔고, 그것이 '꾸준히' 내공이 쌓여 실천했다. 수많은 후회와 번뇌와 시뮬레이션이 있었고, 스스로 가혹하게 몰아붙이기도 하였다.

어려서 학교 숙제로 일기를 쓴 것 말고 성인이 되어서 일기를 쓴지는 이십 년쯤 되었다. 매일 아침에 전날의 사건을 기록하는 형식인데, 일기를 쓴 목적도 술 때문이었다. 일기는 엑셀로 필요한 항목을 채웠다. 날짜, 운동, 체중, 음주, 독서, 지출, 메모 형식으로 작성하였다. 거의 매일 술을 마시기 때문에 저녁에 쓰는 게 불가능해 아침에 작성한다. 비록 십여 분의 짧은 시간이지만 어제 사건에 대한 후회와 다시는 그러지 말길 다짐하는 참회의 시간을 가질 수 있었다.

어느 날은 전날을 다시 기억하는 게 괴로워서 며칠간 일기 작성을 미뤄 기억이 조금이라도 희미해져 타격이 줄어들 때까지 일기를 미루기도 했다. 그렇게 설사 일주일이 밀리더라도 모두 소급하여 하루도 빠짐없이 기록한 내 소중한 자산이다.

또한 자기 계발 관련 책을 읽으면서 '끌어당김'의 법칙을 신뢰한 다음부터는 일기장에 따로 공간을 만들어 오늘 희망을 적는다. 이를테면 오늘 어떤 만남이 있으면 이 만남이 어떤 결실을 맺었으면 좋겠다는 생각을 기록한다. 마치 내가 바라는 바대로 이루어진 것처럼 과거형으로 미리 작성하는 것이다. 이렇게 하면 마음이 편안해지고, 실질적으로도 오늘 만남에 대하여 깊게 생각하고 구체적으로 시뮬레이션 함으로써 좀 더 효과적으로 만남을 이끌 수 있다.

'끌어당김'의 절실한 생각이 실제 결실로 이어질 수 있는 것이다.

독서도 내공을 쌓아서 결정적일 때 도움을 줄 수 있는 기반이었다. 아무리 술에 찌들어 살고 있어도 하루에 두 시간은 나의 건강을 위해 투자했다. 한 시간은 내 육체의 건강을 위해 운동을, 한 시간은 내 영혼의 건강을 위해 책을 읽었다. 책은 시간이 남아서 읽는 것이 아니라 시간을 만들어서 읽어야 하는 것이다. 다른 모든 일을 하고 남는 시간에 책을 읽는 것이 아니라, 책을 읽고 남는 시간에 다른 일을 하는 것이다. 그렇게 하루에 한 시간씩 책을 읽으면 일주일에 한 권, 일 년이면 오십 권 정도를 읽게 된다. 책을 특별히 가리지는 않지만, 나에게 자극을 줘서 나를 변화시키기 위한 노력을 이끌 수 있는 주제를 주로 골랐다.

건강, 자기 계발, 심리학 관련 책들도 많이 읽었는데, 책 내용을 나에게 많이 적용하였다. 『노화의 종말』, 『습관의 알고리즘』, 『원씽』, 『벤저민 프랭클린 자서전』, 『드링킹 그 치명적 유혹』, 『더 마인드』, 『퓨처 셀프』, 『죽음의 수용소에서』 등의 책을 읽으면서 마음을 다잡곤 하였다.

운동은 집에 있는 러닝머신으로 한 번에 한 시간 정도 했다. 매일 하는 것을 목표로 했지만, 술에 덜 깬 상태에서는 오히려 부작용이 많아 절대 하지 않았다. 그래서 며칠을 건너뛴 적도 많지만, 건강하게 술 먹기 위해서라도 멀쩡할 때는 틈나는 대로 했다. 러닝머신 경사로 걷기를 하니까 지루할 수밖에 없어 TV를 시청하면서 운동을 병행했다. 드라마를 좋아하지 않아 유튜브를 시청하면서 운동했는데, 내가 관심 있는 스포츠, 역사, 영화에다가 건강과 술의 해악에 관련된 내용을 많이 시청하였다. 특히 술이 건강에 얼마나 나쁜지, 알코올 부작용의 내용 등을 시청하고 바로 피드백하여 나에게 적용하였고, 굳세게 금주의 마음을 다잡는 기회로 삼았다.

이런 매일매일의 삶 속에서 언젠가는 반드시 금주에 성공할 결실을 차곡차곡 쌓아 왔다. 그리고 많은 기다림 끝에 드디어 그 시작이 시작되고 있었다.

오늘까지만

✳

　이외수는 『하악하악』에서 "인생의 정답을 알기는 어렵지 않다. 다만, 정답을 실천하면서 살기가 어려울 뿐."이라고 했다. 달리 방법이 없다. 나는 이제 금주를 해야만 한다. 내 영육 간에 건강을 위하고 다른 사람과의 건강한 관계를 위해서라도, 금주는 더 이상 피할 수 없는 지상 과제가 되었다. 그러나 오늘까지만 그 좋아하는 술을 마시고 내일부터 정말 실천해 보자. 그렇게 또 내일로 미루길 오늘도 계속한다.

　패러다임을 바꿔야 한다. '오늘까지만 마시자'가 아니라, '오늘만 마시지 말자'로. 오늘 하루만 어떻게든 버텨 보자. 그리고 내일도, 모래도, 글피도, 당분간 계속 그런 각오로 하루만 버텨 보자. 베르나르 베르베르의 소설 『신』에서 "실패하는 자들은 변명거리를 찾고 성공하는 자들은 방법을 찾는다."라고 하였다. 언제까지 실패를 나 아닌 환경 탓으로 돌리며 책임을 회피하고, 셀프로 용서하는 삶을 살아갈 수는 없다. 당장 방법을 찾아야만 한다. 새로운 것을 찾을 필요도 없이 그동안 생각했던 것들, 무수히 많은 날 고민하면서 찾았던 방법을 실천만 하면 그만이다.

　위기는 기회라고 하였다. 건강, 경제, 인간관계 등 모든 것이 코

　　　　　　　　　　　　　　　　　　　벵호 쫓아내기

너에 몰렸다. 거의 그로기 상태다. 여기서 빠져나가지 못하면 나는 물론 가족까지, 주위 사람들까지 힘들게 한다. 이렇게 인생을 계속 살아갈 순 없다. 이제 더 이상 로프에만 기대면 안 된다.

얼마간은 버티겠지만, 계속 치명상을 입고 결국 쓰러질 것이다. 로프 반동을 이용하여 치고 나가야 한다. 술과의 전쟁을 선포해야 한다.

멈춤

    그동안 술을 자제하기 위한 노력은 끊임없이 계속되었다. 탈무드에서 말하는 짐승의 변화 중 양과 원숭이 정도까지는 순수하고 잘 노니까 평소보다 훨씬 좋은 상태가 된다. 때론 맨정신으로는 도달할 수 없는 내가 바라는 이상형의 성격이 되어, 또 다른 나에게 내가 반하기도 했다.

    그러나 거기서 멈추면 얼마나 좋을까? 디오니소스도 처음 술을 만들어 인간에게 나눠 줄 때는 거기서 멈출 줄로 알았다. 아주 좋은 선물을 줬다고 흐뭇해하며 인간들의 즐거운 모습을 지켜봤다. 그러나 나중에 술에 취해서 싸우고, 살인하는 것을 보고 크게 실망하여 술에 취한 인간에게 형벌을 내렸다.

    대학교 들어와 본격적으로 술을 시작하고 몇 년간은 블랙아웃 없이 양과 원숭이까지만 갔고, 그래서 멈출 필요도 없었다. 술을 마시면 즐겁고, 다음 날 깨어나도 어제 일로 괴로워할 필요가 없고, 생활에도 아무 무리가 없었다. 언제부터인가 블랙아웃이 되고, 전날 사자와 돼지가 되어 거침없고 전투적이며 많이 먹어 치우는 경험을 한 다음에는, 이제부터 그러지 말아야지 하는 다짐을 하곤 했었다.

멈추고 싶은 생각은 없었다. 술은 내 인생에서 소중한 부분을 차지하고 있어 이를 없애고 사는 인생은 생각해 보지 않았다. 그래서 어떻게든 극복하려고 했다. 기분 좋은 상태에서 멈출 수 있을 것으로 생각했다. 소주로 계산해서 2~3병 정도가 나에게 멈추면 좋은 시점이었다. 문제는 술은 술을 불러와서 2~3병을 마시면 자제력이 실종되어 술을 더 부르는 상태가 된다는 것이다. 적당히 기분 좋은 상태로 취하되 더 이상 술을 자제할 수 있는 그 정도의 상태, 거기서 멈춰 아무도 도달하지 못한 신의 경지에 오를 수 있으리라고 자신했다.

그래서 여러 가지 방안을 시도하기도 했다. 부서 회식 때는 전 직원으로부터 한 잔씩 받는다고 했을 때 내 주량을 소주잔 수로 계산하여 몇 퍼센트까지 잔을 채워야 하는지 계산하여 그만큼만 따르도록 부탁한 적도 있다. 물론 한 잔씩만 오지 않고, 두 잔 이상 와서 처참하게 실패하였다.

스스로 술을 경계하기 위해 극단적인 방법을 동원한 적도 있다. 열 돈짜리 금목걸이를 차고 다니면, 범죄의 표적이 되어 소위 '뻑치기' 당할 수 있으므로 정신 똑바로 차리고 술을 마실 수 있어, 취하지 않을 것으로 생각하였다. 그래서 한동안 차고 다녔는데, 운 좋게도 당하지는 않았지만 개의치 않고 계속 취해서 다니자, 실제 염려한 일이 생길 수 있어 중단하였다.

내 모습을 동영상에 남겨 취했을 때 어떤 모습인지 관찰한 적도 있다. 술을 어느 정도 마셨을 때 어떤 기분인지 시시각각 기록한 적도 있다. 어떤 방법을 쓰던 술을 마시면서 극복하려고 노력했지만, 모든 게 허사였다. 신의 경지는 신만이 도달하는 것이었다. 나는 또 다른 나한테 언제나 졌다. 내 안의 또 다른 나 '벵호'를 정말 쫓아내고 싶었다. 나태주 시인의 시 「너한테 지고」처럼 그렇게 졌다.

어제도 너한테 지고 그제도 너한테 졌다

내 마음속엔 네가 많은데 네 마음속엔 내가 없나 봐

어때? 오늘 한번 저줄 수는 없겠니?

벵호 쫓아내기

5장

실천

습관 다지기

✳

우리는 생활하면서 많은 판단을 한다. 판단은 머리로 결정하고, 몸이 따라야 하므로 많은 에너지가 소모된다. 그래서 우리가 모든 상황에서 그때그때 필요한 수없는 판단을 한다면 머리와 몸은 곧 만신창이가 될 것이다.

운전하는 상황을 생각해 보자. 자리를 어디에 앉고, 시동을 걸고, 주행 모드를 D로 맞추고, 엑셀을 밟고, 우측으로 차를 운행하고, 빨간 신호등일 때 멈추고, 횡단보도에서 멈추고, 차간 거리 유지하고 등등…….

그러나 우리는 이것을 매번 판단하지 않는다. 머리에서 결정할 필요 없이 몸에서 자동으로 알아서 움직인다. 이것을 '습관'이라고 부른다. 몸이 알아서 그때마다 적절하게 반응해 주면, 생활이 편리하고 우리 뇌는 좀 더 고차원적인 판단에만 사용할 수 있으므로 생각의 수준도 높아질 수밖에 없다. 일단 금주와 다이어트를 병행하기로 했지만 늘 여기에만 매몰되기는 싫었다. 그래서 많은 부분을 습관이라는 이름으로 몸에게 맡기기로 했다.

러셀 폴드랙의 『습관의 알고리즘』에서 사람이 습관을 만드는 데 드는 시간이 평균 66일이라고 한다. 나름 여러 가지 실험을 거친

병호 쫓아내기

과학적 근거가 있는 이론이라 따르기로 했고, 최소 66일 이상을 금주와 다이어트에 전념하기로 했다. '의지력을 갖고 습관을 형성하면 나를 통제할 수 있다'라고 확신했다.

우리는 수없이 많은 결심을 한다. 새해만 되면 금연 결심이 너무 많아서 전에 다니던 국세청 구내 매점 사장님은 새해 1월이 너무 힘들다고 한다. 매상의 상당 부분을 차지하는 담배 매출이 1월이면 반토막 나니 힘들 수밖에……

나는 예전부터 결심은 어떤 날을 정해서 하지 말라고 했다. 그런 결심은 대개 실패하고 결심 전에는 오히려 마지막이라 생각하고 평소보다 넘치도록 많이 하여 더 나쁜 영향을 준다. 이를테면 금주를 새해부터 한다고 하면 12월에는 마치 마지막 술인 양 평소보다 훨씬 많은 엄청난 술을 마시는 것이다. 그리고 변명한다. 어차피 1월 1일부터 마시지 않을 테니까 마지막으로 실컷 마시는 것이라고. 그러나 실패하면 결국 총량만 늘어날 뿐이다.

뭔가 결심을 했다면 바로 실천해야 성공 확률도 높다. 나는 금연도 그렇게 어느 날 갑자기 시작했고, 지금까지 지키고 있다. 어떤 결심을 하고 성과를 못 내는 가장 큰 이유가 '내일 병'이다. 당장 뭔가를 결심했지만 '내일부터 하면 되지'로 하루 인심을 쓴다. 그리고 내일이 되면 다시 또 내일은 내일이 된다.

금연은 세 번 정도의 내일만 보내고 성공했지만, 금주는 너무도 많은 내일이 있었다. 하루만 버티면 되는데, 그게 그렇게 어려웠다. 이번에는 악착같이 하루만 버티기를 책에서처럼 최소한 66일은 견

더 보기로 마음을 다졌다.

그리고 결심이 섰으면 바로 실행했다. 1월 1일부터도, 다음 달부터도, 다음 주 월요일부터도, 내일부터도가 아니라, 당장 지금부터 해야만 성공할 가능성이 높다. 지금보다 결심의 강도가 최고조일 경우가 없기 때문이다. 시간은 내 편이 아니라 결심의 반대편일 수밖에 없고, 시간이 갈수록 결심은 흐려지게 마련이다. 결심을 반대하는 논리들이 서서히 들고 일어나고, 시간이 갈수록 폭동으로 번져 스스로 무릎을 꿇는다.

자신과의 내부 갈등도 문제지만, 주위의 사람들이 어떻게든 나를 착한 수렁에서 빼내 늘 그렇게 자기와 어울려 지내기를 원하기 때문인 것도 있다. 시간이 지체될수록 주위의 유혹에 넘어가 포기할 가능성이 크다. 그런 시간과 빌미를 주워서는 절대 성공할 수 없기에 지금 당장 실천해야 한다.

생각 다지기

　결혼 적령기의 직원들에게 자주 했던 말이 있다. '아직 가슴이 반응하도록 사랑하는 사람을 만나지 못해 결혼하지 않았다.'라고 말하는 직원들에게 특히 강조해서 말한다.

　"사랑하니까 결혼하는 것이 아니고, 결혼했으니까 사랑하는 거야."

　생각은 많은 것을 만들어 내고, 더불어 행동을 만들어 낸다. 어떤 사물이 원래부터 아름답고, 그것을 우리가 인지하여 아름다움을 느낄 수도 있지만, 아름답다고 여기고 스스로 세뇌하면 별로 아름답지 않은 것에도 아름다움을 느낄 수가 있다. 김춘수의 「꽃」이라는 시에도 나타나듯이, 내가 그의 이름을 불러 주어야만, 즉 어떤 의미를 심어 주어야만 나에게 꽃이 되어 오는 것이다. 최소한 나는 이런 '생각의 힘'을 믿는 편이다.

　자기 계발과 관련된 책이 많고, 이 분야에서 많이 읽힌 세계적인 베스트셀러는 대부분 읽었다. 자기 계발 도서의 최고봉이라고 할 수 있는 『더 시크릿』도 결국은 자기 최면을 통한, '생각대로' 결실을 맺을 수 있다는 내용이 주요 핵심이다. 무조건 생각대로만 된다고 헛된 희망을 품지 말고, 그 시간에 모질게 자기 역량을 키우는

데 노력해야 한다는 반론도 많다. 어쨌든 둘 다 누군가의 현실에서는 도움이 되는 이야기이기 때문에 지금껏 공존했을 것이다. 나는 자기 계발 책들에서 주장하는 뇌의 세뇌와 그에 따른 결과를 믿는 편이고, 실제로 많은 결과물을 냈다.

내 아이가 예쁜 짓을 해서 예쁜 게 아니지 않은가? 내 자식이라 하는 모든 짓이 예쁜 것이다. 이러한 방식으로 금연할 때도, 결혼할 때도, 아이를 낳고도, 취업할 때도, 삶의 결정적인 판단을 할 때 '생각대로'는 많은 어려움을 운명처럼 여기며 헤쳐 나갈 수 있는 이론적 근거와 에너지를 주었다. 윤정은의 『메리골드 마음 세탁소』에서 좋은 대화가 나온다.

> 인간의 뇌는 아주 단순해. 뇌를 속이는 거지. 뇌는 진짜 행복과 가짜 행복을 구분하지 못한대. 가짜로 웃으면 행복한 줄 알고 좋아하는 거지. 뇌한테 농담을 하는 거야."
>
> - 윤정은, 『메리골드 마음 세탁소』, 북로망스, 2023, p.85

스스로 많은 것을 세뇌했다. 몸에 좋은 음식과 좋지 않은 음식을 먹었을 때와 먹지 않았을 때의 결과를 머리로 수없이 시뮬레이션했다. 즉, 마음먹은 대로 몸이 복종하도록 만들 필요가 있었고, 끊임없는 시뮬레이션으로 그런 상태를 만드는 데 성공했다.

라면이 나한테 좋지 않다고 열심히 세뇌하고 머리에서 지시한 결과, 라면이 먹기 싫어졌다. 라면 먹고 싶은데 억지로 참는 것이 아니라 아예 먹기조차 싫어졌고, 냄새마저 싫어졌다. 가끔 가족들이 라면을 끓여 나한테 한 젓가락 하라고 유혹해도 전혀 먹고 싶은 생각이 없었고, 실제로 다이어트 기간에 한 번도 먹지 않았다.

그것은 짜장면도 마찬가지였다. 가끔 어쩔 수 없이 상대방과 같이 점심으로 먹은 적은 있지만. 예전에는 오래도록 먹지 않으면 한 달에 한두 번은 중독된 음식처럼 생각나서 찾았지만, 그런 일도 없었다. 먹고 싶은 음식을 억지로 참으면서 힘들게 다이어트를 한 게 아니었다. 탄탄해진 세뇌 덕에 몸이 시키는 대로 복종했고, 그래서 마음의 갈등 없이 무사히 다이어트를 성공할 수 있었다.

금주

김성한의 『7년 전쟁』에 서산대사의 스승인 '영관대사' 이야기가 나온다. 당시 왜군은 그래도 스님을 존경하는 편이라 조선에서는 협상 대표로 스님을 보내곤 했다. 협상하러 온 영관 스님을 보자, 왜군들은 원래 협상은 술 마시면서 하는 것인데 술이나 드실 줄 아느냐고 비아냥거렸다. 그러자 영관 스님이 말씀하셨다.

"오는 술 마다 않고, 없는 술 찾지 않고."

나는 여기서 한 걸음 더 나아가리라 다짐했다. 없는 술은 당연히 찾지 않지만, 오는 술도 거부하리라.

일단 저녁 약속은 대부분 하지 않았다. 1주일, 2주일, 한 달, 두 달, 분기 모임이 각각 2~3개씩 있고, 대부분 술을 곁들인 저녁 모임이라 이도 정리할 필요가 있었다. 개인적인 만남은 모두 점심 약속으로 하였고, 상대방이 낮술을 하면 열심히 따라 주기만 하면서 양해를 구했다.

많은 사람이 모이는 저녁 약속은 참석해도 무리가 없었다. 테이블이 2개가 넘어가면 대화가 분리될 수밖에 없고, 술 안 마시는 사

뱅호 쫓아내기

람끼리 앉는 경우가 많으므로 특별히 눈치 보지 않고 그런 자리로 위치하면서 음식만 흡입하기도 했다. 물론 왜 그쪽에 앉느냐며 의아해하면서 음주자들 자리를 권했지만, 정중히 양해를 구했다.

가장 위험한 모임이 2~4명 정도 모이는 저녁 식사 자리인데, 이때는 보통 『삼국지』의 '도원결의'처럼 똑같이 건배하면서 많이 마시는 경우가 대부분이라, 혼자서 안 마시면 분위기 망치는 '공공의 적'이 되기 십상이다. 이런 자리는 무조건 피했다. 사정을 얘기하고 술을 마시지 못하니 불참석을 양해해 달라고 부탁하였다. 나중에 들은 얘기지만 내가 한두 번 거절하니까 그다음부터는 나에게 권유도 하지 않고 자기들끼리 술자리 했다고 이실직고하였다. 나는 전혀 서운하지 않았고, 오히려 감사하다고 하였다. 하여튼 저녁에 술 마실 수 있는 자리는 어떻게든 피하도록 하였다.

어느 정도 운도 따랐다. 금주하면서 가장 어려운 일은 나 자신과의 싸움이 아니었다. 다른 사람의 눈치를 봐야 하는 것이었다. 내 최고의 거래처이자 호형호제하면서 매주 술을 마시는 사람이 있었다. 그분은 나와 매주 마시는 술자리를 너무도 좋아해서 내가 거절하면 많이 섭섭해할 텐데, 어떻게 이해시켜야 할지 곤혹스러웠다. 지금까지 몇 번의 금주 결심이 실패한 것도 주위 지인들이 술 마시자고 조르는 것을 냉정하게 거절하지 못했기 때문이기도 해서 이 문제가 가장 어려웠다. ENFJ라 남들이 혹 상처받을까 너무 배려한다. 그러나 불행인지 다행인지, 바로 그 시기에 그분이 사업상 억울한 일로 인해 잠시 내 곁을 떠나는 일이 발생했다. 가장 설득하기 힘든 분이 자연스럽게 당분간 보기 힘들어진 것이다.

늘 마시던 술을 어느 날 갑자기 마시지 않겠다고 결심한다고 그대로 되면 얼마나 좋을까? 그리고 그동안 얼마나 많은 실패를 맛보았나? 내가 술을 억지로 마신 것도 아니고 맛있고 좋아서 가까이한 것인데, 그렇게 쉽게 될 수 있을까? 무엇보다도 술을 대체할 수 있는 무언가가 있어야 했다. 그것은 내가 가장 좋아하는 것이어야 했고, 술 생각이 나지 않도록 즐거운 것이어야 했다. 그래야만 술을 극복할 수 있을 것 같았다.

곰곰이 생각해 봤다. 어린 시절부터 지금까지. 술 마시는 것보다 행복할 수 있는 모든 가능한 것들을 브레인스토밍 방식으로 생각했다. 떠오르는 생각을 실천 여부나 능력을 따지지 않고 무조건 나열해 보았다. 사진 찍기, 글짓기, 책 읽기, 영화 보기, 산책하면서 명상하기 등. 혼자 할 수 있으면서 내가 재미를 느끼는 것들이었다. 그래서 이 모두를 연합군으로 조직하여 술에 대항하기로 하였다.

평소에 퇴근하고 집에서 혼술 하는 시간에는 책을 읽거나 영화를 봤다. 책이나 영화는 작품성을 따지지 않고 무조건 재미있는 것을 선택의 최우선으로 했다. 지금 그런 것을 따질 계제가 아니다. 술 생각만 이긴다면 하얀 고양이건 검은 고양이건 따져서 무엇을 할 것인가? 비가 와서 막걸리에 파전이 생각나면 우비를 입고 공원을 산책하면서 명상했다. 비 오는 날에는 공원에 사람이 거의 없다. 우비를 입고 빗소리를 들으며 홀로 산책하는 기분은 그럴싸하다. 볕이 좋아서 야외에 나가 한잔하기 좋은 날에는 멋진 풍경들을 사진에 담았다. 그리고 휴일처럼 시간이 많아 집에서 책과 영화로는 연합 전선이 부족할 땐 집 근처 도서관에 가서 무조건 글을 썼다.

제발 66일만 버티자는 각오로, 이걸 지키지 못하면 나는 나에게 너무 실망하여 나 스스로를 버릴지도 모른다는, 외나무다리를 건넌다는 각오로 악착같이 전선을 지켰다. 벵호가 됐든 병호가 됐든 최후의 전투를 치러서 누군가는 죽어야 비로소 이 기나긴 싸움이 끝난다고 생각했다. 매일 간절한 마음으로 한 시간 이상 기도했다. 어느 순간이라도 술 생각이 나면 술로 인해 마음 아팠던 기억을 생생하게 끄집어 냈다. 생각만으로도 괴롭지만, 나는 나를 괴롭힐 수밖에 없었다. 그래서 술 생각 자체가 나지 않도록 장벽을 세웠다. 잠자기 전에는 오늘도 잘 버틴 나에게 잘했다고 칭찬했다. 매일 같이 '벵호'에게 작별 인사를 했다. 그렇게 하루하루를 악착같이 버텨 나갔다.

66일이 지나가니까 욕심이 생겼다. 내일 하루만 더하자는 식으로 하루씩 좀 더 버텨 나갔다. 그렇게 135일 동안 금주에 성공했다. 더 할 수도 있었지만 내가 평생 금주할 생각으로 금주를 결심한 것은 아니었다. 사업상 의무 방어전을 치러야 할 때도 있으므로 언젠가는 마셔야 할 술이었다. 그러나 몸을 변화시켜 술을 막무가내로 흡수하지 않고 몸에서 스스로 알아서 적당히 거부할 수 있게 만드는 게 목표였다. 즉, 예전처럼 몸에서 술이 맛있다고 느끼지 않고, 본래의 술맛처럼 쓰고 맛없는 것으로 인식하기를 바랐다. 그래서 몸에서 자동으로 거부하여 최소한 폭음은 하지 않도록 하는 게 목표였다.

얼마간 더 할 수도 있었지만, 결국 미루고 미루던 중요한 의무 방어전이 다가왔고, 내 몸을 실험할 필요가 있어 그쯤에서 일단 멈췄다. 그리고 내가 예상한 대로 술이 맛있지 않고, 마지못해 억지로 먹는 상태가 되었다. 그래서 내가 먼저 권하지도 않고, 상대방이 건배를 제의할 때만 상대방만큼만 먹게 되었고, 저절로 폭음이 자제되었다. 적극적인 내 성격이 술자리에서만큼은 소극적으로 변해 있었고 이런 몸 상태가 계속 유지되기를 진심으로 기원했다.

식단

다이어트를 결심하기 전 수많은 세월 동안 두껍게 살면서 '비만의 역설'을 내 건강함의 지지 근거로 활용했다. 비만의 역설이란 비만인 사람이 정상 체중인 사람보다 더 건강하게 오래 산다는 것이다. 실제로 비만까지는 아니더라도, 과체중인 사람이 건강하게 살아가는 경우를 주위에서도 많이 접한다.

우리나라에서 적용하는 BMI 지수가 너무 가혹해서 정상인 사람이 드물지만, 우리보다 너그럽게 측정하는 다른 나라를 포함해도 전 세계적으로 통계상 유의미한 결과였다. 비만도가 높은 나라가 평균 수명이 더 길다는 사실도 '비만의 역설'을 뒷받침하는 강력한 증거가 된다. 그러나 실컷 먹고 살이 쪄도 건강에 이상이 없으면 상관없지만, 그 결과는 참담하게도 각종 성인병에 시달리는 것이고, 더 이상 이러한 논리를 주장하기에는 내 몸이 강력한 반증의 결과를 만들고 있었다.

동양의학의 음식에 대한 정의는 약식동원(藥食同源)이다. 약과 음식은 같은 뿌리를 가지고 있다는 뜻이다. 서양 의학의 아버지인 히포크라테스도 "음식으로 고칠 수 없는 병은 없다."라고 하였다. 이러한 옛 어른들의 가르침을 생각하면서 식단을 만들었다.

큰 원칙은 '가성비'와 '나 홀로'였다. 소위 살 빠지는 신약도 곧 시중에서 판매한다고 하였고, 어느 정도 돈만 주면 각종 다이어트 식품이나 한약 등으로 쉽게 해결할 수 있지만, 결국 의지에 의하지 않으면 도로아미타불일 게 뻔했다. 그렇게 살을 뺀들 요요 현상이 발생할 것이고, 이것을 평생 먹을 수는 없을 테니까. 적은 비용으로 쉽게 주위에서 구할 수 있는 음식 위주로 식단을 구성했다.

내가 다이어트한다고 가족을 포함하여 다른 사람들을 고생시키기는 싫었다. 그리고 가족 식단이 나한테 맞출 필요도 없다고 생각해서 혼자만의 식사법을 고민하였다. 예전에 같이 식사하면 음식 버리는 게 아까워 조금씩 남아 버릴 것 같은 음식은 모조리 먹었는데, 안 보니까 이 또한 피할 수 있었다.

나 혼자 할 수 있는 다이어트 방법을 생각했다. 모든 음식을 되도록 양념하지 않고, 불을 사용하지 않는 원시 식단 그대로 활용하기로 했다. 요리하지 않고 식품 그 상태로 바로 섭취하여 나 포함 누구도 음식 노동에 얽매이지 않도록 했다. 다이어트 성공 후 나중에 읽었지만, 로버트 러프킨의 『내가 의대에서 가르친 거짓말』에서 주장한 '농·이·자(농경 이전 자연식) 식단'을 실천한 셈이다.

일단은 살을 빼면서도 건강한 음식 위주의 식단을 생각했다. 당화혈색소가 12.8%까지 올라갔으니, 당뇨에 좋지 않은 음식을 피하고 당뇨에 좋은 음식으로 하되, 칼로리도 생각해야 했다. 운동이든 음식이든, 우리가 평생 지킬 수 있는 것 위주로 하여야 오래 유지할 수 있다는 것이 내 지론이다. 당장 살을 빼자고 굶거나 조금 먹거

벵호 쫓아내기

나 운동 강도를 높게 하곤 하는데, 빠른 시간에 효과를 볼 수는 있지만 그러한 방식은 오래 할 수 없을 뿐 아니라, 요요 현상으로 오히려 역효과가 생겨 아니한 것만도 못한 결과를 초래할 수도 있다.

어느 연예인이 TV에서 자기가 살찐 이유가 다이어트라고 말한 적이 있다. 처음에 85kg에서 다이어트를 시작하여 75kg으로 감량했으나, 요요 현상으로 엄청 먹어서 90kg이 되고, 다이어트로 80kg까지 감량했으나 요요 현상으로 또다시 많이 먹어 95kg이 되고……. 이런 식으로 현재는 대충 120kg까지 불어났다는 것이다. 처음부터 다이어트를 하지 않았으면 원래 체중을 유지했을 텐데, 괜히 다이어트했다가 오히려 역효과가 났다고, 후회한다고 했다. 이처럼 제대로 하지 못하는 다이어트는 오히려 비만의 주범이 될 수 있는 것이다.

당뇨가 생기면 슬프지만, 좋은 점도 있다고 한다. 첫째, 당뇨는 모든 병의 바로미터여서 당뇨를 치료하기 위해서 금지하는 음식은 암을 포함한 거의 모든 병에도 좋지 않아 다른 병까지도 예방한다는 것이다. 또 하나는, 가족 중 누가 당뇨에 걸리면 그 사람에 맞춰 식단이 바뀌므로 가족 모두가 건강해진다는 것이다. 당장 우리 집도 흰쌀밥만 먹다가 나를 위해 혼합식으로 바꾸었고, 밥을 따로 할 수 없으니 가족도 별수 없이 흰쌀밥보다는 건강한 혼합식을 먹을 수밖에 없게 되었다.

당뇨는 공복 시간을 오래 가지면 당이 떨어져 오히려 위험하다. 살을 이른 시간에 빼기 위해 단식도 생각했지만, 당뇨에는 공복이 위험하다고 해서 먹으면서 살을 빼는 방법을 택하기로 했다.

일어나자마자 물을 마셨다. 첫 물은 따뜻하게 마시라고 하는데, 그동안 실천이 어려웠다. 전날 마신 술은 몹시도 차가운 물을 원한다. 몸에는 안 좋다고 해도 그냥 냉수를 벌컥벌컥 마셔야만 했다. 그러나 이제 조절이 가능하니 교과서대로 할 수 있게 되었다. 세 가지 원칙을 지켰다. 미지근한 물로 입을 헹구고, 따뜻한 물을, 천천히 300ml 정도 마셨다.

그동안 아침은 거의 먹지 않았는데, 다이어트를 시작하면서 오히려 아침은 꼭 챙겨 먹었다. 당뇨에 좋으면서 공복에도 좋은 음식을 아침 식사로 정했다. 모든 정보는 책, 인터넷, 유튜브 등을 통해서 얻었고, 관련된 정보가 있으면 좀 더 깊게 공부해서 장점뿐 아니라 단점까지도 꼼꼼히 챙겼다.

견과류, 사과, 달걀로 아침 식사를 정했다. 견과류는 가장 흔한 호두, 아몬드, 땅콩으로 정했는데, 어린 시절부터 워낙 좋아해서 먹는 데 어려움이 없었다. 하루 권장량이 20~30g이고, 초과하면 몸에 해를 끼친다고 하니 더 먹고 싶은 걸 참는 게 오히려 힘들었다.

사과는 깨끗하게 씻어서 껍질째 먹었다. 당뇨와 과일과의 관계에 대하여 여러 가지 엇갈린 주장이 있다. 당뇨에 걸렸어도 모든 과일을 다 먹어도 괜찮다는 주장과 달지 않은 일부 몇 가지만 먹어야 한다는 주장, 극단적으로 아예 먹지 말아야 한다는 주장까지 다양하다. 과일이 본연의 맛을 잃고 품종 개량으로 단맛에만 심혈을 기울여 '설탕 수박'이니 '설탕 딸기'니 하면서 떠들어 대니, 과당이 당뇨에 그렇게 좋을 것 같지는 않았다. 그러나 단맛이 덜하고 식이섬유가 풍부한 사과에 대해서는 괜찮다는 의견이 다수였고, 굳이 과일을 먹는다면 사과를 추천하는 경우가 많았다. 최대한 달지 않고 신맛이 강한, 즉 달지 않아 저렴하지만, 몸에는 좋은 사과 위주로 골랐다. 사과 껍질에 영양이 풍부하므로 1시간 이상 물에 담가 혹시 남아 있을 농약 성분을 제거하고 껍질째 먹었다.

달걀은 완전식품이라고 하여 하루 3~4개를 권장한다. 점심, 저녁에 달걀이 반찬으로 나올 수도 있으므로 하루에 2개로 정했다. 달걀 껍데기에 표시하는 일련번호 중 마지막 숫자는 사육환경을 의미하는데, 방사시켜 키우는 닭에서 생산한 1과 2에서 선택했다. 구운 달걀은 너무 퍽퍽해서 식감이 떨어지고, 달걀프라이는 맛있지만 칼로리가 높다는 단점이 있다. 집에서 반숙해서 먹는 것이 가장 좋았으나, 하루 2개 먹으면서 매일 삶는 것이 귀찮았다. 그래서 한번에 10여 개를 삶고 냉장고에 넣어 둔 후 먹을 때마다 정수기 온수에 5분 정도 담갔다가 먹었다. 그러면 막 삶은 것처럼 따끈따끈하면서 반숙 특유의 흘러내리는 촉감으로 먹기 좋았다.

저녁 약속을 모두 점심으로 옮겼으니, 점심은 상대방이 원하는 메뉴 위주로 했다. 건강이나 다이어트에 상관없이 보통 자주 먹는 음식들 위주였다. 때론 탕수육과 짜장면, 순대국밥, 파스타, 돈가스 등 특별히 가리지 않고 남들이 보통 먹는 것으로 같이 먹었다. 그래도 밥은 한 공기를 다 비우지 않고, 아깝지만 반 공기 정도는 남겼다. 국물 있는 메뉴는 되도록 국물을 마시지 않았고, 국물에 밥을 말지도 않았다.

카페를 가더라도 항상 아메리카노를 주문했고, 곁들이는 빵이나 과자는 손도 대지 않았다. 당뇨에 가장 좋지 않은 음식이 소위 유탕류로, 탄수화물을 기름에 튀긴 것이라고 한다. 흔히 접하는 라면, 과자, 도넛 등이 여기에 속하는데, 이런 음식들은 아예 입에 대지 않았다.

아침과 점심은 그렇게 별 어려움 없이 실천했지만, 관건은 역시 저녁이었다. 가장 배고프고 술과 음식 모두 당기지만 참아야 하는 이중고를 잘 견뎌야 했다.

칼로리가 적으면서 몸에는 좋은 음식은 역시 채소였다. 그것도 열이 가해지지 않고 어떤 첨가물도 없는 생채소가 제격이었다. 또한 대부분의 채소는 영양도 풍부하지만, 칼로리는 100g당 20~30kcal에 불과했다. 다행히 촌놈이라 어려서부터 그런 채소를 많이 먹으면서 자랐고, 거부감도 없이 맛있게 먹는 편이었다.

내가 좋아하는 채소 위주로 비빔밥을 해서 평일 저녁을 해결했다. 양배추, 당근 등 8가지 정도의 채소를 섞은 샐러드 채소를 인터넷으로 주문했고, 여기에 내가 평소에 좋아하는 미나리, 고수를 추가했다. 비용은 모두 합쳐 이만 원도 되지 않았지만 거의 다섯 끼 이상을 비벼 먹을 수 있으니, 가성비도 최고인 셈이다. 큰 양푼 가득 채소를 넣고 밥은 조금 넣은 다음, 고추장 조금 넣고 때로는 가는 멸치볶음도 넣어 간을 맞추거나 부족한 단백질을 보충하고 왼손, 오른손 가리지 않고 비비면 나만의 채소 비빔밥이 완성된다. 되도록 오래 먹기 위해 아이 수저로 조금씩 입에 넣고 꼭꼭 씹어서 최소 20분 이상 식사를 하였다. 그렇게 배부르게 실컷 먹어도 칼로리는 200kcal을 넘지 않았다.

늘 비빔밥만 먹으면 지겨우므로 다른 것들도 메뉴에 넣었다. 두부로 만들어 건강에도 좋고 칼로리는 낮은 두부면, 생두부에 김치, 고구마와 김치, 토마토, 오이, 가을에는 무를 생으로 먹었다. 다이어트하면서 존재를 알았는데, 콜라비도 큰 도움이 되었다. 순무와 양배추를 교배하여 순무의 단맛과 양배추의 아삭한 식감이 조화를 이룬 콜라비는 내가 가장 애용하는 채소가 되었다. 저녁을 콜라비 한 개로 때운 적도 많다. 맛있고, 포만감도 있다.

이런 식재료 모두가 저녁 메뉴였는데, 열을 가하지 않은 날 것인 상태에서 깨끗이 씻기만 하고 먹었다. 그래야 귀찮지도 않고 간단하게 해 먹을 수 있어 오랫동안 지속할 수 있기 때문이다. 때로는 하나만 때로는 두 가지를 섭취할 때도 있었지만, 어느 경우라도 칼로리는 최대 300kcal을 넘지 않았다. 물론 양껏 먹어 배는 기분 좋게 불렀다.

휴일에는 이 중 하나가 점심, 하나는 저녁으로 식사를 대신했다. 살을 한꺼번에 많이 감량하는 것이 결코 바람직하지 않다고 생각하여 일주일에 1kg 감량을 목표로 했고 그 목표치가 초과하면 휴일에 집밥을 먹기도 했다. 목표치를 달성하지 못하면 휴일에 채소 위주로만 점심, 저녁을 모두 해결했다.

다이어트 기간엔 왜 이리 결혼식도 많은지, 일주일에 한 번 이상

행사가 있었다. 결혼식에 가서 축의금을 내고서 다이어트 때문에 식사하지 않고 집에 와서 채소로 때우기엔 조금 억울한 느낌이 들었다. 처음엔 딱 세 접시만 먹었다. 난 뷔페에서 음식을 담을 때 접시에 다른 음식이 섞이지 않도록 한다. 그래서 한 접시에 5~6가지 음식이 단층으로 담기므로 양이 그렇게 많지 않다. 한 접시는 채소 샐러드, 한 접시는 해산물, 한 접시는 고기류로 세 접시만 먹었고, 과일, 떡, 빵 등 후식은 먹지 않았다. 물론 아쉬움이 남았지만, 그렇게 해야만 하는 줄 알았다.

그러다가 한 번은 그동안 목표한 체중 감량에 성공해서 그날을 '치팅데이'로 삼고 뷔페에서 실컷 먹은 적이 있다. 그런데 웬걸? 다음 날 체중이 거의 변하지 않았다. 가만히 생각해 보니 그렇게 점심을 뷔페로 실컷 먹은 날은 저녁이 되어도 배가 꺼지지도 않고, 음식을 보기도 싫어 저녁을 굶거나 콜라비 몇 조각 먹고 끝내게 된다. 점심을 어중간하게 먹어서 저녁을 먹는 것보다 오히려 점심을 실컷 먹고 저녁을 굶는 것이 다이어트에 그다지 나쁘지 않은 것 같아 그 다음부터는 크게 신경 쓰지 않고 점심 뷔페를 실컷 즐기게 되었다. 일찌감치 양껏 먹으니 잠잘 때쯤엔 소화도 다 끝난 상태가 되어 살로 연결될 여지가 그만큼 줄게 된다.

돼지고기 앞다리 살 수육도 큰 도움이 되었다. 어떤 사람들은 물에 담갔다 나온 고기는 싫어한다고 하는데, 나는 물에 삶은 고기를 더 좋아한다. 돼지고기 수육, 백숙 등 삶은 고기를 구운 고기보다 더 좋아한다. 어렸을 때 고기를 구워 먹은 기억이 없다. 잔치나 명절이 고기를 먹는 유일한 기회였는데, 모두 삶은 것이었고 실컷 먹어 본 적도 없다. 가끔 먹는 삶은 고기가 다이어트나 건강에 훨씬 좋으니, 어릴 때부터 형성된 입맛이 이럴 때 도움이 되는 것이다.

수육과 김치로만 점심을 해결했는데, 이때도 실컷 먹었다. '원푸드' 다이어트의 좋은 점은 저절로 과식할 수 없게 만든다는 점이다. 수육도 어느 정도 먹으면 지겨워서 저절로 멈추게 되고, 고기라 배도 잘 꺼지지 않아 저녁을 조금만 먹게 된다. 점심을 어중간하게 먹으면 저녁도 먹을 수밖에 없는데, 이처럼 점심을 실컷 먹으면 저녁 먹을 생각이 없어 간단히 때울 수밖에 없다. 그런 식으로 상황에 따라 어떤 음식은 실컷 먹기도 하면서 다이어트를 억지스럽지 않게 진행할 수 있었다.

소고기는 아예 먹지 않았다. 다행히 몇 년 전부터 소고기가 입에 맞지 않았다. 가끔 음식에 대한 '느끼증'이 온다. 오래전에 참치를 먹다가 냉동이 완전히 풀려 흐무러진 상태로 먹은 적이 있다. 그때 기분 나쁜 느끼함이 훅 올라왔다. 그래서 바로 젓가락을 놓았는데, 그 이후로는 그 좋아했던 참치를 당분간 먹지 못하게 되었다. 그런데 그 느끼함은 참치에서 끝나지 않았다. 소위 마블링으로 승부를 거는 모든 음식이 먹기 힘들어졌다. 소고기 등심, 삼겹살, 생선회 등이 여기에 해당했다. 소고기는 불고기나 국, 안심 정도만 먹을 수 있었다. 이게 몇 년 동안 이어지다 어느 날 갑자기 풀려져 다시 입맛에 맞기도 하는데, 이때는 입맛이 돌아오기 전이었다. 그래서 오히려 다이어트에는 도움이 되었다. 일부러 그런 음식을 피하지 않아도 몸에서 거부하니까.

입에 단 음식이 몸에는 안 좋은 법이다. 마블링 많은 음식은 입에서 살살 녹아 황홀한 식감을 제공하지만, 몸에는 그런 기름이 유익하지 않을 것이다. 우리는 그런 불량식품을 비싼 돈을 주고 소비하고 있다.

식사 습관도 바꾸기로 했다. 먹는 것에 진심이라 음식을 한입 가득 넣는 것을 좋아하고 몇 번 씹어서 큼지막하게 꿀꺽 넘기는 촉감도 즐긴다. 성격이 급해 발걸음도 빠르고, 행동도 빠르고, 일도 빠르게 처리하는 편인데, 그렇게 모든 게 빠르다 보니 당연히 음식도 빠르게 먹는 편이었다.

다이어트를 시작하면서 이 습관 또한 바꾸기로 했다. 음식은 천천히 조금씩 음미하면서 다른 행복을 찾기 위해 노력했다. 실제로 나중에는 100% 통밀빵과 땅콩 잼으로 식사를 대신하기도 했는데, 아무런 맛도 나지 않는 통밀빵을 곰곰이 오랫동안 씹으면 고소한 맛이 우러 나와 지금껏 느끼지 못한 새로운 맛에 감탄하기도 했다. 음식부터 '천천히' 습관을 길러 다른 모든 행동까지 여유를 갖는 태도로 이어지도록 노력했다.

어려서부터 어머니에게 귀가 따갑도록 들은 말이 있다. 언젠가 TV에서 강호동도 그런 말을 들으며 컸다고 했다. "음식 버리면 벌 받는다."라는 거였다. 그래서 어려서부터 밥상이나 방바닥에 흘린 음식도 당연히 주워 먹어야 하는 걸로 알았고, 나에게 배정된 밥과

뱅호 쫓아내기

음식은 깨끗이 비우는 게 당연하다고 생각했다. 성인이 되어서도 구내식당에서 식판에 음식을 담을 경우, 먹을 만큼 담고 깨끗하게 비우는 게 몸에 배어 있었다. 물론 성인이 되면서 흘린 음식은 주워 먹지 않지만, 사실 다른 사람이 보지 않을 땐 몰래 그 짓을 하곤 한다. 연로하신 어머니는 아직도 흘린 음식을 절대로 방치하지 않지만, 내가 너무 눈치를 주니까 나 몰래 주워 드신다.

그래서 집이나 밖에서 밥을 먹을 때 남기는 것을 잘 보지 못한다. 다른 사람의 밥이나 국처럼 배정된 음식은 탐내지 않지만, 공동 구역에 있는 음식은 웬만하면 내가 모두 비운다. 집에서 아이들이 남긴 음식도 역시 내 몫이다. 특히 한 생명 바쳐서 자기 몸을 내준 고기에 대해서는 '그 죽음을 헛되이 하지 마'라고 하면서 한 점 남김없이 마무리했다. 식탐일 수도 있고 검소한 생활일 수도 있지만, 어쨌거나 다이어트에는 별로 도움이 안 된다. 음식에 대한 선택권도 없을 뿐더러 미리 다짐한 양을 초과하기 때문이다. 이 습관도 버려야 했다. 집에서 밥을 먹을 때는 가족 식사 시간을 피해 혼자서 해결했다. 같이 먹으면 남는 음식까지 먹어야 도리를 다한 것처럼 생각했고, 행여 음식이 남아 버리려고 하면 잔소리를 할 수밖에 없기 때문이다. 아예 안 보는 게 상책일 것 같았다.

집밥을 먹을 땐 뷔페식으로 큰 접시에 밥 조금하고 반찬 몇 가지 조금씩 골고루 담아 영양도 챙기면서 배부르지 않지만 배고프지도 않을, 과하지도 모자라지도 않을 접점을 찾도록 노력했다. 밖에서 식사할 때도 내가 마음속에 미리 정한 양만 먹고 음식이 남든 말든 신경 쓰지 않았다. 밥을 천천히 조금씩 먹으니 내가 거의 제일 마지막까지 수저를 들고 있는 경우가 많았지만, 음식이 남아도 무심한 척하였다. 내 페이스로만 움직였다.

식사할 때 머릿속에 계속 중얼거린 명제는 '한계효용체감의 법칙'이었다. 지금 눈앞에 있는 맛있는 음식도 첫술에 가장 맛있고, 그 다음부터는 그 맛의 가치가 떨어질 수밖에 없으니 너무 많이 먹는 것이 별 의미가 없다는 나만의 세뇌였다.

음식 섭취는 두 가지 욕망이 존재하는 것 같다. 혀를 행복하게 해 주는 '맛'과 배를 따스하게 해 주는 '배부름'. 맛을 추구하되 배부름은 추구하지 않기로 했다. 배가 부른 상태를 기분 나쁜 상황으로 인식하도록 머리로 세뇌하고 세뇌했다.

다이어트를 할 때 가벼운 저녁 식사 후 아무것도 먹지 않고 5시간 정도 지난 후 잠을 자는데, 처음에 배에서 나는 '꼬르륵' 소리가 너무도 듣기 좋았다. 불필요한 살을 빼려고 내장에 축적된 지방을 태우고 있다고 생각하니 흐뭇했다. 오히려 그런 소리가 들리지 않는 날에는 오늘 무엇을 잘못했는지 반성하기도 했다. 나중에는 내장도 적응했는지 그 소리가 더 이상 나지는 않았지만, 그래도 배가 푹 꺼진 느낌이라야 오늘 뭔가를 성취했다는 기쁨에 쉽게 잠들 수 있었다. 그동안 없는 줄로만 알았던 갈비뼈가 만져질 때의 그 기쁨이란……

다이어트에 성공하고 몇 개월이 지난 지금은 먹는 것에 너무 제한을 두지 않는다. 심지어 과자, 빵, 도넛, 라면 등 그동안 불량식품

뺑호 쫓아내기

취급했던 음식도 가끔 먹는다. 그러나 한 가지 원칙이 있다. 아침에 먹는 것이다. 음식은 총량도 중요하지만, 먹는 순서만 바꿔도 효과가 있는 듯하다.

술을 많이 마실 때도 그런 생각을 한 적이 있다. 맛있는 음식을 아침에 실컷 먹으면 살로 덜 갈 텐데, 아침에는 당기지 않고 꼭 저녁에 당기는 것이 문제였다. 그래서 저녁에 잔뜩 먹으니, 아침에는 또 입맛도 없고 배도 고프지 않으니 거르는 경우가 많았다. 그리고 저녁에 또 많이 먹었다. 이것만 바꿀 수 있으면 좋으련만, 몸이 허락하지 않았다.

지금은 저녁을 오후 5시 이전에 끝내니 아침엔 배가 고플 수밖에 없다. 특히 당뇨가 사라져서 아침 공복에 운동하고 오전 9시 넘어 아침을 해결하는 16:8 간헐적 단식까지 병행하니 아침이면 음식이 많이 고프다. 어떤 음식이라도 씹어 줄 준비가 되어 있다. 그래서 먹고 싶은 것을 적당히 먹는다.

아침에 커피를 마시며 과자를 곁들이기도 한다. 자동차로 장거리 이동할 때는 일부러 휴게소에 들러 가장 맛있다는 휴게소 라면을 시켜 먹는다. 이런 와중에서도 '한계효용의 법칙'을 되새긴다. 많이 먹지 말고 조금만 먹자는 것이다. 몸에는 좋지 않지만, 정신 건강에는 도움이 되니까 적당히 타협하는 것이다. 그렇게 해도 몸무게, 고혈압, 당뇨 등 건강에는 이상이 없다.

운동

운동은 태어나면서부터 늘 해 왔다. 고향인 시골에서 학교 가는 시간과 잠자고 밥 먹는 시간을 제외하고는 동네 또래들과 언제나 뛰놀았다. 심지어 달이 밝은 날은 한밤중에 축구할 때도 있었다.

가장 좋았던 건 여름 방학이었다. 방학 전이라도 5월쯤 되면 급한 마음에 냇가에 나가 수영을 했다. 약간 춥기도 했지만, 다들 춥지 않다고 호기를 부리는데 나만 춥다고 할 수는 없었다. 그리고 본격적으로 방학이 되면 이른 점심을 먹고 저녁 먹을 때까지 동네에서 가장 가깝고 너른 냇가에서 오후 내내 수영을 했다.

겨울에는 편을 나눠 칼싸움, 활 싸움 등 온갖 산, 들을 누비며 지칠 줄 모르고 놀았다. 커 가면서 축구, 농구, 탁구, 테니스 등 웬만한 구기 종목을 골고루 즐기면서 청년까지는 운동을 많이 했다고 자부할 수 있다.

취직하고부터는 인생에서 가장 바쁜 시기였다. 운동을 따로 시간을 내야 하는데, 그럴 시간이 없어 걷는 것 외에는 하지 못하였다. 그러다가 어느 정도 애들이 초등학교 들어가고 나서는 애들과 농구하거나 축구하며 놀아 줬는데, 거기에는 또래 아이들이 많아 같이 놀 수밖에 없었다. 어른은 나 혼자니 거기에서 나는 '마이클 조던'이고, '마라도나'였다.

20여 년 전, 당시 불었던 열풍에 휩쓸려 마라톤에 입문하여 대회에 출전하기도 했다. 그리고 마라톤에 흥미를 잃을 무렵, 집에 러닝머신을 들여놔 TV를 보면서 뛰었다. 뛰는 것에 대한 회의가 들어, 운동 방법과 효과에 대한 여러 가지 고민을 하였다. 그 결과, 나에게는 경사를 놓고 빠르게 걷는 것이 가장 좋다고 생각하여 그동안 12도쯤 경사를 놓고 시속 5~6km 속도로 한 시간 정도를 운동했다. 1시간 운동에 소모되는 칼로리는 약 700kcal 정도였다.

아울러 근력 운동도 꾸준히 하였는데, 주로 푸시업이나 덤벨을 활용하였다. 욕심이 지나쳐 코로나19에 걸려 열흘간 격리했을 때는 하루에 푸시업 천 개 이상을 달성하기도 했다. 그렇게 몇 개월을 하루에 천 개 이상의 푸시업을 했다. 이러한 무리한 운동이 결코 좋은 방법이 아니지만, 날로 불어나는 근육과 한계를 넘었다는 자부심으로 한 번 달성하면 그 또한 쉽게 끊을 수 없었다.

음식과 운동에 '과유불급'만큼 어울리는 말이 없을 것이다. 둘 다 지나치면 모자람만 못하다. 특히 운동은 안 해서 탈이 나는 것보다 욕심이 과해서 무리하다가 탈이 나는 경우를 더 많이 보았다.

운동을 더 하고 싶은 욕구를 누르는 게 가장 힘든 일이었다. 마라톤이 심장에 좋지 않고 나에게도 맞지 않아 운동 방법을 바꿨음에도, 한동안 마라톤의 유혹을 떨치기 힘들었다. 아무리 열심히 걸어도 마라톤 하면서 흠뻑 땀 흘렸을 때의 기분을 맛볼 수는 없었다. 그래서 걷다가도 어느새 뛰고 있었다. 그렇게 무리해서 뛰다 보면 허리도 아프고 관절도 아프지만, 순간의 유혹을 떨치기 힘들었다. 결국 운동을 많이 하는 것보다 적당히 하는 것이 중요하고, 욕심을 가라앉히는 것이 특히 중요하다.

금주와 다이어트를 실천하고 한 달쯤 지날 무렵, 심한 어깨 통증에 시달렸다. 그동안은 조금씩 통증이 있었지만 이젠 참을 수 없어서 지인이 운영하는 통증의학과를 찾게 되었다. 심각한 상태라고 하면서 언제 팔을 혹사한 적 있냐고 물어서 코로나19 시기 푸쉬업 천 개를 얘기했더니 그게 원인일 것 같다고 말하였다. 주사를 맞고 운동 방법을 알려 줬는데, 평지에서 빠르게 걷기 하루 최대 40분, 근력 운동은 금지, 대신 병원에서 알려 준 스트레칭을 하라고 하였다.

러닝머신에서 빠른 걸음으로 40분간 걸어 보니 소모되는 칼로리는 겨우 200kcal 정도였다. 또한 다이어트로 인해 살이 빠지는 것은 환영할 일이지만, 몸이 왜소해지는 것은 피하고 싶어 근력 운동을 열심히 하려고 했지만, 이 또한 못 하게 하니 포기할 수밖에 없었다. 결과적으로 다이어트는 음식을 적게 먹고 운동을 많이 하는 것이 가장 단순한 논리면서도 확실한 방법이지만, 그중 운동 부분을 포기하여야만 했다. 어떡하든 금주하면서 음식을 조절하는 방법으로만 다이어트에 적용해야 했다.

그래도 산책은 열심히 했다. 운동을 제대로 하지 못하니 하루에 만오천 보 이상 걷는 것을 목표로 삼았다. 산책은 몸 운동이라기보다는 뇌 운동에 가깝다고 한다. 그래서 이를 '두뇌 산책'이라고 부르기도 하는데 실제로 플라톤, 아리스토텔레스 등 고대 철학자부터 산책을 통해서 철학을 낳았다. 그래서 루소는 "우리의 첫 철학 스승은 우리 발이다."라고 하였다. 오죽하면 칸트가 운동을 나가는 시간이 날마다 정확해서 동네 사람들이 거기에 시간을 맞췄다는 일화도 있다.

일어나자마자 해 뜰 무렵 산책하면 기분까지 상쾌해진다. 공원에서 새들이 맑고 높은 소리로 힘차게 아침을 반긴다. 그렇게 식사 후 최소 20분 이상 산책했다. 해 질 녘엔 한 시간 이상 산책을 했다. 기도하거나 명상하면서 산책을 즐겼는데, 최고 화두는 역시 금주와 다이어트였다. 계속 뇌를 세뇌하면서 단련했고, 빠질 틈이 없는지 꼼꼼히 점검했다. 허튼 생각을 하지 못하도록 스스로 계속 가스라이팅 했다. 산책은 나를 돌아보고 다시 새로운 삶을 살기 위한 준비를 마음속에 자리 잡을 수 있도록 많은 도움을 주었다.

완덕의 길

우리는 어떤 계기에 의해 생각을 바꾸게 되고, 이는 행동으로 이어지며, 그런 행동들이 모여 결국 인생이 바뀌기도 한다. 벤저민 프랭클린의 『벤저민 프랭클린의 자서전』을 읽고 많은 것을 배우게 되었다. 자서전의 교과서라고도 칭하는 이 책은 어쩌면 한 인간의 일대기일 뿐이다. 다만 저자가 최초의 양키라 불리는 미국 독립운동의 선봉장이고, 학교 교육도 제대로 받지 못했으면서 기업가, 장관, 국회의원, 피뢰침 발명가 등 입지전적인 인물이었기에 들려주는 이야기에 더 신뢰가 생긴 것이다.

여러 가지 선한 영향력을 끼친 훌륭한 분이지만 이분도 젊은 시절 한때 술과 여자에 찌들어 방탕한 생활을 한 경험이 있었다. 그래서 스스로 좀 더 나은 인간, 성인까지는 아니더라도 인격적으로 훌륭한 사람이 되기 위하여 자신에게 필요한 13가지 덕목을 만들어 실천했다. 그가 만든 덕목이 우리가 학교 다닐 때 급훈이나 가훈으로 많이도 들어 봤던 근면, 절약, 겸손 등이었다. 그는 매일 저녁에 잠들기 전 자신이 정한 13가지 덕목의 실천 여부를 점검했고, 실천하지 못했을 때는 이를 반성하는 태도로 삶을 충실하게 이어 갔다.

여기에서 착안하여 나도 나에게 필요한, 지금 나에겐 부족하지만, 꼭 실천해야만 하는 항목으로 5가지 덕목을 만들었다. 천주교에서 말하는 '완덕의 길', 즉 덕(德)을 완성하는 길을 만들어 실천하고자 다짐했다.

술을 엄청나게 마시고 다닐 때도 항상 인격적으로 훌륭한 사람이 되기를 바랐지만, 술에 취한 상태로서는 언감생심이었다. 술을 안 마시고 규칙적인 생활이 계속되어 맑은 영혼으로 살아갈 수 있는 여건이 되어서야 인격적으로도 내가 바라는 이상형을 실현할 수 있을 것이라는 자신감이 생겼다.

내가 정한 덕목은 성경의 주기도문 순서에 따라 감사, 검소, 겸손, 절제, 착실이었다. 세부 실천 사항을 정함에 있어 되도록 부정적인 단어는 사용하지 않기로 했다. 심리학적으로 증명된 이론이라고 어디선가 읽은 적이 있는데, 우리가 어떤 단어를 생각하면 그 단어에 집착한다는 것이다. 이를테면 '가난에서 벗어날 거야'라고 생각하면 '가난'이란 단어에 집착해서 오히려 더 가난에 얽매인다는 것이다. '술을 먹지 말아야지' 생각하면 뇌는 부정적 뜻을 거르지 못하고 '술'에 집착하게 만든다. 술 생각 자체를 하지 말아야 한다. 이서윤, 홍주연의 『더 해빙』에도 이와 관련한 말이 있다.

> "우리 뇌는 부정문을 인식하지 못하거든요. 해당 단어에서 떠오르는 이미지만 입력하죠. 예컨대 '편안하지 않다'고 생각하면 뇌는 '편안'만 입력하고, 반대로 '짜증이 난다'고 하면 '짜증'만 각인시키는 식이죠."
>
> - 이서윤, 홍주연, 『더 해빙』, 수오서재, 2020, p.187

뇌는 단어의 참, 거짓을 구별할 수 없으므로 그 단어에만 집착해서 결국 그 단어로의 삶에 더 구속된다는 것이다. 그러므로 우리는 '착하게 살 거야'라는 식으로 생각해야지 '나쁜 짓을 안 할 거야'라고 하면 오히려 뇌에서 '나쁜 짓'이라는 단어에 집착하고, 그래서 더 착해지기 어렵다는 것이다. 나름대로 일리가 있고, 여러 실험을 통한 과학적인 주장이라 이를 받아들였다. 부정적인 단어는 되도록 사용하지 않기로 했다. 그래서 실천하기 좋게, 단순하면서도 긍정적인 단어를 쓰기로 했다.

감사

'감사'는 '하느님과 이웃에 대한 사랑을 실천하고 평안한 마음을 유지한다.'로 정했다. 이것도 애초엔 '화내지 말자'로 하려 했는데, 부정적 단어여서 '평안한 마음'으로 바꿨다. 감사함은 우리 삶을 긍정하는 태도다. 천주교 신자로서 예수님께서 알려 주신 하느님 사랑과 이웃 사랑을 실천하는 것이 최고의 덕목이라 생각했다.

아울러 살아가다 보면 화를 내는 경우가 많이 있는데, 대부분은 '조금만 참을걸' 하고 후회하게 된다. 화를 내지 않는 평화로운 상태를 유지하도록 노력하겠다는 것이다.

검소

'검소'는 '필요한 만큼만 소비하고 선행과 베푸는 데 힘쓴다.'로 정했다. 이 또한 '사치하지 않는다'를 긍정적인 표현으로 바꾼 것이다.

벵호 쫓아내기

우리가 어떤 판단을 할 때 흔히 하는 말 중에 이런 말이 있다. '갈까 말까 망설일 때는 가라. 할까 말까 망설일 때는 하라. 살까 말까 망설일 때는 사지 마라.' 적극적으로 세상을 살아가되, 과도한 소비는 자제하자는 말일 거다.

지나친 소비는 경제적인 궁핍을 불러올 뿐만 아니라, 미래에 사용해야 할 재화 등을 앞당겨 씀으로써 기후 변화나 미래 자원 소모 등 미래 세대에게도 좋지 않은 영향을 미친다. 영화 〈매트릭스〉에서 스미스 요원이 이런 말을 한다.

> "지구상의 모든 포유류는 환경과 조화를 이루려고 노력해. 그런데 인간
> 들은 이곳저곳 옮겨 다니며 천연자원을 모조리 다 써 버려. 이런 생존 패
> 턴을 갖는 종족이 바이러스야."

그렇다고 기부 등 선행이나 지인들과 함께 어울릴 때 밥을 산다든지 하는 베푸는 데에는 인색하지 말자는 의미에서 이를 넣었다.

특히 기부는 지구의 환경을 위해, 굶주리는 아이들을 위해, 그리고 미혼모를 돕기 위해 조금씩 한다. 요즘 아이를 낳지 않는다고 나라 걱정 하면서 잔소리만 늘어놓으면 '꼰대' 소리 듣기 십상이다. 생명의 소중함을 알고 끝까지 아이를 포기하지 않고 미혼모의 삶을 살아가는 사람들에게 관심 가지는 것이, 말로만 떠들지 않고 기성세대로서 조그마한 역할이라고 생각하여 미혼모를 위한 단체에도 적은 액수지만 기부한다.

다이어트에 성공하고 건강한 몸이 만들어지고 나서는 헌혈도 한다. 아주 오래전에 두 번 정도 헌혈했지만, 세 번째엔 무엇인가 정상이지 않아 퇴짜를 맞은 적이 있고, 그 이후로 헌혈을 생각하지 않았다. 우리 아이들이 주기적으로 헌혈하는 모습을 보며 대견스럽게 생각했지만, 몸뚱이 하나 건사하지 못해 헌혈도 안 되는 부실한 내 육체를 자책한 적도 많았다. 그래도 생각으로는 '언젠가는 하고야 말 테야'라고 되뇌었는데, 몸에 자신감이 생겨 스스로 찾아가서 헌혈하였다. 헌혈 기관에서 확인하니 25년 만에 헌혈하러 온 것이었다. 앞으로 건강한 몸을 계속 유지하면서 최고 한도인 일 년에 다섯 번 정도 헌혈하려고 생각하고 있다.

겸손

'겸손'은 '중용을 지키며 역지사지한다.'로 정했다. 입장 바꿔 생각하면 대부분은 상대방을 이해할 수 있고, 그래서 사소한 다툼 없이 평화롭게 지낼 수 있다.

그러나 우리에게는 변치 않을, 시대가 변해도 바뀌면 안 될 소중한 가치가 있다. 이를테면 긴축 재정으로 갈지, 확장 재정으로 갈지는 현재 경제를 바라보는 관점, 앞으로 경제가 어디로 가야 하는지에 대한 가치관 등에 따라 다를 수 있지만, 둘 다 우리 경제가 잘 작동되어야 한다는 신념은 같을 것이다. 그러므로 이는 역지사지가 가능하다.

그렇지만 민주주의, 자유, 인권 등 인류가 지금까지 온갖 고초를 겪으며 인간다운 삶을 위해 다져 온 이념을 말살하려는 위정자가 있다면 단호히 싸워야 한다. 나치와 같은 생각을 품은 사람들까지 역지사지하는 것은 무리다. 그래서 '중용'을 지킬 것도 항목에 넣었다.

프란치스코 교황이 우리나라를 방문해서 세월호 유가족을 위로하고 받은 노란 리본을 옷에 달았다. 참모들이 이 리본을 달면 진보 세력이라고 오해하니까 달지 않는 것이 좋겠다고 말했을 때, 교황은 이렇게 말했다.

> "이것은 좌우의 문제가 아닌 옳고 그름의 문제입니다. 정의에는 중립이 있을 수 없습니다. 큰 고통 앞에서는 누구도 중립적일 수 없습니다."

이것이 내가 생각하는 중용이다.

절제

'절제'는 '적당히 먹고 깨어 있으며 여유를 갖는다.'로 정했다. 이도 처음에는 '배불리 먹지 않고, 취하도록 마시지 않으며, 서두르지 않는다.'로 하였으나, 역시 부정적 단어가 많아 바꾼 것이다.

그리고 배부르고 취하는 것은 어떻게 보면 '빨리빨리'에서 그 이유를 찾을 수 있으므로 특별히 바빠야 할 것이 아니면 여유를 갖고 천천히 시나브로 행동하자는 것이다. 천천히 걷기, 천천히 생각하기, 천천히 밥 먹기, 천천히 술 마시기 등 천천히만 해도 좋은 점이 많았다.

천천히 걸으면서 생각하니 사고에 여유가 생겨 그 깊이가 다르고, 천천히 먹으니 많이 안 먹어서 살 안 찌고, 천천히 술을 마시니 많이 안 마셔서 안 취하게 되었다.

착실

'착실'은 '착하고 순수하게 살며 진실을 말한다.'로 정했다. 이도 처음에는 '거짓말을 하지 않으며 순수하고 착하게 산다.'였으나 긍정적 어구로 바꿨다. 영국 속담에 이런 말이 있다.

> 하루가 즐거우려면 이발을 하고, 일주일이 즐거우려면 결혼을 하고, 일
>
> 년이 즐거우려면 집을 사고, 평생 행복하려면 정직하라.

나는 어려서부터 아이들에게 장난이 심해도 말을 잘 듣지 않아도 나무라지 않았으나, 거짓말하는 경우는 예외였다. 그건 다른 사람과의 관계에 대한 배신이며, 향후 형성될 인성에 가장 큰 영향을 미치는 요소이기 때문이다. 거짓말하는 사람과 누가 가까이하려 하겠는가? 그래서 거짓말하는 경우는 크게 화나지 않더라도 일부러라도 화난 척하며 혼내곤 했다. 나 역시 거짓말을 하면 스스로 견디질 못한다. 어쩌다 거짓말을 하면, 비록 사소한 것일지라도 가혹하리만치 스스로 벌을 준다. 당사자들에게 사과하거나 성당에서 고해성사라도 하여야 한다. 필립 로스의 소설 『에브리맨』에서 거짓

말에 대하여 표현한 글이다.

> "거짓말은 정말 경멸스러운 방식으로 값싸게 다른 사람을 통제하려는 거
> 야. 다른 사람이 불완전한 정보에 따라 행동하는 걸 지켜보는 거야. 다른
> 사람이 수모를 겪는 걸 지켜보는 거라고."
>
> — 필립 로스 지음, 정영목 옮김, 『에브리맨』, 문학동네, 2009, p.127

옛날 선비들이 신조로 여겼던 '숙흥야매잠'에서처럼 우리가 어떤 행실을 할 땐 남에게 잘 보이기 위해서가 아니라 스스로 경계하도록 했다. 그리고 순수한 눈으로 세상을 바라보고자 했다. 착하게 살아가려고 하는데, 착하다는 것은 어떻게 보면 남에 대한 배려다. 즉, 자신의 이익을 위해 남의 이익을 침해하지 않는 것이다.

나치 독일의 수용소에서 같은 수감자인 유대인들을 감시하는 사람을 '카포'라고 했다. '카포'는 수감자가 수감자를 억압하지만 나름 음식이나 자유가 보장되어서 선호하는 직책이었는데, 아무나 맡을 수 없었고, 그 선발 방식이 독특했다. 카포는 강도, 살인, 절도 등 자기의 이익을 위해 상대방의 이익을 파괴한 소위 나쁜 사람이 선발 기준이었다. 그리고 그렇게 선발된 사람은 나치에서 원했던 방식으로 다른 수감자들을 핍박했다. 그래서 나치는 자기 손에 피를 묻히지 않고도 이들을 통해 편안하게 수감자들을 관리할 수 있었다. 착한 사람들로서는 할 수 없는 일이다.

이렇게 내가 정한 덕목과 교회에서 가르치는 '주님의 기도'를 아

울러 실천하면 하루하루 보람된 삶을 살 수 있었다. 벤저민 프랭클린이 그랬던 것처럼, 일기를 쓰면서 덕목을 체크하고, 부족한 점이 없었는지 반성하고, 이를 실천할 것을 매일매일 명심하였다. 결국 내가 나를 통제할 수 있는 강력한 힘을 갖게 되었고, 이에 따라 자존감을 높일 수 있었다.

6장

달라진 삶

건강 회복

＊

금주를 하면서도 고혈압 약과 당뇨약은 계속 먹었다. 금주 한 달 후쯤 당뇨약을, 다시 한 달 후쯤 고혈압 약을 끊었다. 전부터 고혈압은 매일, 당뇨는 일주일에 한 번씩 집에서 기계로 수치를 쟀다. 주요 사항으로 인식하여 일기장 체크 항목으로 정해 기록했다. 병원에서는 혈당이 정상으로 돌아오자 당뇨약을 더 이상 처방하지 않았지만, 문제는 고혈압이었다.

언젠가 TV 건강 프로그램에서 본 적이 있는데, '한번 고혈압 약을 먹으면 평생 먹어야 하느냐? 끊어도 되느냐?'라는 주제로 논쟁하였다. 결국 투표를 했는데, 의사 8명 중 반반으로 의견이 나뉘었다. 그만큼 고혈압 약에 대해서는 저마다의 논리로 의학적 고집을 부리는 양상이었다. 나보다야 그 분야에 훨씬 더 많은 전문 지식이 있음에도 이렇게 나뉘니 누구 말을 들어야 할지 당황스러웠다.

내가 다니는 병원 의사는 고혈압 약을 한 번 먹으면 평생 먹어야 한다는 주의였다. 혹시 모를 사고에 대비하는 예방 차원에서라도 먹어야 한다는 것이다. 나도 특별히 반박하고 싶지 않아 그냥 지시를 따랐다. 그러나 다이어트를 시작하고 살이 빠지면서 집에서 매일 재는 수축기 혈압이 100mmHg 근처로 나왔다. 때로는

벵호 쫓아내기

100mmHg 이하까지 나와서 담당 의사에게 상담해도, 그래도 고혈압 약은 한번 먹으면 평생 먹어야 한다는 것이었다. 의구심이 있었지만 만약을 대비해서 꼭 먹어야 한다는 말에 겁이 나서 보험이라 생각하고 시키는 대로 계속 복용했다.

그러던 어느 날, 차에서 내리는데 갑자기 머리가 띵하면서 어지러웠고, 쓰러질 것 같았다. 간신히 벤치에 앉아 한참을 쉬고 나니 괜찮아지고, 이런 일이 몇 번 반복되었다. 병원에 가서 상황을 말하니 그제야 의사가 일단 끊어 보자고 말하였다. 그리고 집에서 혈압을 재면서 140mmHg이 넘으면 약을 먹으라고 말했다. 결국 고혈압 약도 끊게 되었고, 현재까지 120mmHg 근처에서 정상을 유지하고 있다. 이제는 고혈압과 당뇨병에서 그 어렵다는 탈처방을 한 것이다.

살이 빠지니 그동안 이를 지탱하느라 힘들었던 불쌍했던 허리도 이제 부담을 덜어서인지 훨씬 부드러워졌다. 허리 돌아가는 각도가 전보다 넓어졌다. 주기적으로 나타났던 통증도 사라졌다. 의사가 괜찮다고 해서 다시 경사 운동과 달리기까지도 가능하게 되었다. 그동안 몰랐지만, 맘껏 운동한다는 것도 축복이라는 사실을 되새긴다. 어깨도 완치되어 근력 운동도 병행하게 되었다.

살이 빠지면서 아쉬운 것은 몸이 왜소해진다는 것이다. '체중이 깡패'라고 힘은 체중에서 나오는데, 체중이 줄면 이를 보완하기 위해 근력 운동으로 몸을 탄탄하게 만들어야 한다. 그것이 가장 바람직한 다이어트일 것이고, 나도 그렇게 하고 싶었다. 그러나 다이어트 기간에는 어깨 부상으로 운동을 거의 하지 못했고, 어쩔 수 없이 힘없고 왜소한 몸에 만족해야 했다.

살을 빼고 처음 모습을 드러낸 고향 동창 딸 결혼식에서 만난 동창들은 살이 빠진 내 모습에 많이 당황하였다. 보기 좋다고 하는가 하면, 불쌍하다는 친구들도 있었다. 살만 빠지니 그렇게 보일 수도 있을 것이다. 나도 알고 있지만 어쩔 수 없었다.

지금은 덤벨과 ab슬라이드를 이용하여 한 번에 40분 정도 격일로 근력 운동을 한다. 무리하지 않으려고 최소한으로 계획을 세웠다. 어느 정도 시간이 지나니 거울 보는 재미가 있다. 이래서 사람들이 힘들고 재미없는 근력 운동을 미치도록 하는구나 싶다. 누구나 거울에 비친 자기 모습을 사랑한 '나르시시즘'에 빠질 수밖에 없다. 몸 구석구석 알통과 꿈에 그리던 왕(王) 자 복근에 스스로 감탄한다. 울퉁불퉁 거칠게 나온 근육이 아니라 생활 속에서 소박하게 근육이 형성되고 군살도 덩달아 없어지는데, 나에겐 이 정도만으로도 감지덕지다.

결과적으로 다이어트 시작 전 몸무게 77kg에서 65kg으로 12kg 감량했다. 고혈압은 수축기 혈압이 200mmHg을 넘어 약을 먹었고, 약을 먹어도 150mmHg을 넘었으나, 지금은 약을 끊었고 120mmHg 정도를 유지하고 있다. 당뇨는 다이어트 전 당화혈색소가 12.8%여서 약을 먹었고 약을 먹어도 7%를 넘었으나, 지금은 약을 끊었고 최근 5.4%를 기록했다. 요추염좌와 어깨 통증도 지금은 사라졌다.

벵호 쫓아내기

일 년에도 몇 번씩 찾아와 귀찮고 창피했던 헤르페스도 금주 후 여지껏 모습을 감췄고, 손 떨림, 코골이 등 모든 질병이 사라졌다. 어떤 사람은 금주하고 살을 뺀다고 병이 없어지는 게 아니라고 하지만, 나는 이것이 원인이었나 보다. 현재 어떤 병치레도 없고, 건강식품을 포함한 아무런 약도 먹지 않고 있다. 그리고 '건강한 육체에 건강한 정신이 깃들 듯' 항상 영적으로도 건강한 삶을 누리려고 노력하고 있다.

아침형 인간

✳

벤저민 하디의 『퓨처 셀프』에 나오는 말이다.

> 나는 자고 싶지 않아. 나는 밤 사나이야. 그런데 5시간만 자고 일어나서
> 졸리면 어떡하지? 그건 아침 사나이의 문제지. 아침 사나이에게 맡겨.
> 나는 밤 사나이니까 파티를 즐기자.'
> - 벤저민 하디 지음, 최은아 옮김, 『퓨처 셀프』, 상상스퀘어, 2023, p.30

물론 이 말은 현재에 열중한 나머지 미래를 포기하는 것을 지적하는 것이지만, 조금 비틀어 단기적인 시각으로 보면 오늘 실컷 즐기는 바람에 내일을 포기하는 것을 빗댄 말일 수도 있다.

나는 '아침형' 인간일까, '저녁형' 인간일까? 학생 때나 취업을 준비하면서 공부할 때는 새벽에 집중력이 좋아서 저녁에 일찍 자는 편이었다. 그러나 술을 좋아하고부터는 술 마시는 날에는 오랜 시간까지 자리가 이어지므로 늦게 귀가했고, 늦게 잠들었고, 따라서 일찍 일어나는 것이 불가능했다. 겨우 일어나 9시 출근에 맞추는 것마저 힘든 일과였다. 숙취로 인해서 아침에는 무기력하다가 점심 먹으며 조금 돌아오고, 술이 들어가면 힘이 넘쳤다. 어쩔 수 없이

뱅호 쫓아내기

‘저녁형’, 심지어 ‘새벽형’ 인간으로 살아갈 수밖에 없었다.

금주와 다이어트를 병행하니 우선 시간이 많았다. 아침에 6시 전에 일어나서 책을 읽고, 아침 먹고, 스트레칭하고, 운동하고 출근하였다. 되도록 오후 5시 전에 집에서 간단하게 저녁 먹고 책을 읽다 보면 9시부터 잠이 오기 시작했다. 침대로 옮겨 계속 책을 읽으면 10시 전에 스르르 잠들 수 있었다. 금주 전 하루에 한 시간씩 일주일에 겨우 한 권 정도 읽었던 독서량이 하루에 3시간 이상을 읽으며, 일주일에 세 권 이상을 소화하게 되었다.

평일에는 특정 분야를 가리지 않고 나에게 도움이 되는 책 위주로 읽었고, 소설은 금요일 저녁부터 일요일까지 읽었다. 소설은 한 번 빠지면 밤새워 읽을 수도 있어 평일에 읽다가는 다음 날 일정에 차질이 생긴다. 그래서 무조건 주말에 배치했다.

술을 마시거나 TV, 인터넷을 보면 오히려 집중력이 높아져 잠이 오는 것을 방해한다. 그러나 그렇게 재미있지도 않은 책을 두 시간 이상 읽으면 저절로 잠이 온다. 9시까지 버티기가 쉽지 않다. 혹 새벽에 잠이 깨면 침대맡에 놓아 둔 책을 읽게 되고, 다시 저절로 잠이 온다. 설사 잠이 오지 않더라도 책을 읽으며 시간을 보냈으니 애석할 일도 아니다.

그동안은 책을 모두 인터넷이나 서점에서 사서 읽었다. 일주일에 한 권 이상 샀으니 책값만 일 년에 백만 원에 육박했고, 그것을 자랑스럽게 생각했다. 술 마시는 데만 소비하지 않고, 때로 우리나라 문화 발전에 기여하고 있다는 자부심도 있었다.

한 번 읽은 책은 집에 더 이상 놓을 자리도 없을 뿐더러 아무리 좋은 책도 두 번 읽기는 쉽지 않았다. 어차피 내가 다시 읽지 않을 책을 장식용으로 집에 둘 필요가 없고, 정말로 필요한 사람에게 나눠 주는 것이 낫다고 생각했다. 책 30여 권이 들어갈 수 있는 트렁크 정리함을 차에 비치하고 지인이나 거래처에 선물하였다.

그러나 금주하면서부터 읽는 책이 많아 책값을 감당하기가 부담되었다. 특별히 역사적 가치가 있는 것을 제외하고는 소장하고 싶은 생각도 없었다. 다행히 우리 동네에 경기도에서 운영하는 큰 도서관이 있었고, 그곳에서 책을 빌렸다.

책 읽는 패턴은 평일에는 시와 관련된 책을 무조건 읽었다. 시집이나 시 해설집을 읽어서 잃어버린 감성을 찾고자 하는 욕심 때문이었다. 나태주 시인은 "인간의 마음은 본래 깨끗하고 맑은 것이었는데 이럭저럭 살다 보니 후질러지고 더러워졌다. 이것을 빨아야 한다. 마음을 빠는 데 가장 효과적인 방법이 바로 시를 읽는 일이다."라고 하였다. 나 역시 시심을 되찾고자 했다.

또 한 권은 자기 계발, 심리학, 지정학, 역사, 경제, 경영, 시사 등 장르를 가리지 않고 내가 관심 있거나 필요한 지식 위주로 했다. 부(富)에 대한 부정적인 생각을 버리고, 세속적인 지혜를 쌓기 위해 마케팅, 주식, 코인 관련 책을 읽으며 공부하기도 했다. 이렇게 평일에 최소 두 권을 읽었다.

그리고 금요일 저녁부터 일요일까지는 무조건 소설을 읽었다. 등장인물이 많을 경우나 외국 소설일 경우, 이름이나 상황들이 많이 헷갈려서 단기간에 읽어야 할 필요성도 느꼈다. 특히 러시아 소설은 이름이 길고 상황에 따라 성을 쓰기도, 이름을 쓰기도 해서 인물이 헷갈리는 경우가 많다. 그래서 소설 읽는 것은 주말을 이용해 집중적으로 독파하도록 했다.

로버트 해그스트롬이 "어떤 책을 즐겨 읽든, 독서만큼 힘들이지 않고 그렇게 많은 혜택을 주는 다른 활동을 떠올리긴 힘들 것이다." 라고 한 말이 정답이었다. 책에 빠지면서 TV, 인터넷을 멀리하게 되었고, 시간을 허투루 보내지 않으면서 많은 혜택을 받았다. 도서관을 알차게 이용하는 요즘은 세금 내는 것이 전혀 아깝지 않다.

술 마시며 영화를 볼 수는 있어도, 책을 읽을 수는 없다. 많이 취했을 땐 어떤 활동도 할 수 없고 오로지 술만 마시지만, 적당히 술 마실 적엔 영화를 보기도 해서 일 년에 150편 이상을 본 적도 있다. 영화를 좋아해서 TV에도 투자하는 편인데, 5년 전쯤에 거금을 들여 85인치 TV와 극장용 의자를 사서 거실을 영화관처럼 꾸미기도 했다. 또한 가볍게 맥주를 마시면서 무겁지 않은 영화를 즐기기도 했다.

이제 술을 마시지 않으니 영화는 소홀해지고, 책을 많이 읽게 된다. TV는 아침에 러닝머신 운동을 하면서 유튜브를 보는 것이 고작이다. 예전엔 마치 영화 평론가라도 되는 양 이해하기 어렵지만 아는 체하기 좋은 영화들도 근거 없는 의무감으로 숙제처럼 보기도 했지만, 지금은 꼭 보고 싶은 영화들만 보게 된다. 그래도 일주일에 한두 편 정도는 보는데, 술을 마시지 않으니 극장도 한 달에 한 번 이상 다닌다.

체질 변화

※

살을 빼면서 우선 눈에 띈 것은, 추위를 많이 타게 된 것이다. 워낙 더위를 많이 타고 땀이 많아 언제나 여름이 힘들었다. 누구보다 먼저 반팔 옷을 입고, 누구보다 늦게까지 입었다. 또 피부가 햇볕에 노출되면 살이 심하게 잘 탔다. 여름 방학 때 다 같이 냇가에서 오랜 시간 보내면 다들 살이 타서 피부가 그을리고 껍질까지 일어나 벗겨야 하지만, 나는 그 정도가 심했다. 친구 중에서 내 이가 가장 하얗게 빛났다.

그럼에도 선크림을 바를 수가 없었다. 워낙 사시사철 땀을 달고 살아서 선크림을 바르면 땀이 흘러 눈으로 들어가서 시리고, 따가워 견딜 수 없기 때문이다. 애써 실내 활동만으로 나름 하얀 피부로 만들어 보지만, 하루라도 햇볕에 장시간 노출되면 도루묵이니 그냥 그러려니 하고 살 수밖에 없었다.

그러나 살이 빠지면서 추위를 심하게 느끼게 되었다. 원래 겨울에도 집에서는 속옷 차림이었고 계절에 상관없이 얼음물을 마셨지만, 이제는 추위를 느끼기 시작하였다. 어느 순간 예전 방식대로의 생활이 어색해졌다. 속옷 차림이 추웠고, 얼음물이 차갑게 느껴졌고, 맛도 없어졌다. 결국 겉옷까지 입으며 생활하고, 뜨거운 물이

벵호 쫓아내기

나 미지근한 물을 마시게 되었다. 땀도 없어져서 선크림도 맘껏 바른다. 단점이라면 살이 빠지면서 그동안 없던 주름이 나타났다. 최소한의 미용을 위해 주름에 좋다는 레티놀 크림을 잠자기 전에 바른다.

한참 술을 마실 땐 억지로 마신 적이 거의 없다. 술이 맛있어서 마셨고, 남들의 강권에 마시기는커녕 내가 강권하였다. 가끔 술을 마시다가 농담하곤 했다. 지금 너무 슬프다고. 다들 왜 그러냐고 물으면, 계속 술이 줄어들고 있다고.

애초에 금주를 하면서 습관을 바꾸고자 했고, 그래서 러셀 폴드 랙의 『습관의 알고리즘』에서 몸에 습관이 배는 데 소요된다고 말한 일수보다 거의 두 배만큼 금주를 단행했다. 이제 술이 맛없어졌다. 심지어 술과 아주 궁합이 맞는 숯불에 굽는 고기나 뜨끈한 국밥을 먹어도 술 생각이 나지 않는다.

나는 금주를 평생 하려고 생각하지 않았다. 사업상 그렇게 하기도 어렵다. 내가 '을'인 경우가 대부분이고, 그러면 상대방과 어느 정도 맞출 수밖에 없다. 소위 '의무 방어전'을 치러야만 한다. 그래서 절주하려고 했고, 이를 위해 얼마간 금주를 했을 뿐이다. 그러나 이제 다시 어쩔 수 없이 가끔 술을 많이 마시더라도 세 가지 원칙은 지키자고 생각한다. 첫째, 해장술 하지 않는다. 둘째, 혼술 하지 않는다. 셋째, 이틀 연속 술 마시지 않는다.

그런데 지금 어쩌다 술을 마시지만, 이 원칙은 잘 지켜지고 있다. 나의 의지라기보다는 몸에서 그렇게 술을 원하지 않는다. 어쩌다 전날 술을 마셨다 하면, 다음 날 술 생각이 나기는커녕 냄새도 맡기 싫다. 특히 가장 즐겨 마셨고 블랙아웃의 원흉이었던 폭탄주를 몸에서 거부한다. 폭탄주는 어느 모임에서나 지위고하 막론하고 내가 주로 담당했다. 남들이 만든 폭탄주는 맛이 없었다. 내가 만든 폭탄주에 많은 사람이 맛있다고 감탄했다.

소주잔에 소주를 따르고 이를 맥주잔에 부으면 아마추어처럼 보인다. 거품을 낼 때도 숟가락, 젓가락을 사용하면 위생적으로도 문제가 되고 컵이 깨지는 경우가 있어 하지 않는다. 대충 눈대중으로 소주 한잔 분량을 맥주잔에 붓고 맥주병을 30cm 정도 높이에서 따라 인위적으로 20%의 거품을 만들며 잔을 가득 채우면 소맥 황금비율이 된다. 그리고 거품이 사라지기 전에 원샷으로 마신다. 그 달콤한 목 넘김은 이브가 건넨 사과를 처음 베어 먹은 아담의 심정이랄까. 처음엔 이렇게 석 잔만 마시자고 결심하고 배부르니까 소주 마시자며 잠시 멈추지만, 그냥 소주만 마시는 것과는 맛의 차원이 달라, 소주 한두 잔 마시고 다시 폭탄주로 돌아가는 경우가 많았다. 모든 술을 원샷으로 마시는 스타일이라 폭탄주를 그렇게 계속 마시면 빨리 취하고 많이 취하는 것이 당연한 결말이었다. 남들 반 잔이나 한 잔 마실 때 난 폭탄주로 한 번에 마시니, 훨씬 더 마시게 되고 혼자만 취해 있는 경우도 많았다. 그렇지만 그 맛을 포기하기에는 내 의지가 약했다.

이제 술을 찾아서 먹지 않는다. 마지못해 먹기 때문에 많이 먹지도 못한다. 그래도 아쉬운 점은 큰아들이다. 이제 막 취업해서 퇴근하고 집에 오면 한잔하고 싶을 텐데 상대를 해 줄 수 없어 미안하다. 그래도 가끔 상대가 되어 주기도 하는데, 소맥이나 소주가 맛이 없고 힘들어 오십세주를 마신다. 소주 한 병과 백세주 한 병을 주전자에 섞어 마시는데, 아들이 마시는 술의 절반만 마신다. 술을 꺾어서 마시는 것은 힘드니까, 아예 처음부터 절반만 따르게 하고 같이 건배하는 것이다. 그렇게 하면 아들도 적당히 취하고, 나도 적당히 체면치레할 수 있어 서로 윈윈이 된다.

절약

　동네에서 자주 술자리를 가졌던 사람들이 하는 말이 있다. 우리 동네 식당들이 요즘 장사가 안 되는데, 그 원인이 '나'라는 것이다. 술은 주로 동네에서 많이 마셨고 식당, 호프, 노래방도 차례대로 가는 코스였다. 어떤 때는 내가 '뜸방각하'라도 되는 양 손님이 없는 식당에 일부러 들어가 개시해 준 적도 있다. 나는 손님을 불러 들이는 마중물이라고 주인에게 덕담을 건네며…….

　누군가 술을 마시자고 하면 무조건 OK였다. 생각해 보면 예전부터 거절을 잘하지 못했다. 초임 시절엔 당시 사무실을 제집처럼 드나들던 월부 장사들의 손쉬운 먹잇감이었다. 물론 나에게 약간의 물욕도 있었지만, 문방구나 영어 테이프는 대부분 사 줬다. 오죽하면 같은 팀 동료들이 나한테 물건을 팔지 못하는 사람은 월부 장사할 자격이 없다고 농담하기도 했다. 어디선가 학교 선배라고 전화가 걸려 와 잡지를 사 달라고 해서 거절하지 못했다. 얼굴 한번 본 적도 없는, 거짓말일 수도 있는 선배에게 10년 이상 잡지를 구독하기도 했다. 그럼에도 대학교 4학년 때 과 동기의 거짓말에 넘어가 피라미드 회사로 유인되어 얼떨결에 교육받았을 때, '이건 아니구나' 하고 과감히 교육장을 박차고 뛰쳐나온 것은 대단한 용기였다.

아무튼 내가 편하기도 하고, 음식 맛도 괜찮고, 동네 가게 사장님들 도움이 되도록 웬만하면 동네에서 모임을 했다. 보통은 술을 마시자고 제안한 사람이 술값을 내는 게 상도덕일 텐데, 나는 그렇게 생각하지 않았다. 누가 제안했는지 따지지 않고 나보다 나이가 어리면 되도록 계산했고, 나이가 많더라도 느낌상 상대가 별로 계산할 의지가 없으면 내가 먼저 나섰다. 어차피 내가 계산할 거면 내가 약속 장소를 정했고, 그래서 우리 동네로 정한 경우가 많았다. 따라서 우리 동네 가게 중 대부분은 단골이다. 이제는 동네에서 외식하는 일이 별로 없다. 웬만하면 집에서 내 방식대로 끼니를 해결하고, 그것이 입맛에도 맞고 건강에도 좋은데 외식할 이유가 전혀 없다. 당연히 경제적으로도 많이 절약된다.

동네가 아닌 시내 번화가에서 밥 먹을 때는 주로 내가 호스트가 되어 가성비가 좋은 식당에서 만난다. 물론 내가 계산한다. 그래도 예전 같으면 1차부터 상대방이 버틸 수 있을 때까지, 그리고 서로가 원하는 장소로 브레이크 없이 질주하곤 했는데, 술을 마시지 않으니 브레이크가 잘 작동된다. 어지간하면 1차에서 끝낸다. 2차를 가더라도 호프집에서 간단하게 한다. 예전에는 술꾼으로서 상상도 할 수 없었던 카페에서 커피로 2차를 대신하기도 한다. 당연히 많이 절약된다.

혼술 할 때 앱을 통한 배달 음식을 많이 시켰고, 집 앞 편의점을 하루에도 몇 번씩 다니기도 했다. 가랑비에 옷 젖는다고, 그렇게 소비하는 것들을 모아 보니 이 또한 무시하지 못할 금액이었다. 지금은 배달 음식은 아예 안 시키고 편의점도 술 때문이 아닌 다른 이유로 한 달에 한두 번 이용하니 여기서도 많이 절약된다.

술을 마실 때 이동 수단은 거의 택시였다. 바쁜 것도 아니지만 대중교통이 귀찮았다. 약속이 있으면 집에 차를 주차하고 택시를 이용하여 약속 장소로 갔고, 역시 택시로 집으로 왔다. 예전에 음주 운전 경력이 있어 내가 나를 믿지 못하므로 차는 가져가지 않았다. 실제로 개업해서 현재 5년 동안 대리운전을 두 번밖에 이용하지 않았다. 정신이 멀쩡할 때는 가끔 약속 장소 갈 때만 대중교통을 이용하기도 했다. 그러나 이미 점심때부터 술 마신 경우가 많아, 약속 장소 갈 때도 만사가 귀찮아 택시를 이용했다. 많은 시간을 멀쩡한 정신 상태로 있는 지금은 오고 갈 때 웬만하면 대중교통을 이용한다. 거리가 30분 이내면 걸어서 간다. 택시는 시간에 쫓기는 경우만 예외적으로 이용한다.

어느 연예 기획사 대표는 비행기를 이용할 때 항상 일등석을 탄다고 한다. 그런데 그때마다 노래가 하나씩 작곡되어 나오니 본전을 뽑고도 남는다고 말했는데, 공감이 갔다. 나 역시 버스로 이동할 때 책 읽기에도 좋고 새로운 아이디어가 떠오르거나 글쓰기를 구상하기도 한다. 내 차로 이동하면 운전에만 집중해야 하니 전부 버리는 시간이 되지만, 버스로 이동하면 온전히 내 시간이 되고, 특히 다른 장소보다 집중력이 좋다. 그래서 서울에 갈 땐 돌아가더라도 지하철보다 버스를 이용하고, 지방에 갈 때도 웬만하면 시외버스나 기차를 이용한다.

처음 이사 올 때 부동산 중개인이 이 동네는 대중교통을 이용하기에 좋다고 했는데, 10년 이상 지난 지금에야 그 사실을 깨닫고 있다. 지하철역이 걸어서 20분 정도에 두 군데나 있고, 버스 정류장이 조금 떨어져 있어 사통팔달로 어디로나 접근성이 좋은데 늘 택시를 타고 움직였으니, 가성비 떨어지게 산 셈이다. 지금은 택시를 몇 개월에 한 번 정도 이용하고 있다. 여기서도 많이 절약된다.

술에 취하다 보면 음식을 옷에 잘 흘리고, 심지어는 넘어질 때도 있다. 다음 날 옷을 보면 거지가 따로 없다. 내가 세탁소에 옷을 맡기는 기준은 세 가지다. 옷에 뭐가 묻어 지워지지 않거나, 심하게 구겨졌거나, 냄새나는 경우인데, 술에 취한 옷은 세 가지 모두 해당한다. 집에 세탁 가방이 있어 모았다가 일주일에 한 번 정도 맡기는데, 큰 가방에 옷이 가득 들어차곤 했다. 큰돈은 아니지만 매주 세탁비도 고정 비용이었다. 술을 마시지 않으니 세 가지에 해당할 일이 없고, 설사 약간 있더라도 집에서 해결 가능하니 이제 세탁소에 옷을 맡길 일이 별로 없다. 이 또한 절약된다.

패셔니스타

그동안 두껍게 살았다. 살이 두꺼우니 어떤 옷도 잘 어울리지 않았다. 그래서 패션은 당연히 최소한으로 했다. 의전상 어쩔 수 없이 여러 형태만 갖추었을 뿐 나에게 어울리기는 쉽지 않았다. 물론 체형은 별로더라도 패션으로 커버가 되는 옷을 잘 입는 사람도 종종 있지만 나에겐 그런 감각도, 그럴 생각도 없었다. 흔히 한 겨울에 술꾼들이 하는 말이 있다.

"겨울아! 내가 돈이 생기면 네가 아무리 추워 봤자 그 돈으로 술 사 먹지, 옷 사 입겠냐?"

나도 비슷한 정서를 가지고 있어 옷, 신발 등의 투자에는 인색했고, 필요 최소한으로 그 비용을 한정했다. 옷이나 신발에 십만 원 이상을 지출한 기억이 별로 없고, 그 이상이면 몇 번을 망설여야 했다. 정장이더라도 소위 때깔 나는 옷을 사려고 몇십만 원 이상을 지출한 적이 거의 없다.

살을 빼고 나름 윤곽이 드러나자, 옷에 대한 욕심이 났다. 옷 치수도 대폭 줄어들었다. 상의는 100~105였던 것이 95로, 하의는 34였던 것이 30으로 줄었다. 처음엔 수선해서 입으려고 했으나, 줄이는 폭이 크고 대수선이라 모양도 이상해지고, 비용도 웬만한 새 옷

벵호 쫓아내기

을 사는 만큼 들었다. 다행히 동네에 아울렛이 있어 주로 그곳에서 몸에 꼭 맞는 옷을 찾을 수 있었다. 그리고 내가 생각해도 예전에는 가질 수 없었던 옷 입는 재미를 느낄 수 있었다.

목표한 만큼 살을 뺀 어느 날, 큰아들이 취직하고 첫 월급 탔다고 용돈을 건네주었다. 살을 빼면 꼭 하고 싶었으나, 내 돈으로 사기엔 사치스러워 망설였던 가죽 재킷 두 벌을 그 돈으로 샀다. 서울까지 한참을 발품 팔아 가장 가성비 있게 건진 것이었다. 예전부터 만약 언젠가 살 빼서 날씬해지면 가죽 재킷을 입고 싶었다. 내 생각에 다른 옷은 몰라도 이 옷은 날씬해야 어울린다. 영화 〈존윅〉에서 '키아누 리브스'나 〈탑건〉의 '톰 크루즈'도 가죽 재킷을 입었을 때 멋짐이 더 폭발한다. 그래서 원래 라이더들에게서 유행한 것이 아닌가? 사람들이 잘 어울린다고 칭찬하는 바람에 출근하지 않는 날은 어지간하면 자주 입고 다닌다. 봄, 가을이 짧아 어차피 길게 입지는 못하지만, 올해는 다행히 봄이 길어 실컷 입고 다녔다.

다른 옷들도 마찬가지다. 어느 날은 아울렛에서 아이쇼핑 하다가 터프하게 생긴 바지를 입게 되었다. 허리 30으로 입었는데 기장이 나에게 꼭 맞았다. 기장을 줄이지 않고 바지를 입는다는 상상 속에서나 있을 법한 일이 벌어진 것이다. 옷이 내 스타일은 아니었고 가격도 만만치 않았지만, 기뻐서 그냥 샀다. 기념으로라도 간직하려고 산 건데, 애정이 있어서인지 자주 입고 다닌다.

사계절 옷을 거의 다 새로 갖춰야 해서 시간이 날 때마다 필요한 옷을 쇼핑하였다. 예전에는 쇼핑하면 길어야 삼십 분이었고, 귀찮아서 옷은 되도록 안 입어 보고 눈대중으로만 보고 맞는다고 우기며 사기 일쑤였다. 지금은 옷을 고르는 재미가 있다. 쇼핑을 가면 하루에 몇십 번이라도 제한을 두지 않고 옷을 입어 본다. 그리고 거울을 보거나 같이 쇼핑한 사람으로부터 조언을 들으며 구매할지를 판단한다. 물론 가격이 여전히 최대 변수이긴 하지만, 아주 마음에 들면 상관없이 구매하기도 한다. 예전엔 일단 입어 보면 미안해서라도 웬만하면 샀지만, 지금은 자주 입어 보니 뻔뻔해져서 과감히 마음에 들지 않는 부분을 말하기도 하며 사지 않는다.

옷에 관심이 가면 덩달아 따라오는 것들이 있다. 그 옷에 어울리는 신발도 봐야 하고, 거기에 어울리는 가방도 있어야 한다. 지금까지는 별 관심이 없어 따로따로 놀았지만, 이제는 애들의 궁합도 생각할 수밖에 없다. 여러 가게를 다니고 동행자와 거기서 근무하는 전문가들의 의견을 들으면서 패션 감각에 눈을 뜨게 된다. 그리고 나에게 어울리는 패션을 찾으면서 자연히 패셔니스타로 거듭나게 된다.

여행

여행엔 여러 가지 목적이 있다. 구경, 음식, 힐링 등 취향에 맞게 여행 계획을 세우게 된다. 나에게 그동안의 여행은 음식 위주, 특히 술을 마시기 위한 좋은 명분이었다. 사람들은 여행하면서까지 다이어트에 신경 쓰지 않는다. 마찬가지로 여행하면서 실컷 술 마시는 것에 대하여 잔소리하지 않는다. 원래 여행은 그런 맛이라며 그냥 놔둔다. 오히려 여행 와서 술을 마시지 않으면 잔소리를 듣기 십상이다. 나에게 여행은 누구의 눈치도 보지 않고 마음껏 술을 마실 수 있는 천상의 무대였다.

대학교 MT 때부터 최근까지 여행의 추억은 술 마신 추억과 같이한다. 어느 여행지에서 어떤 것을 보면서 느꼈던 감동보다는 그 여행지에서 누구랑 밤새 술 마시고 어떤 주제로 개똥철학을 논했는지가 더 기억에 남는다. 여행이 목적인지 술이 목적인지 주객이 전도된다.

친한 고등학교 동창 5명이 모임을 만들어 십여 년을 부부 동반으로 일 년에 한두 차례 만났다. 그러나 만나면서부터 헤어질 때까지, 낮이고 밤이고 새벽이고를 따지지 않고, 오로지 술만 마셔대는 여행 일정에 아내들이 불만을 제기했다. 그래서 언젠가는 테마를 정해서 여행지를 선택하기도 했지만, 그래봤자 장소만 달리할 뿐 계속 술만 마셔대니 오죽하면 우리끼리 모이라며 다음부터는 아내들이 불참하였다. 그 모임은 아직도 유지되는데, 남자들끼리만 예전과 비슷한 방식으로 운영하고 있다. 굳이 많은 돈을 들여서 왔는데 여행지에서까지 술 마시는 것으로만 시간을 보내니 경제적 합리성에 부합하지는 않을 것이다. 차라리 그 교통비로 동네에서 술을 마시면 몇 번은 더 즐길 수 있을지도 모른다. 굳이 변명하자면 공기가 다르다는 것인데, 여행지에서 마시는 술은 평소엔 접하지 않은 색다른 환경에서 마시니 술맛도 그러리라 여기며 마냥 웃고 떠들며 즐겁게 마셨다.

여행 첫날에 밤새 술 마시면 다음 날은 비몽사몽이다. 몸은 천근만근 무거워 수려한 경치에 감동할 가슴보다 당장 숙취에 힘들어 깨지려고 하는 머리에 온통 신경을 집중하게 된다. 원래 여행 일정에 있었지만, 어떤 핑계를 대서라도 이를 취소하여 다시 술 마시는 자리로 변경하는 데 온 힘을 쏟는다. 결국 숙박업소에서 체크아웃될 때까지 늦잠을 자다가 점심을 먹으며 숙취 해소한다고 낮술로 쓰린 속을 달랜다.

지금까지 해외여행을 단 한 번 다녀왔는데 일본 오사카였다. 별로 내키지 않았지만 석사 과정을 하는 동기들이 단체로 다 같이 가기로 했고 여행경비도 대학원에서 절반을 부담하기 때문에 반강제적으로 다녀오게 됐다. 그리고 그 후엔 해외여행을 가지 않았고 가고 싶은 생각도 없어졌다. 평소에도 술을 많이 마시지만, 여행을 가

벵호 쫓아내기

면 그 양은 기하급수적으로 늘어난다. 단체로 여행을 가면 저녁 1차는 다 같이 식당에서, 2차는 마음 맞는 사람끼리 호프를 하고 숙소에 와서 가볍게 3차를 하는 것이 보통의 절차다. 그러나 나는 여기에 만족하지 않는다. 술을 아예 안 마셨으면 안 마셨지 적당히 마시고 마치는 경우란 없다. 모두 손사래 치며 더 이상 음주를 거부할 때 혼자 숙소를 빠져나와 낯선 어딘가에서 뱃속의 알코올 통을 가득 채울 때까지 술을 마신다. 그리고 새벽에 들어와서 아무 일도 없었던 듯 잠이 든다.

그러나 해외에서는 이런 생활을 한다는 게 위험하다. 나에겐 아직 어린 아들이 있다. 단 한 번 다녀왔던 일본 여행에서도 마찬가지였다. 2박 3일이었지만 극도로 조심해서 술을 마셨다. 아니, 거의 안 마셨다고 하는 게 맞을 것이다. 내 술 취향을 봤을 때 어느 정도 술에 취하면 김유신의 말(馬)처럼 밖으로 빠져나가 엄청나게 퍼붓는데, 말도 통하지 않고 술에 대한 허용범위도 잘 모르는 해외에서 새벽까지 술에 취해서 인사불성 한다는 것은 생명이나 안전을 담보할 수 없을 것이다. 정말 쥐 죽은 듯이 해외여행 일정을 소화했고 다시는 가지 않으리라 다짐했다. 그 이후로 해외여행을 가자고 유혹하면 어떤 이유를 대서라도 거절했다. 떠나는 설렘보다 걱정이 가득한 여행을 굳이 돈 들여서 갈 필요가 없으니까……

일본 여행은 엄청난 실망을 안겨 다음부터는 해외여행을 하지 않기로 결심하는 또 다른 계기가 되었다. 흔히 일본인들을 친절하다고 말하지만 나는 여기에 단호히 반대한다. 아주 불친절한 사람들이라고 생각한다. 일본 식당에 가서 반찬을 더 달라고 하면 그들은 얼굴 가득 미소를 지으며 미안한 표정으로 여러 변명을 대며 줄 수 없다고 말한다. 우리나라 욕쟁이 할머니는 반찬을 더 달라면 돼지처럼 많이 먹는다고 욕하면서도 결국 반찬을 충분히 더 내준다. 과연 어떤 것이 친절하고 순수한가? 결국 소비하는 사람의 요구를 충족시켜 주는 것이 진정한 친절일 것이다. 그런 의미에서 우리나라 욕쟁이 할머니가 훨씬 친절한 것이다. 우리는 그들의 미소에 속아 이를 친절이라고 스스로 위로할 뿐이다. 뼛속까지 한국인이어서 그런지 그들의 그런 위선적인 문화에 적응하기 싫었고 그것은 다른 나라도 비슷할 것이라는 생각에 별로 우리나라를 벗어나고 싶지 않다.

금주에 성공하고 몇 번 여행을 다녔다. 술 마실 때는 '술 없이 무슨 재미로 여행할까?' 생각했지만 술을 마시지 않으니 '도대체 왜 술을 마시며 여행했지?'하는 후회가 밀려든다. 무주(無酒) 여행을 하니 아름다운 경치, 향긋한 꽃냄새, 살갗을 건드리는 부드러운 바람, 파도 소리 등 오감이 열리며 여행의 즐거움을 만끽한다. 술을 마실 때 밤에는 거의 정착된 자리에서 술 마시느라 밖에 나가지 못했지만, 술을 멀리하니 별을 보며 걷는 고즈넉한 기분도 예전엔 느끼지 못했던 감정이다. 다음 날 일정도 예정대로 진행되니 동행인들과 갈등이 생길 여지도 없다. 그동안 술 마시기 위한 여행이 원래 목적에 맞는 여행으로 제대로 자리 잡은 것이다.

벵호 쫓아내기

28세 청년

※

28세 때의 마음가짐과 건강으로 새로운 삶을 살고 싶다. 나에게 28세는 첫 직장을 얻어 꿈을 가득 안고 사회에 첫발을 내디딘 나이다. 지금 그때처럼 제2의 삶을 살아가고 싶다. 28세 때처럼 새로운 직장에서 인정받고 싶은 마음, 돈을 모아 집을 사고 싶은 마음, 사랑하는 사람을 만나 결혼하고 싶은 마음, 자식을 낳아 잘 기르고 싶은 마음, 부모님께도 효도하고 싶은 마음……

이 중에 몇 가지는 시효가 지났지만 몇 가지는 아직도 유효하다.

프로이트, 아드리안에 이어 제3정신 정신의학을 만든 빅터 프랭클은 삶의 의지를 '목표'라고 하였다. 그 역시 나치 치하의 강제 수용소에서 죽을 고비를 여러 번 넘겼지만, 자신의 목표를 달성하기 위한 일념으로 악착같이 살아남았다.

주위에 남 부럽지 않게 잘사는 사람 중에는 우울한 사람들이 있다. 사회적으로 성공했고, 재산도 충분할 만큼 가졌고, 애들도 잘 자라 줘서 결혼까지 했으니 남들이 보기엔 행복한 인생이다. 그러나 그런 목표로 지금까지 열심히 살아서 많은 것을 달성했지만, 더이상 목표가 없어진 지금은 행복하지 않다. 실제로 많은 사람이 목표를 달성하는 과정에서 행복을 느끼고, 오히려 목표를 달성한 다음엔 허무함을 느낀다고 한다. 그렇다면 다음 목표를 정해야 하는데, 그것도 그리 쉽지 않나 보다.

다행히 나에겐 아직 이루지 못한 것이 많다. 벌어 놓은 돈이 없어 아직 돈을 많이 벌어야 하고, 아이들 결혼을 시켜야 하는데, 막내가 이제 중학교 2학년이다. 사회적 명망도 얻고 싶지만, 그것은 인격의 문제라 세월을 거쳐 많이 수양해야 한다. 무엇보다도 나에겐 어려서부터 해 보고 싶은 일이 있었다.

내가 글쓰기에 소질이 있다는 것을 발견한 것은 초등학생 때였다. 숙제로 내준 독후감이나 기행문 등을 내면 당선되어 상을 탔고, 발표도 했다. 중학교 때는 교내 백일장도 많았는데 모든 상을 휩쓸고, 우리 학교 대표로 군(郡) 대회 백일장에 나가기도 했다. 국어 선생님의 강권으로 동아리도 문예반으로 갈 수밖에 없었고, 3학년 때는 문예반장을 했다.

대학교 2학년 때 내가 하숙하고 있는 집에 중학교 1년 후배가 들어온 적이 있다. 대학교와 가까운 곳도 아니고 나랑 친한 후배도 아닌데 의아하긴 했지만, 그냥 우연이라고 생각했다. 최근에 만나 그때 얘기를 하니 뜻밖의 말을 하였다. 당시 내가 문예반장으로 있을 때 자기도 문예반이었는데, 내 모습이 너무 멋있었고, 내가 써서 발표한 글들이 너무 좋았다고. 그래서 나랑 친하게 지내고 싶어 내가 있는 하숙집을 일부러 찾아서 왔다는 것이다.

어쨌든 어린 나이에도 상당히 열심히 글 잘 쓰는 문학 소년으로 보냈다. 내가 생각해도 그때 시도 많이 쓰고, 수필도 많이 썼다. 비

벵호 쫓아내기

록 지금은 하나도 남아 있지 않지만, 글 쓰는 순간만큼은 행복했던 것 같다.

　고등학교도 서정주 시인이 선생님으로 계실 때 만들었다는 문학 동아리에서 활동했고, 대학교는 국문학과를 가려고 했다. 그러나 당시 인문대학은 취직에 어려움이 있다고 하고, 집안 살림도 넉넉 지 않아 어쩔 수 없이 취향에도 맞지 않은 상과대학으로 방향을 틀 수밖에 없었다.

　직장도 내가 싫어하는 숫자를 다뤄야 하는 국세청에 어찌하여 가게 되었다. 그리고 퇴직한 지금도 그 일로 밥벌이를 하고 있다. 그렇지만 언젠가는 글을 쓰고 싶다는 생각은 항상 가지고 있었다.

　글을 쓰기 전에 어느 정도 전문 지식을 배워야겠다는 생각으로 문학 박사 학위를 취득해야겠다고 결심했다. 이미 경영학 박사 학 위를 취득한 경험이 있어 한 번이 어렵지 두 번이야 좀 더 쉬울 것 으로 생각했다. 지인 소개로 대학교 국문학과 교수를 만나 입학을 타진하기도 했다. 박사 과정 대학원에 입학하기는 어렵지 않으나, 박사 학위를 취득하기 위해선 그 전 전공 과목까지 모두 이수해야 한다는 것이다. 내가 가진 경영학 박사는 문학 박사 필수 과목과 완전히 다르니 다시 맨땅에서 시작해야 했다. 즉, 박사 과정을 하 면서 동시에 석사 과정에서 필수 과목, 학사 과정에서 필수 과목을 모두 이수하여야 한다는 것이다. 그러려면 평일에는 거의 매일 대 학교, 대학원에서 아들뻘 되는 학생들과 공부해야 한다는 것이다. 직장이 있는 나에게는 불가능한 일이었다.

그러나 다행히 방통대에 박사 과정이 생긴다는 얘기들이 있었고, 실제로 관련법이 국회에 상정되어 있었다. 그래서 그 법이 통과되기만을 간절히 바랐으나 대부분의 박사 과정 대학원의 반대로 끝내 통과되지 못했고, 그 이후로 다시 추진되지 않았다. 실망스럽지만 어쩔 수 없었다.

왜 글을 쓰려면 그에 걸맞는 무언가를 갖춰야만 한다고 생각했을까? 물론 작가들이 체계적으로 공부한 사람도 있지만 관련 분야 석·박사 학위가 없거나, 아예 문학 공부를 하지 않아도 촌철살인으로 공감 있는 좋은 글을 쓰는 작가들도 많은데, 너무 자격에 집착했다. 그렇게 자격 타령을 하며 무기력하게 글 쓰는 것을 잊고 살았다.

한강 작가가 노벨문학상을 받은 얼마 후, 경영학 박사 동문 모임이 있었다. 그런데 모임에 참석했던 학과장이 뜬금없이 멀리 있는 내 이름을 부르면서 언제 노벨문학상을 받을 거냐고 반농담 삼아 물었다. 한강 씨가 받았으니, 다음은 내 차례라고 덕담으로 말씀하시는데, 순간 너무 당황했다. 얼굴이 후끈거렸고, 쥐구멍에라도 들어가고 싶었다. 몇 년 전에 술에 잔뜩 취해 나는 작가가 될 거라고 거품 물고 말했던 것을 아직 기억하고 진지하게 받아들인 것이다. 거기에 더해 마지막 건배사로 '조병호 박사의 노벨문학상 수상을 위하여' 하시면서 아예 확인 사살을 하였는데, 너무도 창피했다.

그날 집에 와서 많은 것을 생각했다. 내가 가진 능력보다 높이 나를 인정하여 한편으론 고맙지만, 엄청난 부담으로 다가왔다. 그

벙호 쫓아내기

래도 다행히 금주를 시작한 지 얼마 되지 않은 시기였다. 뭔가를 하기에 적당했다. 뭔가를 하기 위해 뭔가를 갖춰야 한다는 선입견이 사라졌다. 무조건 먼저 뭔가를 해야겠다는 생각이 간절했다. 그렇지 않으면 나는 허풍쟁이가 되고, 자기 스스로를 기만하는 것이었다. 무조건 컴퓨터를 켜고 글을 썼다. 처음이 어렵지 그다음은 쉽다. 몇십 년 만에 해 보지만 역시 글쓰기는 즐거움으로 다가왔다.

인간의 수명이 100세 이상이 되면 하나의 인생에 너무 얽매이지 않아야 한다. 특히 한 직장에서 오래 근무해서 정년퇴직이라고 해야 겨우 60세인데, 여기서부터 연금 생활만 하게 되면 젊은 사람들에게 엄청난 부담을 안기고 자신의 인생도 지루해진다. 국가적으로도 큰 손해다. 일을 해야 몸도 움직이고, 사회와 소통함으로써 건강도 잃지 않게 된다. 그리고 국가적으로도 이익이다. 소설가 박완서는 "이 나이에는 이것을 해야 하고, 저 나이에는 저것을 해야 한다는 생각이 우리를 청춘에서 멀어지게 한다."라고 했다. 사무엘 울만은 그 유명한 「청춘」이란 시에서 "청춘이란 인생의 어떤 시기가 아니라 어떤 마음가짐을 뜻한다."라고 노래했다.

이제 다시 사회에 첫발을 내딛는 다는 마음가짐으로 내가 좋아하고 잘할 수 있는 일을 하고 있으니 행복하다. 이것이 경제적으로도 이득이 되면 좋겠지만, 나에겐 생존에 필요한 직업이 따로 있으니 나중에 생각할 일이다. 다만 글 쓰는 일을 통해서 소위 말하는 '자아실현'을 이루고 싶다. 스콧 배리 카우프만의 『트랜센드』에서

'욕구이론'으로 유명한 에이브라함 매슬로의 자아실현을 다음과 같이 언급한다.

"결국 자기 자신에게 만족하고 싶다면, 음악가는 음악을 만들어야 하고, 미술가는 그림을 그려야 하며, 시인은 글을 써야 한다. 우리는 저마다 될 수 있는 것이 되어야 한다.

- 스콧 배리 카우프만 지음, 김완균 옮김, 『트랜센드』, 책세상, 2021, p.180

관계 재정립

*

술을 좋아하면 술을 좋아하는 사람끼리 만난다. 그래서 술을 좋아하지 않는 사람을 잘 끼워 주지 않고, 그런 사람을 남자답지 못하다고 비아냥거리기도 한다. '술도 못하면서 무슨…….'

술을 좋아하는 사람들은 술을 좋아하지 않는 사람들에 대한 많은 낭설을 만들었다. 술 한잔 못 하는 사람과는 상종하면 안 된다느니, 술도 못하는 사람은 진실하지 못하다느니, 술도 못하는 사람은 냉정한 사람이라느니. 그래서 술을 좋아하는 사람들은 자기와 같은 부류의 사람을 주로 만나고, 그 자리가 즐겁다. 오늘 술 약속이 있으면 괜히 기분이 들뜨고, 생활이 활기차다. 내가 어떤 말을 해도 받아 주고, 상대방이 어떤 말을 해도 나 또한 받아 준다. 서로 잘 이해하고 궁합이 잘 맞아 술자리에서 웃음이 끊이질 않는다.

지금 이 순간, 나와 함께 술잔을 부딪치는 사람이 세상에서 가장 소중하다. 이 사람과 술을 마시면 어쩌면 이렇게 잘 통하는지 모르겠다. 그가 동창일 수도 있고, 직장 동료일 수도 있고, 사회에서 누구 소개로 만났을 수도 있다. 사실 별 공통점은 없지만, 술을 좋아한다는 엄청나게 중요한 공통점을 가지고 있다. 그 공통점 하나만으로 다른 대다수의 이질감을 포용하고도 남는다. 과연 술이 없었으면 상대방과 절친이 될 수 있었을까?

사실 상대방과 나는 큰 공통점이 없다. 관심 분야도 다르고, 성격도 다르고, 가치관도 다르다. 그런데 술을 마시면 모든 게 같아진다. 때론 약간 차이가 난다 해도 다 이해할 수 있는 테두리 안이다. 술은 학벌을 따지지도, 직업을 따지지도, 품격을 따지지도 않는다. 그저 술을 좋아하고 잘 마시면 그만이다. 술 마시다 때론 내가 큰 소리로 말해도 잘 경청해 주고, 호응해 준다. 나 역시 상대방이 그럴 땐 그렇게 해 준다. 그래서 술만 잘 마시면 사람을 가려서 사귀지 않는다. 술은 널리 세상을 이롭게 하려고 아무에게나 애정이 넘치는 홍익인간의 정신이 차고 넘친다.

예전에 내가 존경하는 점잖은 어른이 나에게 정색하며 한 말이 있다. 그분이 별로 좋지 않게 생각하는, 나랑 어울리지 않을 것 같은 사람과 왜 내가 자꾸 만나냐고 나무라는 거였다. 당시는 무슨 말인지 이해가 되지 않았다. 무슨 지식이나 직업 등을 말하는 줄 알았다. 나중에야 알았지만, 그것은 서로의 인성과 궁합을 얘기하는 것이었다. 그분이 염려했던 그 사람은 어떤 연유로 다시는 만나지 않게 되었는데, 나와는 전혀 맞지 않고, 인성이 형편없어 주위에 친구도 없는 사람이었다. 술을 잘 마셔서 내가 유일하게 만나 주니까 계속 나와 어울렸고, 그분은 이러한 상황이 안타까운 것이었다.

상대방의 처지가 어떻든 나는 그 사람을 목적으로 대하지 수단으로 대한 적이 없다. 설사 그 사람이 돈이 많거나, 나를 승진시킬 위치에 있어도 가혹한 '자기 검열 시스템'이 작동하여 사람을 그렇

벵호 쫓아내기

게 대하지 말아야 한다고 스스로 경계하곤 했다. 그러나 사람들은 대개 그렇지 않다. 효용 가치가 떨어지면 과감하게 인연을 끊는다. 그분은 내가 그런 사람들에게 이용당하고 있다고 생각한 것이다. 그러나 술을 마실 때는 그것을 보지 못한다. 당장 내 옆에 있고 맞장구를 쳐 주니 가장 소중한 사람일 뿐이다. 그리고 그러한 술친구는 술을 마시지 않는 일상생활에서도 그 역할을 유지하며 계속 이어진다.

금주하면서도 꼭 참석해야 하는 모임에는 얼굴을 내밀 수밖에 없다. 물론 술을 마시지 않는 사람끼리 좌석을 만들어 대화를 이어 가지만 어쩌다 술 마시는 좌석에 앉아 같이 대화하는 경우가 있다. 맨정신에 술 마신 사람들의 대화 속으로 들어가는 것은 너무 힘들다. 술 마시면 다 이해되었던 것이 이제 난해해졌고, '저 사람이 이렇게 막힌 사람이었나? 내가 어떻게 저런 사람하고 어울렸을까?' 하면서 의아해진다. 술에 취해서 어떤 비판도 없이 환호했던 주장들이 너무나 단조롭고 상식과 어긋나는 경우가 많았다. 대화 수준이 비슷하고 인성이 비슷한 사람이 아니라, 그저 술 잘 마시는 수준이 비슷한 사람끼리 어울린 것이다. 그래서 만약 그 사람이 술을 마시지 못한다면 당장 그 인연도 끊어질 수밖에 없는 사람들과 그동안 그렇게 함께 자리한 것이다.

불편한 사람도 술이 들어가면 편해지고 사물을 바라보는 시각이 달라도 술이 들어가면 같아졌다. 술을 마실 때는 그것을 보지 못했지만, 이제는 보이기 시작했다. 세상에 나쁜 사람은 없다. 다만 나랑 맞지 않을 뿐이다. 나는 그동안 사람 위주가 아니라 술 위주로 만남을 이어 갔다. 나랑 맞는 사람과 사귀어야 했는데, 단순히 술 잘 마시는 사람과 사귀었다. 이제는 술로 만난 사람들과의 만남이 즐겁지 않다. 대화가 공허하고, 다른 세상에 와 있는 듯하다. 그동안 대화가 잘 통했다는 것이 이상할 정도다. 물론 술이라는 매개체가 있어 가능했을 것이다.

이제는 만나면 편한 사람, 나랑 대화 결이 비슷한 사람, 나랑 인성이 비슷한 사람 위주로 만남을 갖는다. 굳이 술이 필요 없어야 함은 당연하다. 밥을 먹고, 차를 마시고, 가끔 취하지 않을 정도로 술을 마시기도 한다. 대화가 잘 통하고, 만남이 즐겁다. 어떤 매개체도 필요 없이 그 사람 만나는 것 자체가 즐거움이다.

직장 생활을 한다거나 사업을 하면서 여러 관계가 있고, 그 관계 때문에 어쩔 수 없이 술을 마신다고 말하는 사람이 많다. 자신은 술을 끊고 싶어도 직업상, 사업상 끊을 수가 없다고도 한다. 그러나 지금 가장 소중하게 생각하는 술자리 인연 중 평생 갈 수 있는 관계가 얼마나 될까? 아니, 당장 몇 년이라도 이어지는 관계가 얼마나 될까? 술 마실 때는 한 번 만남으로도 호형호제하고 평생 가자고 다짐하지만, 과연 그게 언제까지 가능할까?

평생 자신의 진정한 친구 세 명만 있어도 성공한 인생이라고 말한다. 술을 한참 마시고 다닐 때는 그 말이 우습다고 생각했다. 적어도 그러한 친구가 열 명 이상 있다고 자부했다. 그러나 그러한 인연은 술을 마시지 않는 순간 끊어진다. 내가 그 사람 자체를 좋아

벵호 쫓아내기

하고 그 사람이 나 자체를 좋아하는, 그래서 만나면 좋은 사람. 정말 그런 사람이 세 명만 있어도 성공한 인생이라고 뼈저리게 느낀다.

술로 맺은 친구들이 내 인생을 대신 살아 줄 수 없듯이, 내 건강도 챙겨 줄 수 없다. 오히려 술친구들은 같이 건강을 해치는 사람이다. 무작정 술을 권하는 친구보다는 건강을 걱정하며 자제하라는 친구가 진정한 친구일 것이다. 술로 만나는 사람들이 잠시 내 영혼을 위로해 줄 수는 있어도, 그 매개체가 없어지면 오래도록 이어지기는 쉽지 않다. 맨정신일 때 옆에 있는 친구가 진정한 친구다.

다산은 정약용은 "현재 내 모습은 지금까지 만남의 결과다."라고 하였다. 이를 조금 비틀어 생각하면, 미래 내 모습은 현재 내 만남의 결과일 것이다. 또 그 사람이 어떤 사람인지 알려면 그 사람이 가장 자주 만나는 사람 다섯 명을 보면 된다는 말도 있다. 술만 잘 마신다는 단 하나의 이유만으로 자주 어울림으로써 함께 도매급으로 평가받기 싫다. 술을 제쳐 두고, 정말로 나와 맞는 사람과 어울리며 살아가고 싶다.

자신감

　술에 취했을 때는 자신감이 넘친다. 아무 근거도 없이 내가 뭐든지 다 잘할 수 있을 것 같다. 다들 그렇다. 서로 그렇다고 부추겨 준다. 그러나 술에 취했을 때의 자신감은 술이 깨었을 때 이보다 훨씬 더 보태서 무력감으로 돌려준다. 이런 일이 되풀이되면 그저 일상이 되고, 감각이 없어진다. 그러러니 한다. 물론 마음에 스크래치는 계속 쌓이고 있을 것이다. 자신에 대한 희망과 절망이 쉴 새 없이 교대 근무를 하니까……

　누구나 나 자신을 설계한다. 외면이든 내면이든, 자기가 이상형으로 생각하는 모델이 있다. 그리고 그것을 향해 나름대로 노력한다. 그러나 내면을 달성하여 자기가 원하는 인격체가 되기는 쉽지 않다. 그래서 옛 선조들은 '숙흥야매잠'이라는 훈계를 만들어 새벽부터 밤까지 가져야 할 선비의 마음을 실천하려고 노력했다.

　예전에 그러한 경지를 부러워하며 어느 지역에 가면 거의 신선의 경지에 달한 성인들이 있다면서, 그분들에게 가르침을 받아야 한다는 말에 공감하곤 했다. 대표적인 분이 원주의 '무위당 장일순' 선생이었다. 직접 만난 적은 없지만, 그분의 철학이 담긴 『노자 이야기』 책이나 그분이 돌아가시고 주위 사람들이 만든 추억담 『좁

　　　　　　　　　　　　　　　벵호 쫓아내기

쌀 한 알』을 몇 번씩 읽었고, 주위에 선물하기도 하였다. 그리고 그 분의 노력이 초석이 되어 만든 '한살림'의 애용자이기도 했다. 그처럼 나도 내가 원하는 인격자가 되기 위해 마음속 스승님들을 따라 해 보려고 노력했지만, 유전적 한계와 게으름으로 감히 도달하지 못했다.

내면적인 것은 완성하지 못하더라도 외형적인 것은 완성하고 싶었다. 그건 내가 원하는 체형을 만드는 것이었다. 군대 들어가기 전의 체형, 두껍지 않은 몸으로 돌아가고 싶은 맘이 늘 있었다. 오죽하면 처음 이메일 아이디를 영문, 숫자 조합으로 만들 때, 영문은 내 이름 이니셜인 'cbh'로 정하고, 숫자는 늘 꿈꾸던 내 몸무게 '65'로 정할 정도였다.

예전 법률 드라마 〈풍문으로 들었소〉가 생각난다. 대대로 법률 명문가 집안인데, 대형 로펌 대표의 딸이 많이 먹고 뚱뚱하게 자라자, 아버지가 그만 먹으라며 늘 잔소리를 한다. 딸이 왜 그렇게 먹는 것에 집착하느냐고, 좀 뚱뚱하면 안 되냐고 반항한다. 그때 아버지는 "뚱뚱하면 게을러 보인다. 그래서 이쪽 세계에서는 뚱뚱한 사람은 자기 관리가 안 된다고 생각하고, 그런 사람이 일을 잘 처리한다고 생각하지 않는다."라는 취지로 얘기한다. 그때도 심하게 동감하여 나도 실천하리라 다짐했지만, 시간과 의욕은 반비례하기 마련이라 며칠을 못 넘겼다. 고도 토키오의 『부의 추월차선』에서도 이와 비슷한 내용이 나온다.

추월차선을 달리는 사람들은 어떤 생활 습관이 성과를 발휘할 수 있는 몸 상태 유지에 좋은지를 무의식중에 생각하기 때문에 함부로 폭음과 폭식을 하지 않는다.

- 고도 토키오 지음, 한은미 옮김, 『부의 추월차선』, 토트, 2017, p.117

헤밍웨이는 "타인보다 우수하다고 고귀한 것이 아니다. 진정 고귀한 것은 과거의 자신보다 우수한 것이다."라고 말했다. 나의 경쟁자는 다른 사람이 아니고 과거의 나다. 내가 생각하기에, 그리고 다른 사람들이 생각하기에 내가 전보다 나아지고 발전해 간다면 이보다 자신감이 생기는 일은 없을 것이다. 나 자신도 어쩌지 못하는 내면이야 어려워서 어쩔 수 없지만, 그깟 육체 덩어리 하나도 어쩌지 못하는 자신이 한심스러웠다. 그 한심함이 이제 자신감으로 충만하다. 내 인생을 내가 설계할 수 있다는 무한한 자신감이 날마다 새롭게 일어나고 있다. 술 마실 때마다 올라오던 근거 없는 자신감이, 이제는 내가 나를 마음대로 조정할 수 있다는 확실한 근거를 갖춘 자신감으로 변화한 것이다.

몸은 내가 다스릴 수 있지만, 정신도 다스려야 한다. 우리는 자본주의 사회의 가장 큰 불평등인 경제적 불평등을 얘기하며 '금수저', '흙수저'를 말한다. 그렇지만 내가 생각하는 가장 큰 불평등은 '유전'이다. 경제적 불평등보다 뇌의 유전이 더 큰 차이를 만들 수도 있기 때문이다.

부모님은 전형적인 시골 사람이다. 아버지는 가난하지만 여유 있고, 때로 품위도 있었다. 어머니는 바쁘게 움직이는 억척스러운 전형적인 농촌 아낙네다. 목소리가 크고, 말할 때도 크게 남들 눈치 보지 않는다. 그래서 아버지는 존경하지만, 어머니는 좋아하지만, 존경까지는 하지 않는다. 오히려 '이러지 말았으면' 하는 경우가 더 많다.

시골에 가서 어머니를 모시고 병원에 가는 일은 그야말로 '극한직업'이다. 기다리지를 못하고 간호사에게 몇 번씩 가서 빨리 해 달라고 독촉하고, 의심이 많아 모든 일을 확인하고 또 확인해야 직성이 풀린다. 누구의 눈치도 보지 않는다. 자동차를 타면 운전을 일일이 간섭하고, 하루에도 기분이 좋았다가 안 좋았다가를 반복해서 비위 맞추기가 보통이 아니다. 늙어서 아무것도 할 수 없다며, 무엇을 물어보면 모른다고만 하신다. 형제들이 돌아가면서 병원에 모시고 가면 좋겠지만 오로지 '막둥이'가 해 주기만 바라시니 시골에 다녀오는 날은 스트레스로 녹초가 된다. 집에 도착하면 이를 해소하기 위해 엄청나게 술을 마셨다. 어머니의 자식 사랑은 누구에게라도 뒤지지 않지만, 솔직히 성격은 본받고 싶지 않다. 그리고 당연히 그 유전자가 나에게도 있다. 다행히 아버지 유전자와 섞여 어머니만큼은 아니지만, 극복해야 할 유전자다.

현재의 내 모습이 내가 이루고자 하는 인격체와 간격이 있다. 애초부터 인격적으로 고상하게 태어난 사람이 부럽다. 아무런 노력을 하지 않아도 저절로 품위가 있고, 가만히 있어도 존경받기까지 한다. 어떤 얘기를 해도 카리스마적인 태도만으로 신뢰를 듬뿍 준다.

다행인 것은 술을 먹지 않은 상태에서는 얼마든지 연기가 가능하다는 것이다. 술을 마시면 어쩌다 타고난 유전자를 들켜 사람들에게 실망을 주기도 하지만, 술을 마시지 않으면 내가 원하는 상태의 나를 만들 수 있고, 그렇게 행동할 수 있다. 그리고 이러한 언행이 쌓여 몸에 배면 진정한 인격체로 다시 태어날 수 있을 것이다. 이제 술을 지배할 수 있으니 내가 원하지 않는 유전자를 극복할 자신도 있다. 그러기 위해 계속 맨정신으로 정진해야 한다.

　　　　　　　　　　　　　　　　　　　　　뱅호 쫓아내기

주위 반응

　내가 술을 마시지 않자, 그동안 술자리를 같이했던 사람들은 당연히 서운하다는 반응이다. 그렇게 금주까지는 하지 말고, 적당히 조금만 마시자고 유혹한다. 그렇지만 나는 안다. '적당히'가 얼마나 힘든지. 내 건강을 걱정했던 가족들은 환영하고, 특히 내 술 때문에 가장 오래 가장 속을 많이 상했던 어머니가 가장 좋아하신다. 이제 소원이 없다는 말씀까지 하신다.

　살을 빼고 주위의 반응은 크게 두 가지다. '보기 좋다', '보기 싫다'. 가장 좋아하면서 가장 속상한 사람은 어머니다. 어머니는 통통한 아들을 좋아한다. 마른 아들은 싫어한다. 술은 마시지 않되 음식은 많이 먹길 바란다. 살을 빼니 내가 너무 없어 보이는가 보다. 조금만 더 찌우면 어떻겠느냐고 은밀하게 제안하기도 한다. 또 어떤 사람은 갑자기 살 빠지면 죽을 수도 있다면서, 다시 찌워야 한다고도 한다. 처음엔 기분이 나빴으나 오히려 나를 점검하는 기회로 삼기로 했다.

　살이 빠지면서 그동안 보이지 않던 주름이 나타나기 시작했다. 피부가 비록 까맣더라도 주름 하나 없는 것이 자랑이었는데, 그동안 살이 팽팽해서 안 보였던 것뿐이었다. 12킬로그램 감량하고 보니 이마엔 나잇살 주름이, 목엔 고생 살 주름이 보이기 시작했다. 하기야 내 나이 때는 가벼운 성형으로 리모델링도 많이 하지만, 아직 그렇게 심하진 않은 것 같아 레티놀이 함유된 화장품으로 주름 살에 대처하고 있다.

군대 가서 살이 쪘고, 그 후로 35년간을 그렇게 살았으니 나를 뚱뚱한 사람으로 기억하는 사람들이 대부분이다. 군대 제대 후 살이 쪘을 땐 알아보지 못하는 사람이 있었고, 걷는 게 아니라 굴러다닌다고 놀리는 친구도 있었다. 그들은 변한 내 몸에 한결같이 놀라는 표정이다. 어느 자리에 가더라도 몸에 대한 자신감이 없어 위축되는 경우도 많았다. 함께 자리한 사람들이 나와 체형이 비슷하면 그나마 안도하지만, 잘 관리된 체형으로 나타나면 일단 거기서부터 의문의 1패를 당하고 기가 죽을 수밖에 없었다.

지금은 사람들 만나는 걸 즐긴다. 얇아진 내 모습에 놀라는 그들의 표정을 바라보는 즐거움이 있다. 아울러 내가 한다면 하는 사람이라는 사실을 자랑하고 싶다. 나를 보는 사람들이 살이 쪄서 나타났을 때와 마찬가지로 살이 빠진 모습에 놀라움이 있지만, 그 이면에는 어떤 경의가 있다. 그래서 되도록 사람들을 많이 만나고 다닌다. 술을 멀리하고 점심이나 커피를 마시니 돈도 얼마 들지 않아 부담도 전에 비해 덜하다. 술을 마시지 않으니, 대화도 깊어진다. 거두절미하고 바로 본론으로 들어가기 때문에 시간도 절약된다.

벵호 쫓아내기

악몽

　나에게 악몽은 대개 상황 종료를 의미한다. 이를테면 꿈속에서 담배를 피우고, 군대 가고, 취직 시험을 치르는 등 그동안 힘들었던 일들을 모두 극복하였음에도 아직도 그 상황이 계속된다. 여전히 담배를 피워서 누군가에게 꾸지람을 듣고, 군대에서 고생하고 공부하느라 진땀을 흘린다. 물론 그 꿈을 꾸는 동안 괴롭고, 꿈속에서도 '이건 아닌데' 하면서 잠에서 깨면 너무 다행스러워 저절로 안도의 한숨이 나온다. 그런데 요즘 꿈속에서 술에 취해 예전처럼 몸을 가누지 못하고 실수하고 블랙아웃이 된다. 지금까지의 꿈의 사례에서 보았듯이 이는 '술 취함'의 종료라고 해석할 여지가 많아 오히려 다행스럽게 생각한다.

　꿈에 대하여 여러 가지 해석이 있다. 어떤 일의 전조라든지, 자신의 또 다른 자아라든지. 그래서 해몽이라는 그럴듯한 것이 있고, 꿈을 주제로 돈벌이를 하는 사람도 많다. 비틀즈의 노래 〈예스터데이〉도 꿈에서 영감을 얻은 것이었고, 가끔 복권에 당첨된 사람도 꿈 얘기를 한다. 그래서 얼마 전에는 꿈을 소재로 한 소설이 베스트셀러에 한참 동안 자리 잡기도 했다.

　그래서 나도 몇 년 전부터 '꿈 노트'를 만들었다. 어떤 초인적인 힘이 꿈에 나타나 획기적인 아이디어를 제공할 수도 있지 않을까 기대하기도 한다. 불행인 것은, 꿈을 꾸고 바로 어딘가 기록해야 하는데, 나중에 기록하려고 미루면 바로 잊어버린다는 것이다. 꿈이 기억나는 한밤중이나 새벽에 컴퓨터를 켜고 꿈을 기록하는 것이 쉽지 않다. 그래서 작은 노트와 펜을 침대맡에 놓아 두지만, 잠결에 적는 것도 쉽지 않다. 이래서 많은 꿈을 기억 저편으로 날리고 있지만, 가끔 기억이 생생하여 기록하는 꿈들도 있다. 이 꿈을 토대로 언젠가 좋을 작품을 만들 수 있지 않을까 은근히 기대한다.

사실 우리 생활 중 3분의 1을 차지하는 잠에 대하여, 우리 실생활과 관계없다고 너무 무심하게 다루지는 않았는지 미안하기도 하다. 그러나 기승전결이 제대로 있지도 않은 꿈이건 너무 생뚱맞은 꿈이건, 내 무의식 속에 그러한 주제를 많이 생각했기 때문에 꿈에 그 주제가 나타나는 것은 사실이다. 내가 평소에 많이 생각했던 내용들이 꿈에 나타나는 경우가 대부분이기 때문이다.

늘 고민하고 걱정한다. 다시 예전으로 돌아가서 흥청망청 마시게 되면 어찌 될 것인가? 상상하기도 싫고, 절대 그러면 안 된다고 다짐하고 또 다짐한다. 그리고 그 다짐이 깨어지는 꿈을 꾼다. 나는 이를 경고로 받아들인다. 언제라도 예전처럼 돌아갈 수 있으니 늘 긴장을 늦추면 안 된다고 누군가가 끊임없이 나에게 보내는 신호로 여긴다. 그리고 그러한 꿈을 꾸고 나면 다시 한번 나 자신을 다독인다. 절대, never, 다시는, 그러한 삶을 살지 않겠노라고. '벵호'를 영원히 쫓아냈다고……

벵호 쫓아내기